L'affaire CX selon Malone

Pierre-Olivier Babey

L'affaire CX selon Malone

NOUVEAUX AUTEURS

Éditions Les Nouveaux Auteurs

16, rue d'Orchampt 75018 Paris
www.lesnouveauxauteurs.com

ÉDITIONS PRISMA

13, rue Henri-Barbusse 92624 Gennevilliers Cedex
www.editions-prisma.com

ISBN: 978-2-8195-07116

À toutes les Mamasim du monde.

Jeudi 14 juin, 23 h 10

Comme un chat se prélasse dans une tache de soleil, Max Malone dégèle sa solitude dans cette chaleur humaine que les pubs ont l'art d'emmagasiner. Son poids quarantenaire enfonce mollement ses soucis dans le confort d'une banquette moleskine, tandis qu'il se laisse gagner par le relâchement contagieux de l'atmosphère. Il aime par-dessus tout cette ambiance fervente à l'approche de minuit quand le brouhaha des conversations bat son plein autour de lui, quand les parties de fléchettes s'enflamment et que les tripes vibrent sous les trépidations du rock. C'est l'heure où le pur malt d'un whisky remplace la bière. Pour seule compagnie à sa table, la précieuse liqueur trône dans le rond lumineux d'une lampe de laiton. Malone tourne le verre entre ses doigts rocailleux, caresse les reflets fauves d'un regard brûlant. Puis respire intensément son arôme flatteur, emplit ses poumons des vapeurs éthérées. Avec la timidité d'une première fois, il prélève une gorgée. Puis la roule longuement sous sa langue, savoure les arômes flamboyants, les égrène un à un, comme s'il s'agissait de les apprendre par cœur. Alors seulement il laisse couler le feu dans sa gorge, ressent le fluide se propager dans son corps jusqu'à se perdre en extase dans le creux de son âme. Puis encore. Ravissement des yeux, enchantement du nez, envoûtement des papilles. Ainsi de suite. Dans le ventre tiède de la taverne, à l'abri de la sauvagerie urbaine, son oisiveté nocturne s'emplit de cette délectation comme son esprit s'enivre de sensations ardentes. Rien ne saurait déranger le cérémonial sacré de sa dégustation.

Rien, ou presque. Car le téléphone du commandant se met à vibrer, affichant le nom du directeur de la police judiciaire. Malone décroche par réflexe, sachant déjà qu'il regrettera son geste la seconde d'après.

— Malone, j'ai un cadeau pour vous, déclare la voix grave dans son oreillette. Il y a eu du grabuge au domicile de Charles-Xavier de La Mézenière. Je vous offre le privilège de l'enquête.

Un ordre déguisé en faveur, comme c'est original. Il est tard et Malone n'est pas d'astreinte. Mais s'agissant du milliardaire le plus médiatisé du moment, ce détail paraît sans doute insignifiant aux yeux de son hiérarque. Car l'affaire concerne un businessman à la tête d'une puissante multinationale, fleuron de l'industrie pharmaceutique française. Self-made-man bien connu du grand public, Charles-Xavier de La Mézenière s'est taillé au fil des années une réputation de franc-tireur au cœur de pierre. Pas une semaine ne s'écoule sans que la presse ne relate ses prises de position provocatrices. CX, comme la profession le surnomme, est un recordman des polémiques du vingt heures, le French Trump de la santé mondiale, l'ennemi numéro un des organisations altermondialistes. Malone admet aisément que le contexte justifie un traitement VIP, mais il préférerait préserver sa soirée.

— Pourquoi venir chercher une vieille carne comme moi, monsieur le directeur ? tente-t-il sans grande conviction. Avez-vous pensé aux jeunes ? Ils sont plus affûtés. Tenez ! Prenez le petit Godefroy, par exemple. Il crève d'envie de s'illustrer sur un gros coup.

Mais le gradé insiste.

— Malone, on a besoin de vous. L'ordre vient d'en haut. C'est vous et personne d'autre. De La Mézenière, c'est du lourd.

— C'est trop d'honneur, concède le commandant, tout en se demandant qui en haut lieu peut bien le vouloir en personne sur cette affaire.

Son caractère détestable ne ternirait pas sa réputation de fin limier autant qu'il croyait ? Quoi qu'il en soit, Malone n'a pas le choix. Il se résigne en écoutant le directeur lui livrer les quelques renseignements pratiques pour se rendre sur place.

— Votre adjoint, le capitaine Lunca, était d'astreinte. Il est déjà présent. Faites vite, je compte sur vous, conclut-il comme à chaque fois.

Malone jette un œil navré sur son verre, soupire profondément avant de le vider d'un trait. Ainsi, il quitte son pub favori sans savoir s'il préfère la saveur tourbée du Lagavulin, les arômes vanillés de l'Auchentoshan Classic ou bien les notes florales du Suntory Hibiki. Trois points de suspension amers au fond de son gosier…

Jeudi 14 juin, 23 h 37

Dehors, le ciel estival a déployé sa robe noire pailletée. La nuit est chaude et les rues sont désertes. Par chance, la propriété du milliardaire ne se trouve qu'à une vingtaine de minutes à pied. Le policier roule sa contrariété le long des trottoirs versaillais, s'aidant du bitume pour la limer jusqu'à la corde.

— Drame chez les de La Mézenière, se répète-t-il.

Il voit d'ici les gros titres. Les médias vont s'en donner à cœur joie. C'est avant tout leur fête. Quoi de plus juteux qu'une affaire impliquant des milliardaires pour vendre du papier ? En France, on se réjouit du malheur des nantis plus qu'on admire leur réussite. Héritage d'un peuple qui a décapité son roi.

— C'est un peu ma fête à moi aussi, ajoute le policier à voix haute comme pour s'en convaincre. Enquêter chez les riches n'est pas donné à tout le monde.

Malone approche, à en juger par la concentration soudaine de véhicules de police. Les gyrophares excités envoient virevolter une myriade de papillons rouges et bleus sur les façades alentour. Animé par cette effervescence, le quartier d'habitude si austère emprunte un air de fête foraine que boudent les demeures cossues, barricadées derrière leurs volets métalliques.

Malone présente son badge à l'agent de faction puis se glisse sous la rubalise tirée entre les grilles avant de s'engager dans une allée gravillonnée. À mesure qu'il progresse, un somptueux jardin se révèle de part et d'autre. De multiples projecteurs dispersés dans la verdure orchestrent un jeu d'ombre et de lumière où étincellent les frondaisons d'essences rares. Taillées de mains expertes, les foliations complexes rivalisent de créativité pour figer dans l'instant le bouquet d'artifice de leur géométrie colorée. Çà et là, quelques discrets jasmins exhalent leurs senteurs subtiles tandis qu'une nymphe minérale abandonne sa langueur à la fraîcheur d'un bassin de nénuphars, bercée par le gazouillis d'une fontaine. Soudain, à la surprise d'un détour, la demeure se dévoile. Magique apparition dans un rayon de lune. Tel un bijou dans son écrin, l'hôtel renaissance assoit élégamment son architecture raffinée sur une symétrie parfaite. Un éclairage délicat souligne ses lignes épurées. Du lieu se dégage une atmosphère féerique digne d'un décor de Disney. Écœurement ou fascination, chacun choisira, mais personne ne peut rester insensible à cette débauche de luxe. Personne, sauf Malone qui gravit le perron comme il a traversé le parc, c'est-à-dire concentré sur l'observation des détails. L'homme qu'il croise en haut des marches est un collègue de la PJ.

— Bonsoir commandant, salue le jeune homme en uniforme.

— Salut Tom. Tu n'aurais pas vu Lunca ?

— Il est à l'intérieur, avec l'IJ.

— Bien. Fais-moi plaisir. Demande qu'on étende le périmètre de sécurité. La meute des *fouille-merde* ne va pas tarder à rappliquer. Je ne veux pas la voir à moins de cinquante mètres des grilles.

— Bien, Max. Tu les détestes tant que ça, les journaleux ?

— Pas du tout, Tom. Au contraire, je les adore. Et toi, tu aimes les tigres ?

— Euh… oui. C'est beau, un tigre.

— Et pourtant tu ne voudrais pas qu'un tigre t'approche. Ben tu vois, moi c'est pareil avec les journalistes. Je les aime de loin, conclut Malone en tapotant l'épaule de son collègue. Allez, fais ce que je te demande.

Max pénètre dans la résidence, après avoir enfilé une paire de surchaussures.

— Mazette ! s'exclame-t-il subjugué par la démesure du hall.

Car le faste extérieur n'est rien comparé à celui du dedans. À peine franchi le seuil, le visiteur en reçoit plein la vue. Aspiré par un monumental escalier de marbre rose à double révolution, son regard s'envole vers un plafond céleste d'où il plonge en piqué le long d'un lustre de cristal incandescent pour se planter au centre d'un parquet de fine marqueterie figurant les armoiries familiales. Tout autour, un jeu de miroirs enluminés parachève l'étalage d'opulence avec la complicité du drapé chatoyant de tentures d'apparat.

— La grande classe ! Ah, j'aime ce métier, se réjouit le policier.

Puis il avise un homme penché sur son smartphone, à la silhouette trentenaire arrondie et au crâne légèrement dégarni.

— Bonsoir le nuiteux ! s'exclame-t-il en s'approchant de lui.

— Max ? Qu'est-ce que tu fous là ?

— Je me promenais dans le coin. Et paf, j'ai trébuché sur un cadavre. Alors j'enquête. Et toi ? Tu n'avais pas un anniversaire ? C'est raté, dirait-on.

— Tu ne crois pas si bien dire. La soirée était calme. J'étais rentré pour le dîner. Le téléphone a sonné juste au moment où Emma soufflait ses bougies. Dix ans aujourd'hui. Tu parles d'un anniversaire ! Tiens, regarde si elle est pas mignonne, vante Garcia en brandissant son téléphone sous le nez de Malone, bien trop près pour sa presbytie.

— Elle est superbe. Mais tu aurais dû m'appeler, je t'aurais remplacé sur l'astreinte. Moi, je ne manque à personne.

— Si tu ne l'avais pas déjà fait dix fois cette année, je te l'aurais peut-être demandé. Mais je voulais pas abuser.

— Oh, tu peux y aller. Abuse, abuse… Mon métier, je n'ai que ça.

« Ça et l'alcool, commente Garcia mentalement, soudain agressé par l'haleine de son collègue. Ça sent l'abus à plein nez. »

Malone change de sujet comme s'il avait entendu la réplique.

— Bon, qu'est-ce qu'on a au menu ce soir ?

— Tentative d'homicide.

— Qui est la victime ?

— Madame de La Mézenière. Un voisin qui sortait ses poubelles a vu un suspect s'enfuir. Il a prévenu le commissariat. La patrouille est arrivée dix minutes plus tard. La victime baignait dans une mare de sang. Crâne fracassé. Lorsque les pompiers sont arrivés, la femme était encore en vie, mais son pronostic…

— … vital est engagé, termine Malone. Fais gaffe,

Garcia. Tu files un mauvais coton. Tu parles comme un gratte-papier.

— En tout cas, ça dit bien ce que ça veut dire. C'est grave, quoi. La victime est dans le coma, et pas près de nous révéler l'identité de son agresseur.

— Où l'ont-ils retrouvée ? demande Malone adoptant un ton plus sérieux.

— Dans le bureau. Pour l'instant, l'IJ passe la pièce au peigne fin. Tu veux les rejoindre ?

— Non, ça ira. Je fais confiance au procédurier. J'irai jeter un œil lorsqu'ils auront terminé. Et toi, tu l'as vue la bourgeoise ?

— Non, les secours l'avaient déjà prise en charge lorsque je suis arrivé.

— Tu ne sais donc pas si elle avait des bijoux sur elle…

— Ben, non.

— Une femme de ce rang porte toujours au moins un diamant. Renseigne-toi auprès de l'hôpital. Ça peut constituer un mobile. Sinon, quoi d'autre ? Il y avait quelqu'un dans la maison ?

— Non, personne.

— Ah… J'ai remarqué que la porte d'entrée était intacte. Qui a ouvert à la patrouille ?

— Les gars n'ont pas eu besoin de se faire ouvrir. Le portillon du parc était ouvert et la porte de l'entrée aussi.

— Aucune trace d'effraction ?

— Si. Une vitre cassée. Dans le bureau.

— Classique. On entre par la fenêtre et on sort par la porte… Mais cela n'explique pas comment l'intrus a pénétré dans le parc. Dans ce genre d'endroit, on ne doit pourtant pas badiner avec la sécurité. Curieux…

Malone sort son carnet et l'annote fébrilement. Garcia se demande qui peut déchiffrer de tels hiéroglyphes.

— Des caméras de surveillance ?

— Oui, mais le système de vidéosurveillance était désactivé. Rien à en tirer. Le dernier enregistrement remonte à plusieurs semaines. En revanche, l'alarme périmétrique du parc était active. Elle ne s'est pas déclenchée, ce qui laisse supposer que le coupable est entré par la voie « normale ».

— Et l'arme ?

— Probablement le cendrier massif laissé à côté du corps. Un fragment de cuir chevelu est encore accroché dessus.

— Charmant ! Madame de La Mézenière, dans le bureau, avec le cendrier. Docteur Olive ou colonel Moutarde ?

— Max, ne commence pas...

— Oh, ça va. Si on ne peut plus plaisanter... T'es trop sage, Garcia. Détends-toi, tu vas en avoir besoin.

— Je préférerais en finir au plus vite et rentrer chez moi.

— Ne rêve pas trop. La nuit va être longue. Objets manquants ?

— En apparence, tout est en ordre.

— Des nouvelles du mari ? Tu l'as déjà prévenu ?

— Non. Je n'ai pas encore mis la main sur son numéro de portable.

— Le téléphone de la victime ?

— Introuvable.

— Pfff... soupire Malone. C'est frustrant. Bon. Quelque chose à retirer de l'enquête de voisinage ?

— Max, tu connais le quartier. À cette heure-ci, c'est désert. On a le témoin qui nous a alertés et c'est déjà pas mal. Je l'ai rencontré tout à l'heure. Il n'a rien vu de plus qu'une ombre qui fuyait vers vingt-deux heures.

— Bon, je vais retourner le voir, si tu n'y vois pas d'inconvénient. J'ai vraiment besoin d'un café. Je te laisse finir ici, tu me raconteras.

Vendredi 15 juin, 0 h 12

Le temps de traverser le parc dans l'autre sens puis la rue, Malone est accueilli par un homme en robe de chambre qui le conduit dans une cuisine ouverte sur un séjour au charme contemporain.

— Belle machine, complimente le policier en désignant un meuble à expresso.

Le propriétaire saisit l'allusion.

— Vous voulez un café ? propose-t-il.

— Sans sucre s'il vous plaît, répond aussitôt le policier, ravi de l'offre spontanée.

Perché sur un tabouret de bar, le policier observe son hôte. Cinquantaine réussie : la sveltesse des gens trop raisonnables, les rides bien ordonnées, creusées par la sévérité davantage que par le rire, un front dressé comme une falaise de certitudes en barrage à l'ignorance du commun des mortels, un bronzage professionnel et des mains d'une délicatesse exagérément mondaine.

— Pauvre femme ! se lamente l'homme en apportant le café. Si j'avais su, j'aurais peut-être pu faire quelque chose. Voyez-vous, je suis médecin.

— Mais vous ne saviez pas, coupe Malone sèchement.

— Bien évidemment ! s'exclame le témoin sur la défensive. Comment vouliez-vous que je le sache ?

Max vide sa tasse d'un trait puis la repose.

— Si cela ne vous ennuie pas, je vais vous demander de me livrer votre témoignage depuis le début, au risque de vous faire répéter ce que vous avez déjà dit à mon collègue. Vous êtes monsieur ?

— Dumontier, Fabrice Dumontier.

— Bien. Alors, dites-nous, monsieur Dumontier. Qu'avez-vous vu exactement ?

— Eh bien voilà, je sortais mes poubelles, et j'ai vu un homme sortir en courant du domicile de mes voisins. Il a franchi le portillon puis a tourné au coin de la rue. J'ai trouvé ça préoccupant. Alors j'ai appelé le commissariat.

— Et vous n'avez pas essayé de prévenir les de La Mézenière ?

— Si, si, j'ai d'abord sonné à la grille, mais personne n'a répondu.

— Quelle heure était-il ?

— Vingt-deux heures deux.

— Ça, pour être précis, c'est précis.

— Oui. Je suis très organisé. J'ai programmé un rappel à vingt-deux heures sur mon téléphone pour me faire penser à sortir la poubelle le jeudi. Le temps de chausser une paire de mules, et je suis dehors.

— Ah bravo ! Si tous les témoins pouvaient vous ressembler. Vous offrez le café, et en plus, vous donnez des informations horodatées. C'est royal. Et à quoi ressemblait-il, ce fuyard ?

— Je ne sais. Je suis un peu myope. Pas assez pour devoir porter mes lunettes quand je sors la poubelle. Je n'ai vu qu'une forme humaine qui me tournait le dos.

— À quelle distance étiez-vous placé ?

— Je dirais trente ou quarante mètres.

— Diriez-vous que c'était un homme, une femme ?

— Un homme, assurément.

— Sa corpulence ? Grand, petit, gros ?

— Hum… Taille moyenne, je pense. Plutôt élancé.

— Cheveux ? Couleur de peau ?

— Rien que je puisse affirmer.

— Et ses habits. Short ? Jean ? Chemise ? Tee-shirt ? Blouson ?

— C'est difficile à dire. Un pantalon plutôt qu'un short, mais… ça s'est passé très vite.

— Chaussures ?

— Je vous l'ai dit, je n'ai pas distingué ce qu'il portait.

— Je ne parle pas de voir, mais d'entendre. Quel bruit ça faisait ? Un bruit qui claque ou un bruit qui frotte ?

— Un bruit qui claque, presque comme des talons de femme.

— Ou des chaussures de ville.

— Tout à fait. Des chaussures de ville, c'est ça.

— Pouvait-il porter un sac ou tenir quelque chose dans ses mains ?

— J'en doute. Il courait davantage comme quelqu'un qui a les mains libres.

— Plus tôt dans la soirée, avez-vous remarqué des allées et venues ? Avez-vous entendu du bruit ? Un bris de verre ? Quelque chose d'inhabituel ?

— Non, je ne prête pas attention à ce qui se passe dans la rue. Je maintiens les fenêtres fermées à cause de la climatisation. Nous avons du triple vitrage. D'ici, on n'entend rien et on ne voit pas la rue.

— Vous connaissiez bien vos voisins ?

— Très peu. Le « minimum cordial », comme il se doit. Nous nous connaissons depuis que j'ai emménagé il y a vingt ans, mais nous ne nous fréquentons pas. Nous nous saluons quand nous nous croisons, tout au plus. Voyez ma maison. Elle a du cachet, certes, mais cela n'a rien à voir avec l'hôtel particulier d'un milliardaire. Nous ne sommes pas du même monde.

— Vous travaillez ?

— Oui. Je vous l'ai dit, je suis médecin. Généraliste. J'ai un cabinet en centre-ville.

— Madame de La Mézenière était-elle votre patiente ?

— Non.

— L'a-t-elle été ?

— Mais pas du tout ! Si cela avait été le cas, je vous l'aurais déjà dit ! Qu'insinuez-vous ?

— À quelle heure avez-vous quitté votre cabinet ?

— Vous voulez connaître mon emploi du temps ? s'agace le médecin. Je suis donc suspect ?

— Faut pas vous offusquer, monsieur Dumontier. Je ne fais que mon travail. Dans ce genre d'affaires, tout le monde est suspect. C'est protocolaire. Le protocole, il y en a dans tous les métiers. Dans le mien comme dans le vôtre. Si je viens vous voir pour un problème de prostate, vous me faites un toucher rectal. C'est pas agréable, mais c'est protocolaire. Alors, permettez-moi d'insister. Avez-vous consulté aujourd'hui ?

— Oui. Jusqu'à vingt heures, répond le médecin d'une voix sourde, les joues rosies par le camouflet. Vous pourrez vérifier demain auprès de mon assistante si vous avez du temps à perdre.

— Il y a une limousine garée dans la cour des de La Mézenière.

— C'est la voiture de fonction. D'après ce que j'ai compris, le chauffeur raccompagne CX puis repart à pied en laissant la voiture. Il revient le lendemain.

— Est-ce qu'il y a d'autres voitures habituellement garées là ?

— Il y a souvent un coupé BMW. C'est la voiture personnelle de CX.

— Couleur ? Modèle ?

— Une BMW grise. Le modèle, je ne sais pas. Je n'y connais rien.

— Son épouse ne possède pas de véhicule ?

— Pas que je sache. Je ne l'ai jamais vue conduire.

— D'autres personnes fréquentent la maison ?

— En journée, il y a le personnel de maison. Il m'arrive parfois de croiser les enfants. Très rarement. Le week-end surtout. En journée, je ne suis pas là pour voir.

— Les enfants ?

— Oui. Deux. Un garçon et une fille. La petite trentaine.

— Ils habitent ici ?

— Non. Plus depuis quelques années.

— Bien. Ça ira pour ce soir. Je ne vais pas vous déranger plus longtemps. Il est tard. Côté formalité, je vous demanderai de bien vouloir passer au commissariat demain matin à la première heure. Nous prendrons votre déposition formelle. Vous n'aurez qu'à répéter tout cela. Et d'ici là, vous aurez peut-être repensé à un détail.

Malone se lève sans laisser le temps au témoin de manifester la contrariété qui se lit sur ses lèvres serrées.

— Ne prenez pas la peine de me raccompagner, je retrouverai le chemin.

Une fois dehors, Malone allume une cigarette puis inspire profondément. Le médecin avait l'air sincère. Peut-être même trop. Cet horodatage si précis, c'est louche, à y repenser. Il faudra tout vérifier : son emploi du temps, ses relations avec les voisins. Ça fera la journée des ripeurs.

Vendredi 15 juin, 0 h 35

Depuis le perron, Garcia observe Malone revenir à pas lents. Il a toujours voué une certaine admiration à cet homme malgré son tempérament brusque. En dépit de ses traits fatigués, le quadragénaire a su rester séduisant. Garcia devine aisément pourquoi Malone plaît tant aux femmes. Cela n'a rien à voir avec la beauté plastique. Non, c'est ailleurs. Il faut chercher du côté de cette force brute qui émane de lui. C'est quelque chose dans son assurance bestiale, dans sa soif de liberté, parmi les mèches indomptables de sa chevelure dorée ou sous le charme aventurier de sa barbe de trois jours. Mais c'est aussi par contraste dans la fragile aquarelle de ses yeux. Lorsque son regard azuré se détache du monde terrestre pour se fondre dans le ciel, son puissant thorax semble dissimuler un mystérieux secret que d'aucunes rêveraient de percer. Il aurait pu devenir un grand commissaire sans ce fichu caractère. Incapable d'adopter les méthodes officielles, il faut toujours qu'il froisse les règles ou qu'il piétine l'autorité comme un vieux paillasson. Son mépris pour les procédures et la paperasse use la hiérarchie autant qu'elle horripile les juges. Alors évidemment, il est passé au tourniquet une fois ou deux. Malgré plusieurs sanctions, il a conservé son poste de chef de groupe. Un miracle qui ne tient qu'à ses bons résultats. Flic rebelle, mais flic doué.

— Alors, le docteur est passé à table ? lance Garcia lorsque Malone atteint les marches.

— Pas loin. Il a tenté de m'amadouer avec un sacré bon café. Il doit avoir un truc à se reprocher. Tu as lancé un avis de recherche sur un coupé BMW gris immatriculé 78 ?

— Pas encore…

— Pas encore, c'est déjà trop tard… Bon, l'IJ a terminé là-dedans ?

— Dans le bureau, oui. Ils poursuivent dans les étages. Tu nous rejoins ?

— Allons-y, décide Malone en enfilant une paire de gants.

Les deux hommes retrouvent les collègues de la police technique et scientifique sur les lieux de l'agression.

— La récolte est bonne, Nadine ? s'enquiert Malone auprès d'une femme enveloppée dans une combinaison blanche.

— Pas trop mal. Des empreintes digitales et palmaires à tire-larigot. Des cheveux aussi. On va envoyer tout ça à Écully.

— Et sur le cendrier ?

— Pas terrible. On dirait que l'objet a été essuyé. Pas sûr qu'on puisse exploiter l'ADN.

— Merde…

— Le portillon ?

— Une belle empreinte palmaire. Prometteuse.

— Bien. Vous avez fini ? On peut entrer, maintenant ?

— Faites…

Le bureau du milliardaire s'apparente davantage à une pièce de musée dédiée au raffinement des arts, car sous les moulures du plafond, une imposante bibliothèque regorge de précieux ouvrages dont la tranche dorée donne la réplique à la splendeur des sculptures ou la beauté des toiles disposées tout autour. Cette orgueilleuse mise en scène n'a d'égal que la passion notoire de CX pour les belles choses. Les deux policiers en ignoreraient presque le trait blanc au sol qui matérialise l'emplacement de la victime. Malone l'enjambe sans s'attarder pour examiner le chambranle de la fenêtre brisée.

— C'est bien ce que je pensais, murmure-t-il à l'issue de son observation. Je suis prêt à parier que personne n'est entré par là.

— Qu'est-ce ce qui te fait croire ça ?

— Eh bien, vas-y, ouvre-la et tu verras.

Garcia hésite un instant puis ouvre la croisée. Immédiatement une alarme assourdissante retentit.

— Tu vois, j'avais raison, crie Malone pour se faire entendre malgré le hurlement de la sirène. Le coupable veut nous pousser sur la piste d'un cambriolage qui a mal tourné. Allez, cours rassurer les collègues et muselle la hurlante.

Un doigt dans chaque oreille, Malone prend le temps d'admirer les tableaux qui ornent les murs. Il n'y connaît pas grand-chose en peinture, mais il n'est pas insensible à ce qu'il voit. Les toiles lui rappellent les œuvres des impressionnistes qu'il étudiait au collège. Il a toujours secrètement rêvé d'en posséder une pour décorer son salon. Juste une seule, un portrait énigmatique et envoûtant, comme ce Tissot par exemple. Max ne prête pas garde au retour du silence. Il conserve ses doigts enfoncés dans ses oreilles. Au-dessus du secrétaire Louis XVIII, une légère trace sombre l'hypnotise.

— Max ! appelle Garcia.

Malone ne répond pas. Il demeure plongé dans l'observation du rectangle de poussière.

— Max Malone ! insiste Garcia en lui secouant le bras.

— Lunca, qu'est-ce qui te prend ?

— Le procureur est arrivé. Il veut te voir.

— Le procureur en personne à cette heure ? Mazette. Ça doit bouillonner dans hautes sphères.

Vendredi 15 juin, 0 h 55

Un homme au visage grave attend nerveusement dans le hall, occupant ses mains agacées à réajuster ses lunettes comme si la monture ne tenait pas en place. Malone reconnaît là Bertier, son impatience légendaire et son aura antipathique. Le policier a toutes les raisons du monde de détester cet homme. Avec le temps, il a su museler son aversion en l'attachant solidement aux barreaux de son professionnalisme. L'autre prend cela pour de la soumission. Il a tort. Quand bien même, un dompteur ne devrait pas exciter son fauve.

— Ah ! Malone, enfin ! s'exclame le procureur la voix hautaine. Que donnent les investigations à ce stade ?

— Bof, répond Malone lascivement. L'IJ ratisse les lieux. On pense avoir retrouvé l'arme, un cendrier massif. Nous avons recueilli le témoignage d'un voisin qui fournit la description très imprécise d'un fuyard. À cette heure, nous essayons de retrouver le mari et de prévenir les enfants.

— Le mari, ne le cherchez plus.

— Pourquoi donc ?

— Eh bien, pendant que vous faisiez joujou avec l'alarme, je discutais avec deux gendarmes qui sont arrivés ici en même temps que moi. Ils voulaient annoncer à madame de La Mézenière le décès de son mari. Dans la foulée, j'ai pu joindre mon homologue du département de l'Oise. Il m'a confirmé que l'avion privé de CX s'est écrasé peu après vingt-trois heures ce soir.

— Ah… intéressant, murmure Malone en frottant son menton pensivement. D'instinct, j'aurais pourtant parié pour une dispute conjugale.

— Mauvaise intuition, Malone. Il va falloir trouver autre chose. C'est votre éternel problème, ça, l'intuition. On ne mène pas une enquête à l'instinct. En attendant, je vous confie la direction des opérations. Vous vous coordonnerez avec la section de recherches de la gendarmerie de Beauvais.

— Les gendarmes ? Ben voyons. Et pourquoi pas l'armée de l'air ?

— Le sergent-chef Grandjean se trouve sur les lieux du crash, poursuit le magistrat. Il sera votre correspondant. Laisser la conduite de l'enquête à la police n'enchante pas les gendarmes, mais après tout, le couple habite ici et madame a reçu le coup sur la tête avant que monsieur ne se tue. Cela vous donne la priorité. Tenez-moi au courant dès que vous aurez réuni les premiers éléments.

— Il s'est produit où, ce crash ?

— Chèvreville, près de l'aérodrome du Plessis-Belleville.

— Chèvreville, ça s'invente pas un nom pareil.

– Malone ?

— Quoi ?

— Vu l'exposition médiatique du personnage, il va falloir faire vite et discrètement. Je compte sur vous. Pas un mot à la presse.

— Inutile de me faire le couplet, monsieur le procureur. Je connais la musique. Je ne suis pas tombé de la dernière pluie. Gardez la leçon pour les bleus, voulez-vous ?

— Écoutez-moi bien, Malone, souffle Bertier sur un ton de confidence, je vais vous faire un aveu ; je ne vous aime pas. Vous êtes arrogant, vos méthodes ne sont pas orthodoxes et vous avez un problème avec l'alcool. Je ne sais pas pourquoi votre nom est sorti sur ce dossier, mais soyez certain que je n'y suis pour rien. Alors, ne me compliquez pas la tâche. Au moindre faux pas, j'userai de mon pouvoir pour vous mettre à pied. Compris ?

Malone s'apprête à répliquer, mais Bertier a déjà tourné les talons.

— C'est ça, casse-toi *connard*, soupire Malone en revenant sur ses pas vers le bureau. Mes méthodes ! Qu'est-ce qu'elles ont mes méthodes ? Du flair et des tripes, il est où le…

— Problème, Max ? demande Garcia devinant la colère sur le front plissé de son collègue.

— Non, rien. Juste le curieux qui se la pète. Et puis je viens d'apprendre que CX est décédé dans le crash de son avion.

— Non ! s'exclame Garcia.

— Si. Bienvenue dans la ruche, mon cher adjoint, nous sommes officiellement saisis sur l'affaire. Mets de côté la recherche de la BMW pour l'instant. À présent le plus urgent, c'est de retrouver les enfants.

Soudain, Malone attrape Garcia par la manche.

— Tiens, regarde le mur. Tu vois le petit clou ? Il y avait un cadre ici. Suffisamment longtemps pour marquer une différence de couleur sur le papier peint. Et la trace de poussière signifie que cela ne fait pas longtemps qu'il n'y est plus.

— Tu crois que…

— Peut-être… Trouve-moi ce qui pendait à ce clou et envoie-moi les numéros de téléphone des enfants dès que tu les auras. Je te confie la boutique. Je passe chez moi prendre ma bécane, et je file sur les lieux du crash. On fera le point par téléphone.

Vendredi 15 juin, 1 h 05

La nuit est plus fraîche qu'il ne pensait. Appuyé sur le capot de son véhicule de location, Marco Santini remonte le col de sa veste, enfonce les mains dans les poches de son jean puis rejette la tête en arrière pour admirer le ciel. Habitué aux spots des boîtes de nuit parisiennes, il avait oublié combien les étoiles sont belles loin des lumières de la capitale. Au-dessus de lui, la voie lactée s'étiole majestueusement dans l'infinie splendeur du firmament. Constellé de diamants, le néant l'envoûte jusqu'à le perdre dans les méandres vertigineux de la question existentielle. Un hululement tout proche brise l'enchantement. Santini tend l'oreille. Il guette le bruit d'un moteur. Autour, le silence frissonne sous l'effet d'une brise légère. Seul, le bruissement de la nature. Une heure cinq. Samantha ne devrait pourtant pas tarder. L'aérodrome est désert. Son associée avait raison. Oyonnax était le bon choix pour demeurer inaperçu. Passer ensuite la frontière vers la Suisse sera un jeu d'enfant.

Vendredi 15 juin, 1 h 40

La moto crache une dernière pétarade à proximité des véhicules de gendarmerie. La mécanique semble soulagée d'arriver à bon port. Depuis une bonne distance, le halo des projecteurs installés pour l'enquête matérialisait le lieu du crash, mais elle a eu bien du mal à trouver un chemin carrossable pour s'en approcher. Google a rencontré ses limites dans la profondeur de la campagne autour de Chèvreville. Lorsque Malone ôte son casque, une odeur âcre l'assaille. Une fumée noire lui pique la gorge.

— Hep ! interpelle un gendarme. Vous ne pouvez pas rester là.

— Pourtant, il le faut bien, répond Malone. Je préférerais rentrer me coucher, mais le procureur de la République n'est pas de cet avis. Tenez, matez ma brême.

— Oh pardon, commandant. Je vous avais pris pour un journaliste.

— Un journaliste ! rugit Malone. Non, mais franchement, est-ce que j'ai l'air d'un journaliste ? Ne dites pas de sottise et indiquez-moi plutôt où je peux trouver le sergent-chef Grandjean.

Le gendarme désigne un grand gaillard occupé à brasser l'air pendant qu'il téléphone. Ses amples moulinets des bras animent une foule en uniformes. Pompiers casqués et gendarmes en bleu gravitent autour de lui, sérieux et affairés. Malone admire la fourmilière grouillante en attendant une accalmie pour se présenter.

— Commandant Malone, PJ de Versailles, intervient-il dès que Grandjean termine sa conversation. Je suis chargé de l'enquête.

— Je ne vous attendais pas si vite, rétorque le jeune homme sans cacher un certain désappointement.

— Je sais, la curiosité est un vilain défaut. Mais à mon âge, on ne se refait pas. Pire encore, je suis impatient. Racontez-moi, c'est quoi tout ce bazar ?

— Suivez-moi, vous allez vite comprendre.

Le sergent-chef conduit Malone vers deux camions de pompiers stationnés à une centaine de mètres de là. Sous les spots aveuglants, il distingue bientôt un amas de ferraille calcinée d'où s'échappent encore des fumerolles.

— C'est un avion, ça ?

— Oui. Difficile à croire, n'est-ce pas ? Il faut une bonne dose d'imagination pour s'en convaincre. Les morceaux de la carlingue sont éparpillés sur cent mètres.

— Des corps ?

— Un seul. Si vous insistez, je peux vous le montrer, mais je vous préviens, ce n'est pas très joli. Il a fallu découper la tôle pour l'extraire.

— Je n'y tiens pas trop. Les cadavres, je les préfère froids. Vous êtes bien sûr qu'il s'agit de CX ?

— Pas absolument. Il faudra attendre l'identification formelle pour l'affirmer, mais il y a peu de doute. Sur lui, nous avons retrouvé des papiers d'identité et des clés de voiture.

— Des clés de voiture ? Une BMW, n'est-ce pas ?

— Vous êtes bien renseigné. Oui, c'est probablement

la voiture avec laquelle il est arrivé. Nous irons faire un tour à l'aérodrome tout à l'heure, quand on aura terminé ici.

— Vous avez une idée de ce qui a pu se passer ?

— Non. Aucune. Les experts aéronautiques de l'aviation civile interviendront demain pour déterminer les causes de l'accident. Cela peut prendre plusieurs jours. Ce qu'on sait se résume à peu de chose. À vingt-trois heures dix, le SAR a capté le signal de détresse de la balise embarquée. La piste est située à dix kilomètres d'ici. On peut en déduire que l'avion a décollé normalement, puisqu'il a eu le temps de s'élever avant de s'écraser. Lorsque vous êtes arrivés, on me communiquait le plan de vol. L'avion partait pour le Luxembourg. CX n'avait pas déclaré de passager.

— Ça vous dérange si je me promène un peu ?

— Allez-y, mais n'approchez pas de la carlingue. Elle n'est pas encore sécurisée. Nous attendons qu'elle refroidisse encore avant de collecter d'autres indices.

Malone remonte la ligne de débris à pas lents, muni de sa torche électrique. Quelque chose scintille entre les herbes. Il s'accroupit. Un fragment de bouteille de champagne, manifestement, avec un bout d'étiquette.

— Don Pérignon 1969, ben il *s'emmerdait* pas, le *salaud*, s'exclame-t-il, des bulles à mille balles ! Drôle de façon de sabrer le champagne…

Malone chemine encore un peu de long en large, le temps de se convaincre de sa complète inutilité. Il aimerait que Garcia l'appelle pour lui donner les coordonnées des enfants du milliardaire. Il hésite un instant, puis décide de se rendre à l'aérodrome.

Vendredi 15 juin, 2 h 55

À son arrivée, Malone trouve l'aérodrome fermé. Derrière les grilles, les baraquements sont déserts. Seul le grésillement frénétique d'un néon blafard indique une présence. Le motard se signale. Le timbre de son klaxon lance un appel aigrelet dans l'air endormi auquel finit par répondre au loin le bruit sourd d'une porte métallique. Un crissement de pas sur les graviers se rapproche, accroché au cercle jaune d'une torche électrique furetant sur le sol. L'obscurité consent à libérer une silhouette trapue, mais rechigne à révéler un visage. Malone doit attendre les derniers mètres pour le distinguer. Il s'apprête à se présenter, mais son interlocuteur ne lui en laisse pas le temps.

— Je sais. Vous êtes la police, dit-il avec un fort accent africain. Vous m'apportez la mauvaise nouvelle. L'avion est tombé, n'est-ce pas ?

Malone demeure silencieux. Il tente d'attraper un regard. Mais l'homme à la peau d'ébène est visiblement ébranlé. Ses yeux fuient de droite ou de gauche, comme repoussés par un aimant. Ses gestes pour ouvrir le portillon sont maladroits. Sa respiration est bruyante. De grosses gouttes de sueur perlent sur ses tempes.

— Et le patron ? Il est vivant ? demande-t-il soudain en levant vers Malone une face pétrie d'anxiété.

— Si vous parlez de Charles-Xavier de La Mézenière, je crains que non, mais…

— Oh malheur ! Je me doutais. Grand malheur… gémit l'homme en s'effondrant dos au grillage. Plus de patron, plus d'avion. Plus d'avion, plus de travail. Je suis maudit.

— Vous êtes le gardien du hangar de CX ?

— Plus de patron, plus de travail, répète le petit homme, trop perdu dans ses lamentations pour entendre la question.

— Bon sang ! s'emporte Malone en l'empoignant par les épaules. Ressaisis-toi, mon gars ! Tu es un bon gardien, n'est-ce pas ?

— Oui, oui, je suis bon gardien, acquiesce l'homme, autant surpris qu'intimidé par la réaction du policier.

— Alors, pourquoi tu t'inquiètes ? Tous les jours, des usines fabriquent de nouveaux avions. Tous les jours, de nouveaux riches cherchent un gardien pour leur jet privé.

— Vous croyez ?

— Mais bien sûr ! Fais-moi confiance, t'as pas à te faire de mouron, conclut Malone reprenant un ton plus aimable en même temps qu'il desserre son emprise et redresse le tissu froissé d'un petit geste affectueux.

— Merci, souffle le gardien, davantage soulagé de retrouver sa dignité que rassuré par les propos.

— Mais racontez-moi un peu, continue Malone en marquant la reprise d'une conversation normale par un retour au vouvoiement. Vous avez vu le milliardaire, ce soir ?

— Oui. Il est venu ici. Il a garé sa voiture dans le hangar, comme d'habitude.

— Vous vous souvenez de l'heure ?
— Oui. J'ai noté onze heures moins le quart.
— Il était seul ?
— Je n'ai vu personne d'autre.
— Montrez-moi le hangar, voulez-vous.
— C'est que… je n'ai pas le droit, monsieur.
— Enfin, voyons, où est le problème ? demande Malone en haussant légèrement le ton. Plus de patron, plus de sanction. Montrez-moi le hangar.
— Bon… hésite l'homme. Suivez-moi.

Malone emboîte le pas au gardien jusqu'à un grand hall de tôle ondulée. À l'intérieur, il découvre la BMW, stationnée dans un coin. Il inspecte les lieux tout en poursuivant son interrogatoire, carnet en main. Ainsi, il apprend que le gardien était seul sur l'aérodrome depuis vingt heures, heure à laquelle le responsable termine sa journée. CX a ordonné de préparer l'avion en milieu d'après-midi, ce qui a laissé très peu de temps pour commander le plein à un mécano, nettoyer l'avion, et garnir le bar. À son arrivée, le gardien n'a pu qu'entrevoir le milliardaire, au moment où celui-ci franchissait la grille. Contrairement à son habitude, ce dernier n'était pas causant. Le gardien n'a pas la permission d'entrer dans le hangar lorsque CX s'y trouve. C'est par SMS qu'il a reçu l'instruction d'éclairer la piste, vers vingt-trois heures. Après le décollage, il a refermé le hangar. Moins d'une demi-heure plus tard, alerté par les sirènes, il a suivi du regard les gyrophares des pompiers et des gendarmes jusqu'à ce qu'ils se perdent au loin dans l'axe de la piste. Il s'est douté du drame. Tout en écoutant parler le témoin, Malone enfile discrètement un gant, puis fouille le véhicule. Pas un objet, pas une poussière. L'habitacle sent le plastique sorti d'usine. Malone pense aux voitures qu'il a pu posséder et mesure à quel point un milliardaire ne vit pas dans le même monde que le commun des mortels. Sur le point de claquer la portière, Malone remarque un cheveu blond sur la banquette arrière. Il l'attrape délicatement, et le glisse dans une pochette. Il se renseigne ensuite sur l'emplacement de l'avion, observe les traces de pas sur le sol, prenant soin de ne pas les recouvrir, en mesure une, en photographie une autre.

— C'est parfait, s'exclame-t-il, sortant soudain de son silence. Au fait, comment vous appelez-vous ?

— Ben.

— C'est sûr, Ben, vous êtes un excellent gardien. D'ici peu, vous recevrez la visite de mes collègues gendarmes. Ils prendront votre déposition en qualité de témoin. Répondez à leurs questions sans mentionner ma visite. En revanche, ne laissez pas les journalistes vous approcher. Même s'ils vous proposent de l'argent, refusez les interviews. Rappelez-vous que personne ne voudra embaucher un gardien qui ne sait pas tenir sa langue. Compris ? Et merci pour la visite, ajoute-t-il par-dessus son épaule juste avant de quitter le hangar.

Vendredi 15 juin, 3 h 10

— Mais c'est pas possible ! Qu'est-ce qu'elle fout, cette *salope* ? Cela fait deux heures qu'elle devrait avoir atterri, rage Santini en ponctuant sa phrase par un violent coup de pied dans un pneu de l'Audi.

Le plan ne se déroule pas comme prévu, et pas même un appel de Samantha. En un sens, cela devrait le rassurer, car ils sont convenus de ne se contacter qu'en cas d'extrême urgence. Mais Santini ne peut retenir ses noires élucubrations. A-t-elle subi un contretemps ou bien l'a-t-elle doublé ? Un goitre d'angoisse enfle dans sa gorge tandis que le courroux pigmente ses joues.

— J'espère qu'elle a une bonne raison. J'aurais jamais dû faire confiance à une gonzesse.

Santini s'installe au volant pour faire tourner le moteur. Il a besoin de réchauffer ses extrémités. Il cherche une position pour une microsieste. En vain. Son esprit taraudé refuse le bienfait du sommeil, trop occupé à échafauder mille scénarios qui expliqueraient ce retard. Mais aucun ne le tranquillise. Dans le doute, la conjecture du pire renverse celle du moindre. C'est décidé, à quatre heures, il tentera de contacter Samantha sur le mobile d'urgence réservé à l'opération.

— Tant pis si c'est risqué. De toute façon, si elle n'est pas là avant le lever du jour, je suis dans la merde jusqu'au cou.

Vendredi 15 juin, 3 h 30

De retour sur le site du crash, Malone perçoit une agitation nouvelle. Il rejoint l'attroupement qui s'est créé à proximité de l'épave puis se hisse sur la pointe des pieds pour mieux entendre la voix militaire de Grandjean au centre des attentions.

— Mesdames, messieurs, écoutez-moi, c'est important. Nous venons de découvrir des impacts de balles sur la carlingue. Cela signifie que vous n'êtes pas sur les lieux d'un accident, mais sur la scène d'un crime. En conséquence, je demande à chacun de regagner son véhicule pour y attendre les nouvelles consignes.

— Eh bien, je tombe à pic pour le coup de théâtre, dit Malone en s'approchant du sergent-chef tandis que le rassemblement se disperse autour d'eux.

— Tiens, vous êtes encore là, vous ? Je pensais que vous en aviez assez vu.

— Je n'en vois jamais assez, sergent-chef, jamais. D'ailleurs je peux les voir, ces impacts ?

— Approchez, dit-il en se dirigeant vers la carcasse encore fumante. Regardez. Deux trous au niveau du moteur.

— Hum... sacré diamètre. Arme militaire sans doute. « De La Mézenière, c'est du lourd », il ne croyait pas si bien dire, mon directeur. Pendant que Madame se fait défoncer le crâne dans le bureau, Monsieur se fait tirer dessus dans son avion. Les riches, il faut toujours qu'ils fassent les choses en grand.

— Personnellement, soupire le gendarme, j'aurais préféré un accident.

— Plaignez-vous ! Un beau meurtre, c'est palpitant, non ? Vous ne sentez pas monter l'adrénaline ?

Le sergent-chef regarde Malone d'un air dubitatif, comme s'il s'inquiétait de sa santé mentale. Voyant que Grandjean ne partage pas son enthousiasme, ce dernier dissipe son entrain dans un haussement d'épaules.

— Bon. Il n'y a pas à tortiller, il faut figer les lieux en attendant les experts et tenter de localiser le point de tir.

— Oui, je pensais à la même chose. Organisons une battue.

— Bonne idée. À la première heure demain matin, dès le lever de soleil.

— Nous commencerons par une bande de quatre cents mètres de large entre l'aérodrome et les cent mètres au-delà du point d'impact. Je fais sécuriser le périmètre en attendant et je demande les renforts pour demain.

— Dans l'immédiat, vous ne pensez pas qu'il faudrait installer des barrages routiers ?

— Le crash a eu lieu il y a presque quatre heures. Le tireur sera loin. Cela ne servira pas à grand-chose. Mais je vais tout de même alerter l'unité autoroutière.

Malone sort son paquet de cigarettes, en propose une au sergent-chef qui décline, puis en allume une pour lui. La nicotine l'aide à réfléchir. Il y a quelques années, il n'aurait pas laissé un gendarme décider à sa place. Mais le type a l'air tout à fait compétent. Rigide, mais volontaire.

Et il n'a pas la grosse tête. Peut-être même bien qu'ils pourraient s'entendre tous les deux.

— Très bien, conclut Malone. Je vous laisse l'enquête sur le secteur. Battue, expertise aéronautique et balistique, tout le tintouin. De mon côté, je vois pour l'autopsie du corps. Et là tout de suite, je préviens le procureur, et la famille. Du moins, ce qu'il en reste... Tenez, prenez ma carte, et appelez-moi dès que vous avez du nouveau. De jour comme de nuit.

Vendredi 15 juin, 3 h 45

— Allô, Garcia ?

— Oui, Max. Tu as un sixième sens, ou quoi ? J'allais justement t'appeler. Je viens de récupérer l'adresse du fils et de la fille. J'ai aussi un numéro de téléphone.

— Bon travail. Envoie-moi tout ça par texto.

— Je peux aller me coucher maintenant ?

— Un dernier petit service avant le dodo. Demande une protection pour madame de La Mézenière.

— Pourquoi ? Elle court un danger ?

— Je ne sais pas, c'est juste une précaution. J'ai un mauvais pressentiment, rien de plus.

— Max ?

— Quoi ?

— Tu me cacherais pas quelque chose ?

— Mais non, répond sèchement le commandant soucieux d'abréger la conversation. Fais ce que je te dis et va dormir. Ta femme doit t'attendre. On parlera de tout cela demain.

C'est terrible l'amitié entre collègues, pense-t-il en raccrochant. C'est comme un vieux couple incapable de se surprendre tant les conjoints se devinent. Il n'allait tout de même pas dire la vérité. « Tiens au fait, le mari, c'est pas un accident, il s'est fait descendre comme un perdreau. Et le tireur s'est évanoui dans la nature. Allez, tu peux rentrer chez toi, maintenant. Et n'oublie pas ton insomnie, cadeau de Max ! »

Malone regarde sa montre. Presque quatre heures. Le SMS de Garcia vient d'arriver. Les enfants habitent également à Versailles.

— Pas vraiment surprenant. Les graines se sont plantées au pied de l'arbre.

Annoncer la mort, il a l'habitude. Ce n'est jamais chose facile. Encore moins quand le drame concerne les deux parents. Exposer les faits, rien que les faits. Dire la vérité dans sa version décharnée. Puis regarder les pans d'une vie s'effondrer sur un visage, morceau par morceau. Observer le voile sépia recouvrir les souvenirs. Amortir la chute par un juste dosage entre le froid de la gravité et la chaleur de la compassion. Trouver le mot de réconfort qui se pose sur la douleur comme une main sur l'épaule. C'est dans la voix, dans le regard, dans l'attitude. Malone n'envisage pas tout cela par téléphone, il doit se rendre sur place.

— J'aurais bien besoin d'un petit remontant avant d'entamer la sale besogne. Aucune chance de trouver un rade ouvert à cette heure dans cette campagne pourrie… Quelle nuit de merde !

Soudain Malone repense à la flasque de cognac qui sommeille au fond de la sacoche de sa moto. Il n'a pas craqué depuis six mois. Ses yeux se mettent à briller d'un éclat mutin. Sa bouche s'écarte sur une large rangée de dents blanches. Il s'était promis de n'y toucher qu'en cas d'…

— Absolue nécessité.

Vendredi 15 juin, 4 h 17

Recroquevillé sur la banquette arrière, Marco Santini étudie ses options en suivant du regard une goutte de rosée glissant sur la vitre embuée. Il a tenté dix fois de joindre Samantha sur son portable. Mais elle n'a pas donné signe de vie. Pour la première fois de son existence, Santini a vraiment peur. Il se trouve seul au milieu de la clairière. Dans la pénombre des sous-bois, il croit discerner des yeux jaunes et luisants. Il lui semble entendre le souffle rauque des loups, percevoir leur pas lourd entre les troncs. Il devine même le poil se hérisser sur le dos des bêtes et tressaille à chaque claquement de mâchoires. C'est la peur que ressent toute proie. Ce serait folie de passer seul la frontière. La police ne tardera pas à retrouver sa trace. Ici comme en Suisse, elle le cueillera comme une fleur. Non, le plus raisonnable, c'est de rentrer à Paris. Là, au moins, il connaît du monde. Il pourrait se cacher, gagner du temps, peut-être suffisamment pour élaborer un autre plan.

Vendredi 15 juin, 4 h 30

Malone inspire un grand coup, puis presse un index résigné contre la sonnette de l'interphone, comme on appuie sur un détonateur. Par facilité, il a choisi de commencer par le fils. La réaction masculine à ce genre d'annonce est d'ordinaire moins effusive. Il patiente un moment devant l'entrée de cet immeuble de haut standing, sonne à nouveau avec insistance. Une voix titubante finit par répondre, puis, introduction faite, l'invite à monter au dernier étage. Là-haut, un homme en peignoir de soie l'attend dans l'entrebâillement de la porte. Des lunettes noires cachent ses yeux qu'on devine rougis par les psychotropes. Quelques traces de poudre blanche au coin du nez trahissent la cocaïne.

— Vous permettez que j'entre un instant ?

En s'écartant lascivement pour laisser passer le policier, l'homme révèle un roulé de hanche très féminin.

— Que se passe-t-il ? Ma sœur a encore déconné ? Vous pouvez fouiller, elle n'est pas chez moi.

— Il ne s'agit pas de votre sœur, mais de votre père. J'ai le regret de vous informer qu'il est décédé.

— Mort, le vieux ? s'esclaffe le jeune homme avant

de partir d'un interminable fou rire qui termine en toux de fumeur.

— Maï, maï, maï, murmure Malone. On aura tout vu…

— Pardonnez-moi, poursuit le jeune de La Mézenière en reprenant son souffle. Si vous connaissiez mon père aussi bien que moi, vous sauriez que sa disparition est une excellente nouvelle ! Allez, on va fêter ça, j'ai du champagne au frais !

— Ce n'est pas tout…

— Quoi ?

— Votre mère…

— Quoi, ma mère ?

Le fils devient subitement livide.

— Votre mère a été agressée à son domicile. Elle se trouve dans le coma.

— Ma mère ? s'écrie le jeune homme d'une voix stridente. Ce n'est pas possible. Non ! Pas ma mère ! Maman chérie, qu'est-ce qu'ils t'ont fait ?

Puis il se met à hurler et à trembler de tous ses membres. Son visage s'inonde, ses mèches décolorées tressautent sous l'effet des hoquets.

— Ça suffit ! crie Malone en assénant une claque sonore sur la joue de l'hystérique. Mais qu'est-ce que vous avez tous ce soir ?

L'effet calmant est immédiat. Interloqué, le fils du milliardaire frotte sa main contre ses maxillaires endoloris.

— Mais vous êtes complètement malade ! Vous m'avez frappé.

— Pas du tout, répond Malone sans se démonter. La gifle est un geste de secourisme, au même titre que le bouche-à-bouche. Le bouche-à-bouche, c'est après la syncope, la gifle, avant.

— J'aurais préféré le bouche-à-bouche !

— Monsieur de La Mézenière, cela ne sert à rien de se lamenter. Un peu de dignité, que diable ! Pensez à votre mère. Elle a besoin de votre soutien dans cette épreuve, pas de vos larmes. Allez, habillez-vous, je vous appelle un taxi et nous nous retrouvons à l'hôpital. Je vous conduirai à son chevet.

Le trentenaire hoche de la tête et s'exécute docilement en disparaissant dans un couloir.

— Qu'est-ce qu'il a fait de ses *couilles*, cet abruti ? se demande Malone. J'aurais mieux fait de commencer par la sœur.

En même temps qu'il réserve le taxi, Malone en profite pour jeter un œil dans le vaste séjour. Un désordre décadent contamine le loft luxueux et sa vue imprenable sur les jardins du château. Des cadavres de bouteilles jonchent le sol et des vêtements se juchent sur les lustres et les étagères. Reliefs d'une orgie ou bien symptômes d'une dépression chronique.

— Avez-vous un moyen de joindre votre sœur ? lance le policier bien fort.

— J'ai son numéro de portable, lui répond une voix lointaine.

— Envoyez-lui un message. Qu'elle nous rejoigne le plus vite possible à l'accueil de l'hôpital André Mignot. Je vous en dirai plus sur place, à tous les deux.

Tout à coup, Malone avise une bouteille de whisky entamée sur la table basse. Un Auchentoshan Classic, jugez l'aubaine ; l'un des trois purs malts au programme de sa soirée avortée.

— C'est que je vais l'avoir quand même, ma dégustation ! s'exclame-t-il, avant de s'enfiler une ample rasade.

Vendredi 15 juin, 4 h 55

Peu après, dans la salle d'attente de l'hôpital, une imposante carrure surplombe une frêle silhouette. Malone et le jeune de La Mézenière sont assis côte à côte sur un banc. Le regard cloué à la pointe de leurs chaussures, ils partagent l'envie d'être ailleurs. L'inconfort est partout. Dans la raideur de l'assise, la froideur des néons ou la puanteur du désinfectant. Mais surtout dans l'incertitude du lendemain, comme deux rails arrêtés net au milieu de nulle part. De son côté, le jeune homme macère dans son jus d'angoisse en se figurant le pire. Malone quant à lui se demande dans quelle galère il s'est embarqué. Un mauvais pressentiment enfle dans sa poitrine. Il n'aime pas ça.

— Dites, elle est toujours aussi ponctuelle votre sœur ? s'impatiente-t-il en rejetant la tête en arrière.

Le jeune homme hausse les épaules.

— Hélas, oui, soupire-t-il. Il n'y a pas grand-chose qu'elle respecte. Au grand désespoir de ma mère. Vous jugerez par vous-même quand vous verrez le spécimen.

— Bon, en attendant, on ne va pas rester sans rien faire. C'est insupportable. Parlez-moi de votre mère.

— Vous trouvez que c'est le moment ? Je suis mort de trouille à l'idée de la perdre et vous voulez m'interroger ?

Malone agrippe le bord du banc pour contenir une pulsion sanguinaire. Le manque de sommeil élime sa patience, déjà mince au naturel. Le fils doit sentir le danger imminent, car il se reprend en frottant instinctivement sa joue encore rosie par la gifle.

— Bon d'accord. Que voulez-vous savoir ?

— Votre mère porte-t-elle des bijoux habituellement ?

— Oui. Bagues, colliers, broches... Elle en change tous les jours. Ma mère est très coquette. Il n'y a que son solitaire de diamant qui ne la quitte jamais. De jour comme de nuit. Vous pensez qu'on l'a frappée pour lui voler ses bijoux ?

— Je ne sais pas. C'est une piste parmi d'autres. De nos jours on agresse pour une cigarette, alors un diamant... Dans le bureau de votre père, j'ai vu des tableaux. Il y a notamment celui qui se trouve au-dessus d'un secrétaire. Vous savez ce que c'est ?

— Vous parlez sans doute du petit Van Gogh...

— Je parle surtout d'un tableau qui a disparu. Il n'y a plus rien au-dessus du secrétaire. Pensez-vous que votre père l'aurait déplacé ?

— Sûrement pas ! Le petit autoportrait de Van Gogh était sa plus grande fierté. Un cadeau de l'artiste à son arrière-arrière-grand-père en remerciement de sa générosité. L'aïeul avait du flair ; l'œuvre est inestimable. Le diamant de ma mère, le Van Gogh de mon père, c'est assez maintenant ! À votre tour de parler. J'ai le droit de savoir ce qui s'est réellement passé ! s'emporte le fils.

— Vous n'allez pas recommencer ! gronde Malone en levant l'index. Je vous dirai tout lorsque votre sœur sera là. Pas avant. D'ailleurs, qu'est-ce qu'elle fout, la frangine ? Ça fait vingt minutes qu'on poireaute.

— Bah… elle aura trouvé le chauffeur à son goût, voilà tout.

— Vu les circonstances, vous croyez vraiment qu'elle s'enverrait en l'air à l'arrière d'un taxi ? Vous n'exagérez pas un peu, là ?

— J'aimerais pouvoir vous dire oui… Mais pour les circonstances, comment dire… le message que je lui ai envoyé n'était peut-être pas assez explicite.

— C'est-à-dire ? Dites-moi au moins qu'elle est au courant pour vos parents.

— Je n'ai pas su lui dire. Je lui ai juste demandé de venir ici…

— Eh bien bravo, le frère !

À cet instant une porte grince. Malone tourne la tête et comprend aussitôt ce que signifiait le jeune homme. Au bout du couloir se dessine une panthère. Une formidable onde de vulgarité s'en dégage et percute le commandant en pleine figure au point de lui décrocher la mâchoire. Subjugué, ce dernier ne peut qu'observer bouche bée tandis que des talons démesurés claquent à chaque pas un tempo de danse précoïtale. La créature s'avance. Sa démarche chaloupée semble conçue pour émoustiller le mâle. Sous un mini-short minimaliste, ses jambes diaphanes exhibent sa peau blanche au travers des déchirures des bas résille. Ses petits seins fermes tressautent sous un débardeur transparent noué au-dessus du nombril. Leurs pointes dressées s'agitent frénétiquement sous le tissu en rythme avec l'anneau doré qui orne son abdomen. Sur son ventre plat, un fin tatouage souffle de voluptueuses arabesques en direction de son pubis. La poupée progresse, indécente et obscène, sûre de son effet sur les hommes. À présent, Malone respire son parfum. La flagrance est musquée, envoûtante, cannibale. La provocatrice est tout près. Malone sous son emprise s'abandonne au fantasme. Il s'imagine goûter la saveur charnue de ses lèvres rouge sang, caresser la soie de ses cheveux bruns en bataille, lutiner sa jeune poitrine d'une main gourmande, glisser l'autre sous son short avec audace. La nymphette s'arrête à son niveau. Amplement fardés de noir, ses iris verts le dévisagent. Puis son regard se jette dans les yeux du policier, serpente à l'intérieur pour voir ce qu'il a dans le slip. Malone en ressent un tressaillement sous ses testicules comme si elle les avait réellement palpés. À ce contact il s'éveille, honteux de cette hypnose éphémère. La fille est complètement shootée.

— Salut frérot, minaude-t-elle, en s'adressant à son frère sans lâcher Malone des yeux. Pour une fois, t'as bon goût. Pas tout jeune, mais plutôt beau gosse, ton copain. Tu me présentes ?

— C'est pas mon copain, Élizabeth. C'est juste un flic.

La fille marque un recul, empruntant une mine de dégoût. Malone saisit l'occasion pour reprendre la situation en main, en même temps que ses esprits.

— Bon alors voilà. On va faire court tous les trois. Votre père est mort il y a quelques heures dans le crash de son avion. Selon toute vraisemblance, cela n'a rien d'accidentel. Dans le même temps, votre mère a été agressée à son domicile. Elle se trouve dans le coma. C'est pourquoi je vous ai fait venir ici.

Profitant de l'effet de surprise, Malone enchaîne en livrant tous les détails sur l'agression, dans la limite imposée par le secret de l'instruction. Devant l'absence de réaction des deux jeunes, il ne juge pas utile de prendre de pincettes pour s'acquitter de la corvée. Un long silence s'installe ensuite pendant lequel il se demande s'il a été clair.

Puis soudain, la fille laisse exploser son hystérie.

— Yipee ! hurle-t-elle. Enfin libres ! Finis les vieux, on hérite ! L'héritage ! L'héritage !

Pendant qu'elle scande son slogan, le frère s'approche.

— Sorcière ! Comment peux-tu proférer pareille horreur ? glapit-il avant de lui asséner une claque magistrale. Notre mère est mourante. Respecte au moins cela.

Un instant soufflée, Élizabeth retrouve vite son aplomb.

— Qu'est-ce qui te prend ? Toi, la mauviette, depuis quand tu oses me frapper ?

— Demande au monsieur, c'est lui qui m'a appris ça, répond-il en désignant Malone du menton.

— Non mais attends, menace-t-elle, tu ne vas pas t'en tirer comme ça !

Elle se jette alors sur son frère. Les voilà qui se battent au sol comme des chiffonniers. Entre deux insultes, ce ne sont que griffures, morsures, coups de poing et cheveux tirés. Tout y passe. Malone écrase une paume dépitée sur son front.

— Je suis désolé, les morveux, mais je dois interrompre votre charmante réunion de famille, dit-il en les attrapant par la nuque, chacun dans une main.

— Ta gueule, *connard* ! vagit la furie en tentant de se dégager.

— Toi la pouffiasse, tu la fermes, sinon je t'envoie cuver ta schnouf en cellule de dégrisement.

Un petit toussotement se fait entendre dans leur dos. Le policier lâche ses prises et pivote sur ses talons. Un jeune homme en blouse verte les regarde, rouge comme une tomate. Les héritiers se relèvent en époussetant leurs vêtements.

— Vous êtes la famille de La Mézenière ? se hasarde le médecin dans un filet de voix.

— Oui, répond Malone. Comment va-t-elle ?

Le neurochirurgien se lance alors dans une interminable explication technico-médicale dans laquelle le groupe ne comprend rien si ce n'est que la patiente a été opérée puis placée dans une chambre stérile toujours dans le coma. Dans sa tirade, il est question d'IRM, de cortex, d'hématome et de rachis.

— Docteur ? interrompt Malone.

— Oui ?

— L'hypothalamus, on s'en fout. Après une bonne nuit et un bon café, j'dis pas. Mais là, on veut juste savoir si la dame va s'en sortir ou pas.

Le médecin hésite, cherche ses mots maladroitement puis finit par avouer qu'il n'en sait rien. Marc-Antoine de La Mézenière demande à voir sa mère, mais le professionnel refuse.

— Je… je suis désolé, conclut-il.

Malone réalise qu'il a perdu son temps. À cet instant, il n'a plus qu'une envie, rentrer chez lui. Il a assez vu les deux énergumènes pour aujourd'hui. Expéditif, il leur donne rendez-vous pour les interroger plus tard puis les quitte sèchement.

Dehors, les premières lueurs de l'aube éclaircissent déjà le ciel vers l'est. Malone respire l'air calme à pleins poumons, puis allume une autre cigarette. La journée s'annonce chaude.

Vendredi 15 juin, 8 heures

Marco Santini aborde Paris dans le flux banlieusard. Les mains à dix heures dix sur le volant, il lutte péniblement contre l'endormissement. Les cafés d'aire d'autoroute n'ont pas été d'un grand secours. Au lieu, il se donne une gifle de temps à autre. L'autoflagellation l'aide aussi bien à se maintenir éveillé qu'elle punit sa navrante naïveté. Samantha l'a doublé. Cinq cents kilomètres d'autoroute à ruminer les hypothèses ont grandi le doute en certitude. Un à un, des détails en apparence anodins sont venus cimenter la conviction. Finalement, Santini réalise qu'il ne sait pas grand-chose d'elle. La jeune femme a toujours pris soin de maintenir leurs conversations sur le terrain de leur projet commun, prenant soin d'éviter tout sujet personnel. Il ignore absolument tout de sa famille ou de ses proches. Il n'a pas même idée du coin où elle habite. Il ne lui connaît que des conquêtes féminines éphémères. À la lumière de l'événement de cette nuit, leur première rencontre en boîte de nuit lui semble étrange. Ce verre renversé par inadvertance sur son pantalon, puis cette insistance pour nettoyer la tache elle-même, et comment lui, qui pourtant n'aime que les garçons, s'est retrouvé quelques minutes plus tard en pleine érection dans les toilettes, subissant une fellation orgastique à lui faire douter de son homophilie ! Il s'était cru redevable. Comme s'il avait perçu que Samantha n'attendait que ça, il lui avait raconté sa vie. Outre leur homosexualité, ils s'étaient trouvé un point commun dans leur aversion envers le milliardaire. Tout était allé très vite. Trop vite pour être fortuit, en y songeant. Leur histoire avait commencé là, avec cette soif de vengeance envers CX. Par la suite, leur relation s'était construite sur le même schéma : Samantha le conduisait à la baguette, lui se laissait manipuler.

— Quel *con*, mais quel *con* !

Le jingle des informations de huit heures vient couronner l'interjection d'un coup de cymbales. Santini monte le son.

« Le célèbre homme d'affaires Charles-Xavier de La Mézenière a trouvé la mort cette nuit dans le crash de son avion privé. Selon les premiers éléments de l'enquête, le milliardaire pilotait lui-même l'appareil et se trouvait seul à bord. Les causes de l'accident ne sont pas encore déterminées. Dans le même temps, son épouse, Anne-Charlotte de La Mézenière, a été agressée à son domicile et se trouve hospitalisée dans un état grave. Selon les médecins, son pronostic vital est engagé. »

— Pas possible ! Qu'est-ce que… Mais alors… Samantha… Je ne sais plus quoi penser. C'est pire que ce que je craignais. Cette fois c'est certain, c'est une question d'heures avant que je ne sois recherché. Me voilà sacrément dans la mouise…

Vendredi 15 juin, 8 h 10

Tassée dans le bureau exigu du commandant, l'équipe au complet attend le début du briefing. Michel, le commissaire, lisse nerveusement sa fine moustache de ses petits doigts boudinés. Il a confondu prendre du galon et nourrir sa bedaine. Son embonpoint allié à une bonhomie notoire lui vaut le sobriquet de « Nounours ». À ses côtés se tient Guy Mauriac, le procédurier. Un vieux de la vieille, le visage asséché par une longue carrière de rigueur pointilleuse. À six mois de la retraite, le doyen du commissariat connaît toutes les ficelles du métier. C'est le pilier du groupe. Les autres l'ont surnommé l'Atlas. Rien à voir avec sa force, car il est maigre comme un clou. Mais ses épaules voûtées portent la lourde responsabilité de produire un rapport d'enquête de flagrance qui résistera aux assauts des avocats de la défense. Puis viennent Fred et Julien, les jeunes ripeurs. Approchant la trentaine, ce sont encore de grands ados. À huit heures du matin, ils subissent l'effet du décalage horaire de leur génération. Ils sont nés avec une barbe et un téléphone à la main qui les empêche de coiffer leur tignasse. Le sweat-shirt à capuche et les baskets signent définitivement leur appartenance à cette jeunesse dont Malone cherche en vain le mode d'emploi. Il ne faut cependant pas s'y méprendre, car leur apparence larvaire dissimule de puissantes facultés d'analyse et des facilités déconcertantes avec les outils numériques. Garcia est présent également, visiblement atteint d'une crise de bâillements aiguë. Malone a cru déceler un début de carie sur sa deuxième molaire inférieure gauche. Il faudra qu'il lui en parle. Enfin, du haut de son mètre cinquante, la pétillante Anita Manaud complète l'assemblée. Ses yeux noirs sont piquants comme des olives niçoises et son sourire toujours en embuscade derrière des boucles brunes. Sa chevelure déferle généreusement sur sa poitrine méridionale. Sa bonne humeur érigée en philosophie de vie communique l'enthousiasme comme si elle devait compenser à elle seule le manque de représentation féminine de l'équipe. Car la gent masculine est moins vivace. Les uns sont avachis sur une chaise, d'autres appuient mollement une fesse sur un coin de bureau, les moins débrouillards sont adossés au mur. Les regards pendent dans le vide, accrochés au regret de l'oreiller. Lendemain ensuqué d'une nuit amputée. Tous sirotent l'infâme café du distributeur, espérant trouver dans la boisson médicamenteuse le remède pour ressusciter leur lucidité.

— Et ce n'est que le début, entame Malone. Cette affaire nous promet d'autres nuits courtes, les enfants.

Puis se tournant vers le commissaire :

— Nounours, tu avais quelque chose à nous dire, je crois.

— Oui, confirme Michel de sa voix caverneuse. Nous venons d'être officiellement saisis sur la double enquête, afin d'établir un lien probable entre les deux événements. Ça ne va peut-être pas vous plaire, mais il va falloir se coordonner avec la section de recherches de la gendarmerie de Beauvais.

— Avec les « cruchots » ? ironise Garcia. C'est sérieux ?

— Je vous vois venir, tous, avec vos sourires railleurs. Il faut pourtant admettre que ces derniers temps, ils nous ont volé la vedette.

— C'est dégueulasse, tu as vu tous les moyens qu'on leur donne ? Si on en avait seulement le quart…

— Justement. Cette affaire est l'occasion de prendre une revanche. Vous serez pilotes sur le projet Néo. Cadeau de la PTS. Il s'agit d'un nouveau système informatique qui vous évitera la paperasse. Je n'ai pas tout compris, mais Guy a déjà été formé. Il vous expliquera. Notre directeur y tient absolument. N'est-ce pas, l'Atlas ?

— Tout à fait, les jeunes. L'informatique, il va falloir vous y mettre. Sinon, papy vous bottera le derche.

Malone s'apprête à protester, mais avant même qu'un son ne sorte de sa bouche, le commissaire l'interrompt.

— Non, Max. Commence pas à râler. Je connais ton allergie aux écrans, mais ce n'est pas négociable. À part ça, vous aurez compris que j'ai toute la hiérarchie sur le dos. Le procureur tient une conférence de presse à neuf heures. Je vous protégerai comme je peux, mais vu le contexte, on a très peu de temps pour sortir les premiers éléments.

— Dites ! s'insurge Anita. De quoi on parle, là ? Je débarque, moi. On ne me dit jamais rien.

— Anita a raison, rebondit Malone. Allez, on démarre. Garcia, fais-nous le topo.

Garcia Lunca résume les événements de la veille concernant l'agression de madame de La Mézenière. Malone complète l'exposé avec les éléments recueillis à l'hôpital puis il décrit les circonstances de la mort du milliardaire.

— Voilà, vous savez tout. À cette heure, rien ne prouve que les deux événements sont liés, mais la coïncidence est troublante.

— Bon, on commence par où ?

— Pour l'instant, on n'a pas grand-chose. Il faut espérer que l'IJ trouve des empreintes qui matchent. Ça nous donnerait une piste. Même le mobile n'est pas clair. Au fait Garcia, tu as pu savoir pour les bijoux ?

— Oui, le commissariat est formel. La victime ne portait pas de bijoux.

— Alors que son fils m'a assuré qu'elle ne quittait jamais son diamant… Et il y a aussi la disparition du Van Gogh. Toujours d'après le fils, CX n'aurait laissé personne le décrocher.

— Pour le reste, la maison n'a pas été fouillée, précise Garcia. Cela ne ressemble pas à un cambriolage habituel. Le vol est très ciblé. Un diamant, une croûte.

— Et cette histoire d'alarme qui ne s'est pas déclenchée, cette vitre cassée pour nous faire croire à une infraction… Cela laisse supposer que le coupable est un familier.

— Mouais, tout cela est très louche, commente Michel. Un vol n'explique pas pourquoi on a descendu le mari dans son avion.

— Bon, écoutez les enfants, on en a vu d'autres. Faisons les choses dans l'ordre. Répétons nos gammes. Commençons par retracer l'emploi du temps des victimes. On interroge l'entourage, on analyse les agendas, les communications, les carnets d'adresses, bref, la routine habituelle. Anita, tu t'occupes de la famille, le père, la mère, les oncles, les tantes, et surtout les enfants. Ils ont un point commun troublant : le décès de leur père les réjouit au point de vouloir célébrer l'événement au champagne ! Trouve-moi tout ce que tu peux sur eux. Je les entendrai dans la journée. Fais-toi aider par le gamin pour la téléphonie, il aime bien ça.

— Bien, chef !

— Quand il aura fini de jouer avec son portable, gronde Malone en haussant la voix pour attirer l'attention de Julien qui n'a rien écouté, trop absorbé par son écran de smartphone.

— Bien, chef ! répète le jeune en glissant à regret son appareil dans sa poche.

— Garcia, tu gardes le contact avec l'hôpital. Qu'ils nous tiennent informés de l'état de santé de la victime. Emmène Frédéric pour voisiner. Essayez de savoir qui possède les clés, qui entre ou sort, proches, domestiques, chauffeur, femme de ménage, jardiniers… toute la clique, quoi, sans oublier les autres voisins.

— C'est parti !

— Guy, je ne sais pas ce que fait ton « néobidule », mais débarrasse-moi les murs de ce bureau pour y installer la frise chronologique des événements. Désolé, l'Atlas, mais j'ai encore besoin de toucher du papier. Tu y colleras le résultat des analyses dès que tu les auras récupérés. Préviens-moi dès qu'il y a du nouveau. De mon côté, je me penche sur les activités de CX. Je vais me rendre au siège de sa société. Julien, tu viens avec moi. Je te laisse une heure pour commander toutes les fadettes aux opérateurs de téléphonie, et après on y va.

Le téléphone du bureau sonne. Malone décroche. La gouvernante des de La Mézenière s'est présentée spontanément à l'accueil du commissariat, ainsi que le médecin témoin d'hier soir qui vient pour sa déposition.

— Bon, séance levée. Nous nous retrouvons ici même à quatorze heures. Garcia, on te laisse le médecin. Anita et moi, on s'occupe de la gouvernante.

— Trop sympa, Max, commente Garcia.

Vendredi 15 juin, 8 h 55

— Guy, je peux te voir un instant ? demande Malone en posant son bras de gorille sur les frêles épaules du procédurier.

— J'aime pas quand tu m'appelles par mon blase, grimace le quinquagénaire. C'est toujours annonciateur d'une requête non réglementaire.

— Allons, allons, une toute petite faveur, dit Malone en agitant sous le nez de l'Atlas la pochette contenant le cheveu collecté dans la voiture de CX. On ne va pas se fâcher pour un cheveu, tout de même. Juste un petit cheveu blond ?

— Où t'as dégoté ça ?

— Je te le dirai quand tu m'auras trouvé la tête sur laquelle il était planté. Appelle ta copine à Écully, et fais passer la commande en urgence.

— Tu peux vraiment rien faire comme tout le monde, Max, soupire Guy arrachant le sachet des mains de Malone d'un geste exaspéré.

— Tu es une perle, l'Atlas. J'ai presque envie de t'embrasser.

— Contente-toi de m'embarrasser, Max. On ne va pas changer les bonnes habitudes.

Vendredi 15 juin, 9 h 10 – 9 h 30

— Alors madame Leduc, reformule Malone, si je comprends bien, chez les de La Mézenière, en tant que gouvernante, vous dirigez une petite équipe composée d'une cuisinière, d'un commis, d'une femme de chambre et d'une lingère. Vous vous rendez à votre travail comme tous les matins lorsque vous tombez sur les scellés. Alors vous venez nous voir.

La dame d'une cinquantaine d'années s'agite sur sa chaise. Quand elle ne tortille pas le bord de sa jupe nerveusement, elle réajuste son chignon fébrilement. Son regard fuit celui de Malone et cherche sur les murs vides un refuge qu'elle finit par trouver sur le visage d'Anita, assise à côté d'elle. Les deux policiers ont opté pour un interrogatoire façon crème brûlée. Malone souffle le froid en jouant le flic sans cœur tandis qu'Anita réchauffe l'ambiance en se montrant douce et conciliante.

— C'est exact, répond timidement madame Leduc. Et puis… ce matin aux infos, ils ont parlé d'un drame. C'est vrai, ce qu'on dit ? Monsieur est mort ? Madame est dans le coma ?

— Ah, c'est ça ! s'exclame Malone. Vous êtes venue aux nouvelles, en quelque sorte.

— Vous avez bien fait de venir, intervient Anita en posant une main rassurante sur la main de la dame, visiblement perturbée par le contact abrupt du commandant. Parlez-nous un peu de madame de La Mézenière. Quel genre de femme est-elle ?

La gouvernante se tourne alors vers Anita.

— C'est une belle personne. Exigeante, mais juste, toujours très respectueuse du personnel. Mon mari et moi sommes à son service depuis des années. Je l'estime beaucoup. C'est terrible ce qui lui arrive. Elle ne mérite pas cela, elle qui souffre déjà tellement.

— Elle souffre... de maladie ?

— Non, ce n'est pas ça. Elle était malheureuse... à cause de son mari, vous comprenez, dit-elle en balançant la tête avec un air entendu.

— Elle vous a dit que son mari la trompait ? demande Malone, toujours aussi indélicat.

— Non, non, proteste la dame sur un ton offusqué. Nous ne parlions pas de ces choses, mais je le voyais bien. Dans mon métier, on finit par bien connaître ses employeurs. Il y a des détails qui en disent long, dans les fonds de poche comme sur le col des chemises... Malgré notre devoir de discrétion, tout finit par se savoir.

— Avez-vous les clés de la maison, madame Leduc ? interrompt Malone.

— Oui, bien sûr, s'effarouche l'employée. Pourquoi cette question ?

— Question de routine, rassure de nouveau Anita en roulant des yeux noirs vers Malone qui lui répond par un haussement d'épaules. Nous avons besoin de savoir qui a accès au domicile.

— Il y a les enfants, bien sûr. Mais parmi les membres du personnel, nous sommes les seuls à posséder les clés mon mari et moi. Mon mari est intendant général. Il gère la sécurité et l'entretien de la demeure comme celui du parc. Les domestiques n'ont pas les clés. Le chauffeur en a peut-être un jeu, il faudrait voir. Il emmène souvent Madame pour ses sorties. Il détient la commande du portail et les clés du portillon, ça, c'est certain, mais pour la maison, je ne suis pas sûre.

— Le chauffeur, dites-vous ? Celui qui conduit la limousine qui est garée dans le parc ? demande le commandant.

— Oui, c'est cela.

— Où peut-on le trouver ?

— Chez lui, je suppose. Il n'habite pas très loin, mais je ne saurais pas vous dire où exactement. Il est employé par la société de Monsieur. En revanche, je peux demander à mon mari de vous transmettre les coordonnées de nos employés.

— Cela nous aiderait beaucoup, madame Leduc, poursuit Anita, indiquant à Malone d'un geste de la main qu'elle entend conduire elle-même l'interrogatoire. Nous devrons rapidement relever les empreintes ADN de chacun afin d'isoler les éventuelles traces étrangères à la maison. Pour revenir au chauffeur, depuis combien de temps travaillait-il ici ?

— Deux ou trois ans. Madame semblait l'apprécier. Mais moi, je m'en méfiais. À vrai dire, il me faisait peur…

— Pour quelle raison ?

— Cela ne s'explique pas. C'est son regard. Comme s'il calculait toujours un mauvais coup. Et puis c'est un sans-gêne. Parfois, il vient chaparder un morceau de fromage à la cuisine.

— À quelle heure avez-vous vu madame de La Mézenière pour la dernière fois ?

— J'ai fini mon service vers dix-neuf heures quarante-cinq, après que la cuisinière a terminé la préparation du repas. Madame devait dîner seule avec son mari. Dans ce cas, ils ne souhaitent pas de service.

— Avec son mari ? Elle n'était donc pas au courant qu'il devait partir ?

— Je suppose que non. Ça arrive parfois. Monsieur est très imprévisible.

— Qui se trouvait dans la maison après votre départ ?

— Monsieur et Madame, uniquement. Monsieur a dû rentrer un peu avant dix-neuf heures trente, avec la limousine. Il a congédié le chauffeur, que j'ai vu sortir à peu près à cette heure-là. Mon mari et moi sommes partis les derniers environ un quart d'heure après.

— Avez-vous remarqué quelque chose d'anormal pendant la journée ? Des visites particulières ?

— Non, rien du tout. C'était une journée comme toutes les autres.

— Lorsque nous avons trouvé la victime, elle ne portait aucun bijou.

— C'est terrible. On lui aura volé son solitaire. Voyez-vous, elle ne l'ôte jamais. Elle dit toujours qu'elle y a rangé son âme et qu'elle rayonnera encore après sa mort.

— Il manque aussi un tableau dans le bureau. Un Van Gogh, paraît-il.

— Le Van Gogh a disparu ? Mon Dieu, quelle tristesse ! Monsieur l'aimait tant. Moi-même, je ne pouvais passer devant sans m'arrêter pour l'admirer. Je peux d'ailleurs vous assurer qu'il était encore à sa place hier matin lorsque j'ai vérifié le ménage.

***

9 h 30

Malone s'éclipse, laissant Anita terminer seule l'entretien.

— Elle s'en sort bien, la petite, pense-t-il.

Vendredi 15 juin, 10 heures

Le siège de la Geneticorp est aussi prétentieux que Malone pouvait s'y attendre. La tour surpasse d'une tête les autres gratte-ciel de Courbevoie pour venir planter son logo orgueilleux dans le ciel de la capitale. Sur le parvis, quelques journalistes sont déjà à l'affût, micros à la main, caméras à l'épaule, tenus à distance par le service de sécurité. Malone les évite soigneusement. Il franchit les barrières en présentant son badge, accompagné de Julien. Le jeune ripeur ne cache pas sa fierté d'intervenir sur une si grosse affaire. Un silence de crypte règne dans le hall. Les employés glissent sans bruit vers les ascenseurs, visage en berne. Ils baissent les yeux au moment de passer sous le gigantesque portrait de CX. À l'accueil, Malone se sent obligé de chuchoter lorsqu'il présente son badge.

— Bonjour, commandant Max Malone, j'enquête sur…

— Parlez plus fort, je vous prie, lui répond l'hôtesse derrière son comptoir.

— Police ! aboie le commandant, s'attirant cette fois tous les regards des alentours. Nous souhaitons rencontrer l'assistante de monsieur de La Mézenière.

L'hôtesse leur remet un badge visiteur et les invite à patienter sur les canapés le temps qu'on vienne les chercher. Un quart d'heure plus tard, une femme blonde vêtue d'un tailleur sombre se présente aux policiers. Son charme discret muselle en douceur le mécontentement des deux hommes pour avoir attendu trop longtemps à leur goût. Petite quarantaine, maquillage subtil, demi-sourire expert, et un corps souple laissant deviner un tempérament de sportive accomplie, l'assistante est accompagnée d'un homme lisse, en costume noir et oreillette.

— Bonjour messieurs, Alexandra Orval. Que puis-je pour vous ?

— Pas mal de choses, et sans doute plus que votre entreprise ne l'autorise, répond Malone. Mais pour commencer, nous aimerions examiner l'emploi du temps de monsieur de La Mézenière. Qui est ce monsieur ?

— Gilles Magnien est notre chef de la sécurité. Il accompagnera vos déplacements dans nos locaux.

— Tant mieux. Nous avons aussi quelques questions pour vous, monsieur Magnien.

Madame Orval conduit les policiers jusqu'au bureau du milliardaire, situé au dernier étage de la tour, empruntant un ascenseur impressionnant de rapidité. En haut, Malone parvient à masquer son ébahissement devant le luxe de l'étage. À l'inverse, son jeune collègue se dévisse la tête tant il est subjugué. À quelques reprises, il se laisse distancer, et Malone doit le rattraper par la manche. Ainsi, ils contournent une étonnante fontaine en cascade et ses bassins peuplés de poissons exotiques, traversent une serre luxuriante tapissée de fleurs tropicales aux senteurs vanillées où retentissent les vocalises d'oiseaux multicolores, pénètrent dans une pièce d'un blanc immaculé où trône une reproduction du baiser de Rodin au centre d'un puits de lumière naturelle. Enfin, ils atteignent ce qu'ils supposent être le bureau de CX ; un vaste espace panoramique au mobilier épuré, parfaite alliance des matériaux nobles, pierre, verre, bois et métal... Alexandra Orval les introduit dans une pièce attenante. Monsieur Sécurité reste à l'extérieur.

— Prenez place, messieurs, ordonne-t-elle en refermant la porte sur eux.

— Lorsque j'ai appris la nouvelle, poursuit-elle, je me suis doutée que vous nous rendriez visite. Aussi, j'ai fait imprimer l'agenda de CX en plusieurs exemplaires. Les voici.

Malone s'empare des feuillets et commence à les étudier à voix haute.

— Hier, conseil d'administration de huit heures jusqu'à seize heures, puis débriefing avec l'équipe de direction jusqu'à vingt et une heures Et aujourd'hui, il devait démarrer la journée à huit heures trente avec l'équipe marketing. Son voyage au Luxembourg n'était donc pas prévu ?

— Il partait au Luxembourg ? Tiens donc ! Vous me l'apprenez. C'est incroyable. Il faut dire que la journée d'hier ne s'est pas déroulée comme prévu. CX a quitté le conseil d'administration avant la fin. Vers quinze heures. Il en est sorti extrêmement contrarié. Il m'a demandé d'annuler tous ses rendez-vous de la fin de la journée. Il est resté quelque temps seul dans son bureau, puis il est parti vers seize heures en disant qu'il avait besoin de se calmer les nerfs. Il n'est pas repassé à son bureau avant que je quitte les locaux, vers dix-neuf heures.

— Avez-vous une idée de ce qui a pu se passer en conseil d'administration ?

— Ce qui se passe dans ces réunions est confidentiel. Je n'ai pas accès à ces informations. Mais CX a parlé de trahison. À plusieurs reprises, je l'ai entendu frapper contre le mur. Je ne l'avais jamais vu dans un état pareil.

— Il était donc calme, d'habitude ?

— Non, loin de là… c'est… c'était un homme très impulsif. Il était réputé pour ses emportements. Mais cette fois, il était vraiment très en colère.

— Quelqu'un est entré dans son bureau depuis son départ ?

— Personne n'est habilité à y entrer sauf moi ou ma suppléante lorsque je suis absente. Hier soir, j'ai déposé quelques documents à signer sur son bureau. Ils y sont toujours. Le dernier ménage remonte à hier matin, donc personne n'a dû pénétrer ici après mon départ.

— Bien. Nous allons procéder à un relevé d'empreintes puis poser des scellés dans le bureau. Il pourrait abriter des pièces à conviction. Julien va s'occuper d'organiser cela, n'est-ce pas ? En attendant, assurez-vous que personne ne vienne ici.

— Est-ce vraiment nécessaire ? Je veux dire… Tout cela, pour un accident…

Malone appuie un regard insistant sur les yeux de velours de l'assistante pour lui signifier que la réponse se trouve dans la question. Puis il change de sujet.

— J'ai besoin de la liste de toutes les personnes présentes au conseil d'administration, avec leurs coordonnées.

— Bien.

— Est-ce que CX avait un… bras droit dans l'entreprise ?

— Steeve Stenson, son directeur adjoint, avait toute

sa confiance. L'intérim de la direction lui revient. Il était présent au conseil d'administration.

— J'aimerais l'entendre au plus vite.

— C'est que monsieur Stenson est très pris.

— Sans doute préférerait-il que je le convoque au commissariat ?

— Je vais voir ce que je peux faire.

— Je compte sur vous. Dites-moi, je vois un rendez-vous mercredi dernier à onze heures avec un certain « monsieur M ». De quoi s'agit-il ?

— Je ne sais pas. Monsieur de La Mézenière a organisé lui-même ce rendez-vous sans rien me préciser. Ça lui arrive parfois.

— J'ai entendu dire que votre patron avait un faible pour la gent féminine. Selon vous, peut-il s'agir d'un rendez-vous « spécial » ?

— Comment voulez-vous que je le sache ? répond l'assistante avec un brin d'agacement dans la voix.

Malone a mis le doigt sur un point sensible. Il devine un imperceptible rosissement sur les joues de son interlocutrice qu'il interpréterait volontiers comme l'aveu d'une relation autre que professionnelle avec son patron, peut-être même une once de jalousie. Pour l'instant, ce ne sera qu'un mot griffonné dans son carnet. Un point à creuser plus tard s'il flaire un indice.

Vendredi 15 juin, 10 h 32

Malone s'est fait conduire jusqu'au PC sécurité. La pièce a beau être aveugle, elle voit tout. Rien de ce qui se passe dans le bâtiment n'échappe à son mur rétinien tapissé d'écrans.

— Nous contrôlons la tour vingt-quatre heures sur vingt-quatre, indique le chef de la sécurité sans cacher sa fierté. Les caméras enregistrent les images lorsqu'une présence est détectée. Nous conservons les archives sur les trente derniers jours.

— Voilà qui nous facilitera le travail. Montrez-moi les mouvements dans le bureau de CX entre quinze heures hier et maintenant.

De quelques clics de souris experts, monsieur Magnien affiche la liste des enregistrements disponibles.

— Voilà, vous avez les horaires de fin et de début sur la caméra 43. Celle-ci contrôle l'unique accès à l'étage. Quiconque entre ou sort de là passe nécessairement devant l'objectif.

— Intéressant. Il y a un enregistrement hier soir à vingt et une heures vingt, et un autre cinq minutes après. Montrez-les-moi, puis vous me ferez une copie de tout cela. Vous ajouterez les caméras d'entrée du bâtiment, parking inclus.

Les trois hommes visionnent les vidéos. Sur la première, on voit le milliardaire entrer précipitamment. La seconde le montre repasser dans l'autre sens. Malone semble intéressé par un détail. Il demande à revoir la première vidéo au ralenti.

— Avez-vous une caméra à l'intérieur du bureau de CX ? demande le commandant.

— Non. CX y était opposé. Les images que vous voyez proviennent de la seule caméra à cet étage.

— Est-ce qu'il y a un coffre-fort dans son bureau ?

— Oui. Dissimulé derrière un tableau. CX est seul à en détenir le code.

— Évidemment, déplore Malone. Peut-on au moins savoir si des communications ont été passées depuis son bureau ?

La réponse tombe quelques clics plus tard.

— Un appel sortant à vingt et une heures vingt-cinq, d'une durée de vingt-trois secondes vers un numéro de portable. Je vous le donne ?

— Mais certainement ! Non, en fait, donnez-le plutôt à mon collègue. Les téléphones portables, c'est son rayon. Il va s'en occuper, n'est-ce pas, Julien ?

Une nouvelle fois, le jeune ripeur rengaine son smartphone, à peine honteux.

— Dites-moi, je suppose que vous connaissez le chauffeur de CX. Que pouvez-vous me dire sur lui ?

— Monsieur Ouali travaille ici depuis deux ans. Je me souviens parfaitement de son embauche, car j'avais moi-même effectué son enquête de sécurité. Son casier judiciaire n'était pas vierge. Une erreur de jeunesse, qui lui a valu un petit séjour en prison. Une complicité dans un casse. Mais c'était de l'histoire ancienne. Il avait de solides références. Je les avais vérifiées. J'avais tout de même alerté CX, mais cela n'avait pas l'air de le perturber. « Qui ne fait jamais de conneries ? » m'avait-il répondu. Personnellement, je ne l'aurais pas embauché…

— Et depuis ?

— CX en est satisfait. C'est le principal. Deux ans de service à ce poste, c'est un record. Ses prédécesseurs n'ont jamais tenu si longtemps.

— Vous tordez la bouche. Je vois bien que ça coince. Allez-y, crachez le morceau !

— Je… je ne devrais sans doute pas vous le dire, répond monsieur Magnien avec hésitation. En fait, j'ai toujours trouvé l'homme un peu louche.

— Qu'avez-vous à lui reprocher ?

— Rien dans les faits. C'est dans son attitude. Il est suffisant, il a le regard frondeur de celui qui mijote un mauvais coup. Dans mon métier, on apprend à repérer les voyous.

— Vous n'êtes pas le premier à me le dire. Il est temps que je rencontre ce monsieur. Savez-vous où je peux le trouver ?

— Je vais vous donner ses coordonnées. Aux heures de service, il est censé rester chez lui quand il ne conduit pas. Geneticorp loue un appartement pour lui à proximité de la résidence de CX. Contractuellement, il doit demeurer joignable en permanence et se rendre opérationnel sur site en moins de quinze minutes.

— En voilà un qu'une garde à vue ne dépayserait pas.

Vendredi 15 juin, 10 h 35

Marco Santini a restitué sa voiture de location. Son retour prématuré a suscité la surprise, voire une certaine méfiance de la part du loueur. Il s'est senti obligé de se justifier, prétextant avoir oublié sa trousse de toilette. En repensant à la tête de l'employé, il se rend compte qu'il n'a pas dû convaincre. Parcourt-on cinq cents kilomètres dans l'autre sens lorsqu'on a oublié sa brosse à dents ? Son inventivité déjà affaiblie par une nuit blanche a définitivement succombé aux deux heures d'embouteillages parisiens pour rejoindre le XVe arrondissement. À présent, il longe ces trottoirs qu'il connaît si bien. Rue Vaugirard, les devantures familières défilent sans qu'il y prête attention. Éreinté, pressé de rentrer chez lui, il rêve du réconfort d'une douche chaude et d'un véritable café, racines italiennes obligent. Les odeurs des commerces l'agressent, ces mêmes effluves de fromage et de légumes qu'il hume d'habitude avec un plaisir épicurien. Un sentiment d'insécurité colle à ses semelles. Il tente de se tranquilliser. Certes, le plan a échoué. Comment les flics pourraient-ils si vite remonter jusqu'à lui ? Et quand même bien, de quoi l'accuserait-on ? Il n'a encore commis aucun délit. En droit français, on n'est pas coupable d'intention. L'animation mercantile ne suffit pas à le rassurer. Il traverse son quartier comme un étranger.

Enfin, son immeuble est en vue. Il scrute les alentours avec suspicion. Au volant d'un véhicule stationné sur une place réservée, un type bizarre semble surveiller son entrée, sans plus de handicap apparent que des épaules incroyablement larges.

— Un cube dans une Mini, se dit Santini.

Soucieux de ne pas éveiller l'attention, Santini poursuit son chemin sans ralentir. Puis il s'arrête une vingtaine de mètres plus loin, faisant mine de téléphoner. Tenant son smartphone face à lui, il active la caméra en mode selfie de façon à observer ce qui se passe dans son dos. Le guetteur tient dans ses mains un appareil photo dont le zoom est actuellement braqué dans sa direction. Pas de doute, l'homme s'intéresse à lui. Santini reprend sa route sans précipitation. Au moment de tourner le coin de la rue, il jette un coup d'œil furtif par-dessus son épaule. Le baraqué a quitté la voiture pour le suivre. Fouetté par une poussée d'adrénaline, Santini s'élance dans une course folle. Derrière lui, des pas précipités lui signalent qu'il est pris en chasse. Il traverse une rue, manquant de se faire renverser. Les claquements des talons se rapprochent. Santini n'est pas sportif. Ses poumons le brûlent. À ce rythme, il ne tiendra pas longtemps. Tout à coup, une idée lui vient. L'agence de coursiers, juste à l'angle. Avec un peu de chance…

— Oui, s'écrie-t-il.

— Hep ! ajoute-t-il à l'attention du conducteur d'un scooter qui a déjà mis les gaz, prêt à se lancer dans le flot de la circulation.

Le livreur se retourne, mais avant qu'il ne comprenne ce qui lui arrive, Santini le pousse à terre, enfourche le scooter et démarre en trombe. Dans son rétroviseur, Santini a juste le temps d'apercevoir le visage consterné de son poursuivant. Il n'est pas près d'oublier ces yeux de brute qui le regardent s'enfuir.

Vendredi 15 juin, 10 h 54

Malone et Julien ne sont pas mécontents de quitter l'atmosphère confinée de la tour. De retour à l'air libre d'une journée caniculaire, ils replongent dans leur drogue respective, Malone le tabac, Julien son compte Instagram.

— Dis gamin, t'as rien remarqué sur la vidéo ? questionne Malone en faisant disparaître son collègue dans le nuage de sa fumée.

— Ch'suis plus un gamin, proteste le jeune homme en toussotant. J'ai presque trente ans, tout de même. Et puis ça suffit avec tes insinuations ! Je l'ai bien vue ta vidéo.

— Tu as vu la vidéo. Tu l'as peut-être même regardée. Mais tu l'as pas observée, fiston. Sinon, t'aurais remarqué quelque chose.

Silence…

— Eh bien, pour ta peine, tu vas retourner à la ruche pour jouer au jeu des sept erreurs. Compare attentivement les deux vidéos. CX qui entre, CX qui sort. Je veux également un rapport complet sur les prises de vues du parking. Tu trouveras aussi qui CX a pu joindre depuis son bureau…

— Bien patron.

— Et arrête de m'appeler patron.

— OK, boss, répond le jeune, un large rictus sur les lèvres.

— Tu m'agaces, gamin. Je me casse.

— Tu vas où, Max ?

— Ça te regarde pas.

— Si tu vas voir Ouali, je te rappelle que le règlement nous impose d'être au moins deux.

— Dans la théorie, tu as raison, gamin. Mais dans la pratique, tu deviens chiant. T'es trop petit pour me donner des leçons. Alors, ne suis pas mon mauvais exemple, et fais ce que je te dis. Tu seras bien plus utile à l'enquête. File, je t'ai assez vu.

Malone ponctue sa tirade d'une tape dans le dos de Julien.

Vendredi 15 juin, 11 h 15

Sans surprise, Ismaël Ouali attendait sagement à son domicile. Lorsque Malone a présenté son badge de police, il n'a pas paru particulièrement ému. Il a spontanément invité le commandant à prendre place dans son maigre salon.

L'appartement est aussi impersonnel qu'une chambre d'hôtel. Un cendrier s'étouffe sous un tas de mégots sur la table basse, à côté d'un journal de sport ouvert à la page des courses hippiques où un stylo a entouré des numéros. Hormis ces signes de vie, rien ne fournit d'indice sur la personnalité de l'occupant. Pas une photo, ni même un livre ou un bibelot. Les étagères dénudées dégagent une tristesse d'arbre mort. Pour l'instant les deux hommes se toisent. Engagés dans une conversation silencieuse, ils se trouvent des points communs. L'un comme l'autre appartient à la race des grands fauves séducteurs. Bien qu'ils aient franchi le col du milieu de leur vie, la descente sur la pente de l'âge mûr n'a pas encore altéré leur charme. Tous deux carburent à la caféine et à la nicotine. Ils n'ont manifestement pas dormi cette nuit. Malone comprend aisément pourquoi l'homme inspire tant de méfiance. Comme son appartement, il camoufle son âme sous un corps svelte, une tenue sobre, un visage inexpressif et des cheveux bien ordonnés. Mais derrière cette façade trop lisse, son regard intrigue. Une curieuse flamme danse au fond de ses yeux, fière et arrogante.

— Cigarette ? propose Malone en tendant son paquet au chauffeur.

L'homme acquiesce sans un mot, prête son briquet en retour. Pendant que leurs fumées se mélangent au-dessus de leurs têtes, leurs regards s'affrontent. Ils se soupèsent l'un l'autre, évaluent leurs options. L'un calcule son angle d'attaque, l'autre établit sa stratégie de défense. Puis écrasant sa cigarette, Malone déclenche les hostilités.

— Vous êtes probablement la dernière personne qui ait vu les de La Mézenière vivants. Cela vous place en tête de la liste des suspects.

— Je sais, répond calmement Ouali. Pourtant, je n'ai rien à me reprocher.

— Dans ce cas, il va falloir m'aider à vous croire. Commencez par me donner votre emploi du temps depuis hier matin.

Le chauffeur expose les faits de manière concise. Sa locution est aussi dénuée d'émotion que le logis. Il parle comme un automate, comme s'il récitait mécaniquement une leçon bien apprise sans en comprendre le sens. Cependant, son récit coïncide en tout point avec les témoignages déjà recueillis. CX lui a demandé de passer le prendre à son club de gymnastique à dix-neuf heures pour le conduire à son domicile. Il l'a congédié vers dix-neuf heures trente, en lui précisant qu'il serait absent pour quelques jours. Ouali est ensuite rentré chez lui. Ce matin, en même temps qu'il a appris le drame aux informations, il s'est rendu compte qu'il avait oublié son téléphone professionnel dans la limousine. Occupé en début de matinée, il devait passer au commissariat dans l'après-midi pour apporter son témoignage et récupérer son téléphone.

— CX se rendait souvent à son club de gym ?

— Oui, très souvent. Parfois tard. MasterBody est à deux pas de la tour de la Geneticorp. Il n'avait pas besoin de moi pour s'y rendre.

— Possédez-vous les clés de la maison ?

— Non. Uniquement celle du portillon. Cela me permet de rejoindre la limousine lorsqu'on m'appelle. La limousine commande automatiquement l'ouverture du portail.

— Mercredi à onze heures, CX avait rendez-vous avec un certain monsieur M. L'y avez-vous conduit ?

— Non. Mercredi, je n'ai fait qu'emmener CX à la tour, et le ramener le soir.

— Quelles relations entreteniez-vous avec lui ?

— Distantes. Il commandait, je conduisais. Il n'était pas le genre très causant. Moi non plus. Je crois bien qu'il appréciait mon silence.

— Et avec sa femme ?

Malone remarque un très léger tressaillement de la paupière.

— Je la conduisais également, aux horaires où CX n'avait pas besoin de mes services.

— Où l'emmeniez-vous ?

— Rendre visite à des amies, faire des achats, parier au champ de courses ou visiter des expositions…

— Fréquemment ?

— Plusieurs fois par semaine.

— Se confiait-elle à vous ?

— Nous parlions peu.

Malone observe une rougeur envahir la base de cou du chauffeur. Il jurerait que cet homme ment.

— Bien, je vais vous laisser. Présentez-vous au commissariat à quatorze heures. Nous aurons besoin de prélever votre ADN.

— Ah bon ?

— Vous n'avez rien à craindre puisque vous n'avez rien à vous reprocher, ironise le policier. L'ADN, ça sert autant à coincer le coupable qu'à innocenter les suspects.

Au moment de quitter l'immeuble, Malone reçoit un texto d'Alexandra Orval lui confirmant un rendez-vous avec Steeve Stenson à seize heures trente à la Geneticorp.

Vendredi 15 juin, 11 h 20

Marco Santini a abandonné son scooter le long des grands boulevards. Le cœur impossible à calmer, il se demande ce qui se serait passé si son poursuivant l'avait rattrapé. L'homme n'avait pas l'air d'un policier. Les flics, ça va toujours par deux. Le regard de celui-ci trahissait davantage les intentions d'un tueur. Qui tire les ficelles dans cette affaire ? La police ? Samantha ? La Geneticorp ? Comment le savoir ? Une chose est sûre, il va falloir trouver une planque le temps d'y voir clair. Santini arpente les longues avenues en réfléchissant à un point de chute. Du monde, il en connaît. Son carnet d'adresses regorge d'amants prêts à lui ouvrir leur lit pour une nuit. Des connaissances d'un soir pour la plupart. Mais à qui faire confiance ? Tôt ou tard, son nom sera mentionné dans l'enquête. Alors, seul un véritable ami saura le protéger. Un tel compagnon…

— Je n'en connais qu'un. Édouard, mon vieil amant. Sans doute encore amoureux de moi. Même après tout ce temps. Malgré ce que je t'ai fait endurer…

Santini soupèse un instant l'ironie de ce choix, car le fait est qu'Édouard Paulbert est lié à l'histoire. Cela remonte au temps où ils étaient collègues à la Geneticorp.

Santini travaillait au service de communication interne. Il s'était embarqué dans une aventure malheureuse avec un membre de la direction. Le type l'avait lâché du jour au lendemain, comme on jette un vulgaire mouchoir de papier. Vexé jusqu'au trognon, Santini avait cherché à se venger. Il s'était mis à fureter dans l'entreprise en quête d'un moyen de pression. Paulbert travaillait dans un laboratoire protégé où il menait des recherches sur le cuir chevelu. Sa transparence de vieux garçon faisait de lui une proie facile. Santini avait entrepris de le séduire espérant de la sorte lui soutirer quelque information compromettante. Édouard était alors âgé d'une trentaine d'années. Son corps chétif était resté celui d'un adolescent, mais sa tête au sommet dégarni préfigurait celle d'un vieillard. Le pauvre n'était pas même conscient de son homosexualité. Santini dut lui ouvrir les yeux avant de lui écarter les cuisses. Il n'avait pourtant pas soupçonné que ce garçon discret puisse à son tour lui retourner la tête. Chose jusqu'alors impensable, ils vécurent ensemble les mois qui suivirent en parfait petit couple. Leur idylle dura jusqu'à ce que Santini entre en conflit ouvert avec l'entreprise. Tandis que l'armada de juristes de la puissante organisation broyait sa rébellion bravache, Paulbert affichait une agaçante neutralité. Le chercheur était fragile de nature. Toute forme de tensions le déstabilisait. Il désertait la zone de combat pour se réfugier dans le bunker rassurant de son laboratoire. Santini le savait écartelé entre son besoin vital de tranquillité et son sentiment amoureux. Mais le scientifique ne savait pas choisir entre le cœur et raison, l'un et l'autre courtisant une facette opposée de sa personnalité. Santini dut trancher. Le jour où il fut viré de la Geneticorp, il plia bagage et disparut de la vie de Paulbert. Il n'est pas certain que trois années suffisent à purger le délai de prescription.

— Nos retrouvailles ne t'enchanteront pas, mon cher Édouard, mais je n'ai pas le choix. Si rien n'a changé, je sais encore où tu caches le double de tes clés.

Vendredi 15 juin, 11 h 35

— Allô, Anita ?

— Pour vous servir, Max, roucoule la voix chaude d'Anita. Alors, la pêche fut bonne ? Julien nous a raconté, pour les vidéos. Et il paraît que tu as vu le chauffeur ?

— Oui, c'est pour ça que je t'appelle.

— Dommage, je pensais que c'était pour m'inviter au resto.

— Le type affirme avoir oublié son téléphone dans la limousine. Récupère-le et demande les fadettes.

— Bien, chef. Et pour le resto ?

— Je l'ai convoqué à quatorze heures. Demande à l'Atlas de prendre sa déposition. Surtout, dis-lui bien de ne pas éveiller les soupçons. Il l'interroge en qualité de témoin. Il ne doit pas penser qu'on le soupçonne. Éventuellement, qu'il laisse entendre qu'on tient une piste sérieuse.

— Entendu. Et pour le restaur…

— Des nouvelles de l'hôpital ?

— La meuf est toujours dans le coma.

— Et les enquêtes de voisinage ?

— Bredouille. Personne n'a rien vu. Julien est en train d'éplucher la vidéosurveillance de la ville, mais rien pour l'instant. On peut déjeuner ensemble, oui ou n…

— Bon d'accord. Rejoins-moi dès que tu peux au MasterBody, à Courbevoie.

— Comme c'est romantique ! Une séance d'abdos-fessiers tous les deux… Max ? Max ?

Malone a raccroché, regrettant déjà d'avoir cédé au désir de la jeune femme. En route vers le club de gym, le visage alangui d'Anita se reflète sur la visière de son casque. Pourquoi faut-il toujours que sa vie se complique ? Maudite entropie des sentiments.

Vendredi 15 juin, 11 h 53

— Un double whisky, s'il vous plaît, demande Malone en s'adressant au tas de muscles derrière le comptoir.

— Je ne peux pas vous servir, répond le serveur en appuyant sur le commandant un regard dédaigneux, le bar est réservé aux clients du club.

— Et comme ça, c'est mieux ? demande Malone en claquant son badge d'officier de police sur le bar.

— En effet, ça change tout ! Pur malt ou blended ? C'est moi qui régale.

— Blended. Le pur malt, je le réserve pour le soir.

— Je suis désolé, s'excuse le barman, je vous avais pris pour un journaliste.

— C'est la deuxième fois qu'on me prend pour un scribouillard en moins de douze heures. Franchement, est-ce que j'ai une tronche de journaliste ?

— Non, c'est vrai. Excusez-moi. Je suis un peu sur les nerfs avec cette affaire. Je n'ai pas besoin de mauvaise publicité.

— CX ? Une mauvaise pub ?

— CX comptait parmi nos plus fidèles clients, explique le gérant sur un ton de confidence, mais il ne venait pas chez nous que pour le fitness. Ici, c'était un peu son territoire de chasse. Un repère pour hashtag « balance ton porc », c'est pas l'image qu'on veut donner.

— De ce que nous savons, notre gros gibier est venu chasser sur vos terres hier après-midi. Est-ce que vous connaissez la proie ?

— Ces derniers temps, on le voyait toujours avec Tatiana, une jolie blonde. Ils ont pris un cocktail ici même après leur séance, vers dix-sept heures. Tatiana est partie juste après, CX a rempilé pour une séance de cardio. Puis il est parti vers dix-neuf heures. Je dois pouvoir retrouver la fiche de la cliente, si cela vous intéresse.

— C'est incroyable comme vous lisez dans mes pensées.

— C'est que je suis un passionné de romans policiers. J'adore votre métier. La mort de CX, sacrée enquête, n'est-ce pas ? C'est du lourd !

— On peut dire ça… soupire Malone pensivement. Alors, cette blonde ?

Le serveur pianote sur son ordinateur, imprime une fiche avec nom, adresse, numéro de téléphone, puis la tend au policier.

— Tatiana Romana. Inscrite depuis trois mois seulement ; 14 rue Abel, dans le XIIe. C'est pas tout près. Il y a un téléphone portable, mais les coordonnées bancaires ne sont pas renseignées, constate Malone.

— Non, elle payait ses séances en espèces.

— C'est bien dommage. Et vous auriez sa photo quelque part ?

— Hélas, non. On a bien une caméra de surveillance, mais on n'enregistre pas en journée. Je peux vous la décrire ; taille moyenne, environ un mètre soixante-dix, blonde, carré court, yeux bleus. Un corps idyllique, pas un poil de graisse. Taille fine, belle poitrine. Hyper-gainée.

Elle enchaîne dix séries de burpees sans même transpirer. Une tueuse !

— Arrêtez de me faire rêver. J'étais déjà pressé de la retrouver, maintenant j'en crève d'envie. Si vous la voyez aujourd'hui, prévenez-moi immédiatement.

Malone abandonne sa carte de visite et remercie pour le whisky.

Vendredi 15 juin, 12 h 13

Malone jaillit du club comme un diable au moment précis où Anita s'apprête à y entrer. Propulsée avec une telle énergie, la porte catapulte la jeune femme, qui atterrit brutalement sur son postérieur deux mètres plus loin.

— Anita, tu tombes bien ! lâche Malone en s'approchant de sa collègue pour la relever.

Il la saisit par le col du blouson comme on attrape la poignée d'une valise et la redresse sur ses jambes sans effort apparent.

— Putain, Max, t'es complètement dingue ! Tu m'as explosé le *cul* !

— Plains-toi ! Il y en a qui aiment ça.

— Mais ça fait mal ! Tu pourrais au moins t'excuser au lieu de dire des *conneries* !

— Arrête de geindre. T'es flic. T'as signé pour souffrir. Allez, suis-moi. J'ai une piste. Encore toute chaude.

Max installe Anita à l'arrière de sa moto, lui prête son casque et l'aide à y enfouir son imposante chevelure. Bientôt, tous deux foncent dans les rues de Suresnes, traversent Levallois puis empruntent les quais de Seine à vive allure. La moto slalome dangereusement entre les voitures. Anita resserre son étreinte autour de la taille du commandant. Les yeux fermés, la joue collée contre le large dos de Malone, elle respire son parfum. Sa vie est outrageusement exposée au danger de la circulation et pourtant, elle ne s'est jamais sentie plus en sécurité, remettant aveuglément son destin entre les mains de celui qu'elle a toujours admiré en secret. Ses boucles brunes dépassent du casque et volent au vent allègrement. Un frisson d'adrénaline parcourt son échine pour se perdre au creux de ses reins. Le vertige de sa peur se mêle délicieusement à l'ivresse de son désir. Concentré sur sa conduite, Malone feint d'ignorer la chaleur des sentiments accrochés à son dos. Des conquêtes amoureuses sur la selle de sa Voxan, il y en a eu. Autrefois, il aimait exhiber ses trophées de chasse. Les regards envieux des passants léchaient les cuisses de ses passagères et cela le rendait fort. Avec Anita, c'est différent. Il n'a jamais cherché à séduire sa collègue. D'ailleurs, la situation le met mal à l'aise. Confusément mal à l'aise. Le deux-roues quitte les voies sur berge à hauteur de la gare de Lyon puis s'immobilise devant le 14 rue Abel. Anita regrette que la course soit déjà terminée. Elle pose pied à terre avec l'impression d'émerger d'un rêve enchanté. Malone ne l'a pas attendue. Encore flottante, elle le rejoint dans le hall frais d'un immeuble à la façade négligée pour le trouver occupé à scanner les boîtes aux lettres.

— Merde, pas de Romana ! gémit-il.

— Max, tu peux m'expliquer, maintenant ?

— C'est simple. On recherche une certaine Tatiana Romana, qui habite à ce numéro. Bon, il n'y a pas à tortiller. On sonne à toutes les portes.

— À quoi elle ressemble, cette nana ?

— À Lara Croft, en blonde. Carré court, yeux bleus, taille moyenne, hyper-sportive, gros seins. Je n'en sais pas plus. Je fais le haut, tu commences par le bas. Tu cries dès que tu trouves.

Quelques minutes plus tard, Malone et Anita se retrouvent sur un palier intermédiaire.

— Alors ? demande Malone.

— Rien. La dame du premier est du genre concierge. Elle est formelle ; il n'y a pas de bombasse blonde ici.

— Attends, j'ai un numéro de portable, se souvient Malone.

Mais son espoir est vite déçu. Le numéro n'est pas attribué.

— Fausse adresse, faux numéro. Voilà comment un témoin devient un suspect. Tatiana Romana, c'est une mission pour toi. Retourne à MasterBody. C'est l'heure de pointe. Interroge les clients pour en savoir plus sur elle. Moi, je voisine encore un peu. Et tant que tu y es, convoque le patron du club à l'IJ pour établir un portrait-robot.

— Non, mais je rêve ? J'ai pas bouffé, j'ai encore mal aux fesses et tu veux que je me retraverse tout Paris dans l'autre sens dans cette chaleur ? Tu me prends pour qui ?

— Un bon flic.

— C'est pas le flic qui se plaint, Max. Je suis une femme avant tout, au cas où tu ne l'aurais pas remarqué, gémit Anita en plaquant ses mains contre sa poitrine. Tu m'avais promis qu'on déjeunerait ensemble.

Le commandant affiche son plus beau sourire puis attrape le menton de sa collègue.

— Là tout de suite, tu vois bien qu'on n'a pas le temps, jeune femme. Ce serait bâclé. Mais retrouve-moi Tatiana Romana et je te promets un petit dîner en tête à tête.

La jeune femme demeure silencieuse. Elle aurait envie de gifler le commandant, mais sa colère fond comme neige au soleil sous le rayonnement radieux de cette charmante rangée de dents blanches. Cette fois encore, Malone emporte la manche.

Vendredi 15 juin, 14 heures

Le groupe est réuni au complet pour le débriefing du début d'après-midi. La caféine flotte dans l'air électrique. Un ventilateur lutte en vain contre la canicule en ronronnant dans un coin. Guy a installé une grande frise chronologique sur les murs. Les photos de victimes y sont accrochées. Des post-it de couleurs matérialisent les quelques événements déjà connus, roses pour Madame, bleus pour Monsieur.

Garcia Lunca prend la parole pour un compte rendu de son enquête de voisinage. Pas grand-chose à en retenir. Hormis le médecin, personne n'a rien vu ni entendu. Les déclarations de ce dernier ont été vérifiées. Pour l'instant, aucun lien n'a pu être établi entre lui et la victime. Frédéric attend les relevés téléphoniques du médecin et la comparaison de son empreinte ADN aux traces relevées sur les lieux.

— En même temps, plaisante Malone, si vous aviez déjà dégoté une preuve pour coincer le médecin, il n'y aurait pas de quoi faire un roman.

— Bon, poursuit Lunca, Julien et moi avons glané quelques infos intéressantes à la Geneticorp. Nous y voyons plus clair sur l'emploi du temps de CX.

Max attrape un paquet de post-it, et commence à griffonner dessus. Sentant peser sur sa main la sourde protestation de l'assemblée, il s'interrompt.

— Quoi ? demande-t-il, perplexe. Qu'est-ce qu'il y a ?

— Laisse-moi faire, Max, intervient Guy Mauriac en confisquant les post-it. Tu sais bien que personne ne sait déchiffrer tes hiéroglyphes.

— Depuis le temps, vous devriez, ronchonne le commandant en tendant son stylo au procédurier.

En quelques minutes, la frise sur le mur s'orne de multiples carrés bleus, sous la dictée de Malone.

— Huit heures : CX entre en conseil d'administration. Quinze heures : il en ressort très énervé. Quinze heures quinze : il demande à son assistante d'annuler tous ses rendez-vous pour la fin de la journée. Seize heures : il annonce à son assistante qu'il a besoin de se calmer les nerfs et se rend à sa salle de fitness MasterBody. Le patron du club confirme. Dix-sept heures : il prend un verre au bar du club en compagnie d'une certaine Tatiana Romana. La demoiselle est inscrite depuis trois mois, elle paye son abonnement en liquide, a laissé une fausse adresse et un faux numéro. Anita, tu peux nous en dire plus ?

— J'ai interrogé une vingtaine de membres du club, comme tu me l'as demandé, Max, répond Anita en lançant un regard plombé à Malone. Tous connaissaient Tatiana Romana de vue, sans exception. Les femmes aussi bien que les hommes. Enfin, les hommes sans doute plus que les femmes… Disons qu'elle est du genre à se faire remarquer à cause de… son physique de *pornstar*, pour faire court. Elle fréquentait le club presque quotidiennement, le midi, l'après-midi ou en soirée. En dehors de CX, elle n'adressait la parole à personne. En résumé, c'est un sex-symbol asocial. Vous auriez dû voir l'étincelle lubrique s'allumer dans les yeux des mecs ! Rien qu'en évoquant le nom de Tatiana, ça durcissait dans le slip. Malheureusement pour vous, messieurs, je n'ai pas de photo à montrer. Il faudra vous contenter du portrait-robot, que j'espère obtenir dès ce soir.

— Merci, Anita, ça ira, coupe Malone soucieux d'éviter la dissipation des esprits masculins. On compte sur toi pour nous la trouver, cette photo. D'après son emploi du temps, CX fréquentait le club quasi quotidiennement. Il était volage. Je suis prêt à parier qu'il avait une chambre réservée dans un hôtel alentour. Creuse la question, s'il te plaît. Dix-neuf heures trente : le milliardaire est de retour chez lui. Il congédie son chauffeur. Le fait est confirmé par la gouvernante, et par le chauffeur lui-même. À noter que ce dernier oublie son téléphone dans la limousine. Hasard ou manœuvre pour ne pas être tracé, l'avenir nous le dira. Ce qui se passe entre le mari et la femme, on ne sait pas. Madame de La Mézenière pourrait nous le dire si elle sortait du coma.

Là-dessus, Malone lève un menton interrogateur en direction de Garcia.

— J'ai discuté avec le médecin en fin de matinée. Son état est stationnaire.

— Ce dont on est sûrs, c'est que CX ne reste pas très longtemps chez lui. Au plus tard il quitte les lieux vers vingt heures cinquante puisqu'on le retrouve à vingt et une heures vingt et une à son bureau, dans la tour Geneticorp. Gamin, montre-nous les vidéos.

Julien oriente l'écran de son ordinateur vers le groupe et projette plusieurs séquences horodatées où l'on voit CX dans le parking, puis dans le couloir d'accès à son bureau.

— Si vous regardez attentivement le ralenti, signale-t-il en adressant un clin d'œil entendu au commandant, vous notez qu'à l'aller, CX a les mains vides, alors qu'au retour, il camoufle quelque chose sous sa veste. Voyez sa main et le renflement sous le tissu ? Et sur cet arrêt image, en grossissant, on voit très nettement un coin de cuir qui dépasse.

— Merci, le jeune. Bon travail. Ainsi, CX effectue une visite éclair à la Geneticorp pour retirer quelque chose dans son bureau. Quelque chose qui tient dans une mallette, probablement sorti de son coffre. À vingt et une heures vingt-huit, il est déjà reparti. Il ne reste pas plus d'une ou deux minutes dans son bureau. Entretemps, il a passé un appel téléphonique.

— Et je saurai bientôt à qui, complète Julien.

— Ensuite, on le retrouve à vingt-deux heures quarante et une à l'aérodrome du Plessis-Belleville, dans l'Oise. À cette heure-ci, il ne faut pas plus de quarante-cinq minutes pour faire le trajet. Il ne s'y est donc pas rendu directement. Il y a un trou d'environ une demi-heure dans cet emploi du temps. Jusqu'à présent, la mallette n'a pas été retrouvée dans les débris de l'avion. L'aura-t-il remise à quelqu'un ? C'est ce que nous devrons déterminer. Frédéric, je veux que tu retraces le trajet de la voiture du milliardaire sur cette plage horaire. Demande le bornage de son téléphone. La ville est truffée de caméras de surveillance. Pour un technophile comme toi, ça doit être un jeu d'enfant.

— Arrivé à l'aéroport, d'après le gardien, notre milliardaire était seul. Cependant, on relève des traces de pas pointure trente-six dans le hangar autour du coupé de CX. Le plan de vol ne mentionne aucun passager. L'avion décolle à vingt-trois heures sept. Destination le Luxembourg. À vingt-trois heures douze, soit cinq minutes plus tard, il s'écrase. Nous n'avons pas encore confirmation que le corps retrouvé soit celui de CX, mais il y a peu de place au doute.

— En attendant, revenons à Madame. Les dernières personnes l'ayant vue consciente hormis CX sont la gouvernante et son mari à dix-neuf heures quarante-cinq. Cette information n'étant pas vérifiée, nous la prendrons avec précaution. Là-dessus, mets-nous un post-it jaune, l'Atlas, s'il te plaît. Au passage, ça égayera la frise. Tout ce bleu et rose me donne la nausée. On dirait des dragées de communion. Toujours d'après la gouvernante, CX et son épouse devaient dîner ensemble. Visiblement, cela ne s'est pas passé comme prévu. La disparition du téléphone mobile de la victime ne facilite pas la tâche. Ça aussi, c'est étrange. Que donnent les fadettes, Julien ?

— Je suis en train de les éplucher. Pour les premières, rien de notable pour le moment. J'ai également commandé la liste de tous les téléphones ayant borné dans le secteur à l'heure supposée du crime.

— Bien, espérons qu'on en tire quelque chose. Ensuite, nous avons le témoignage du voisin signalant la fuite d'un homme à vingt-deux heures. Puis l'arrivée de la patrouille dix minutes plus tard et l'intervention des secours dans la foulée. Nous avons aussi la fausse effraction, la disparition du Van Gogh, et l'évaporation du diamant qui ne quitte jamais le doigt de Madame.

— Voilà, c'est à vous, conclut Malone. Commentaires ? Questions ? Réactions ?

Mais le groupe demeure silencieux. Garcia gratte son crâne et tord sa bouche, une façon de signifier qu'il réfléchit activement. Guy plisse les yeux. Anita fronce les sourcils. Fred et Julien… fixent leur écran.

— Eh ben alors, qu'est-ce qui se passe ? Vous bronchez pas !

— Max, tu vois bien qu'on n'a pas assez d'éléments pour échafauder des théories, se défend Guy. C'est trop tôt, faut entendre les témoins.

— Eh bien voilà, c'est ce que je voulais vous entendre dire. Alors au boulot. Convoquez-moi tout ce beau monde. Guy, tu nous pilotes tout ça. Fred, tu t'actives sur la téléphonie. Rendez-vous vers dix-neuf heures à l'« annexe » pour le débriefing. J'offre une bière au premier qui ouvre une piste.

Vendredi 15 juin, 14 h 39

— Grandjean ? Ici Max Malone. Je suis avec un collègue, Guy Mauriac. Alors, cette battue ?

La voix militaire du sergent-chef entame un exposé au garde-à-vous. Les phrases sont courtes et efficaces comme un crâne rasé aux trois millimètres réglementaires. Les gendarmes ont localisé la zone de tir au sommet d'une bute, en bout de piste. L'équipe a relevé des traces de pneus, Michelin 185 60 R14 82 H, très usés. D'après les rayons de braquage des roues, il s'agit d'une petite voiture, type Clio. Les enquêteurs ont également collecté des empreintes de souliers, baskets homme taille quarante et un. Le sol est trop sec pour établir une déduction sur le poids de son propriétaire. L'herbe est couchée sur un rectangle de deux mètres par un mètre. Le tireur en position allongée a utilisé un trépied qui a été enfoncé dans le sol. En revanche, les douilles n'ont pas été retrouvées. Le tireur a dû les ramasser. À cette position, l'avion avait déjà quitté le sol. Il s'agit sans aucun doute d'un tir réalisé par un professionnel avec un équipement de précision. Les experts balistiques et aéronautiques sont sur place.

— Et le barrage routier ?

— Rien. Le tireur s'est volatilisé. C'est la campagne ici. On ne peut pas compter sur les caméras de surveillance du réseau routier. Et de votre côté, des pistes ?

— Pas mieux. C'est très confus. Nous entendons l'entourage. Nous nous intéressons prioritairement à une jeune femme blonde aperçue en compagnie de CX hier après-midi, et à une mallette de cuir que CX est venu chercher à son bureau deux heures avant le crash. Ça ne vous dit rien ?

— Non. La carcasse de l'avion n'a peut-être pas livré tous ses secrets, mais si une mallette s'était trouvée à bord, nous l'aurions déjà retrouvée. Nous avons d'ailleurs recueilli les débris d'un téléphone portable, tout fondus. Il ne faut rien en espérer.

— Bien. Envoyez-nous les relevés d'empreintes pneumatiques. Nous les recouperons avec les véhicules de l'entourage. Quand pensez-vous obtenir les rapports balistiques et aéronautiques ?

— Dès lundi ou mardi pour le rapport aéronautique. Au moins pour les premières orientations. Pour le rapport balistique, il faudra plus de temps. Courant de semaine, sûrement.

— Vous avez pu examiner la voiture ?

— C'est en cours. Elle est impeccablement nettoyée. On a des empreintes. Sûrement celles de CX. Nous avons également interrogé le gardien. Je vous envoie sa déposition par mail. Il nous renseigne sur les horaires. Ses informations se recoupent avec les nôtres. Nous l'avons retiré de la liste des suspects.

— Bien. Merci, sergent-chef. Le premier qui a du neuf rappelle l'autre.

Vendredi 15 juin, 16 h 30

À l'heure convenue, Malone et Lunca retrouvent Steeve Stenson dans le hall de la Geneticorp. Au premier abord, Malone est frappé par la violente aversion que suscite l'individu. Complet strict, raideur élitiste et gestuelle docte, l'homme d'affaires est l'archétype d'un ego permanenté. Son antipathie culmine dans le relèvement hautain de son menton qui entend rectifier la ligne d'horizon pour compenser la petitesse de son squelette. Sa peau trop lisse n'a jamais dû connaître le pli d'un rire, ni ses lèvres pincées la courbure d'un sourire. Son regard de granit fend le monde en deux avec un cynisme acéré. D'un côté, collectionne ceux qu'il nomme la fine fleur. De l'autre, rejette tout le reste, les inutiles qu'il abandonne à son indifférence, les plus chanceux à son mépris. Deux policiers ont le culot de perturber son emploi du temps millimétré. Ils ne méritent pas mieux que le sort réservé aux coursiers ; un accueil congelé au milieu de l'immensité blanche du hall. Visiblement, Stenson ne daigne pas leur offrir l'agrément de son bureau.

— Je n'ai que quelques minutes à vous accorder, dit-il en coupant court aux présentations. Allons à l'essentiel. Que voulez-vous savoir ?

— Si vous n'avez pas l'intention de nous conduire à votre bureau, grogne Malone dont le caractère d'ours blanc est aiguisé par l'atmosphère de banquise, je vous propose le mien, à la PJ. Ce n'est pas confortable, mais au moins on sera assis.

Garcia Lunca connaît son chef de groupe sur le bout des doigts. Il devine son exaspération. Du coin de l'œil, il remarque le poing qui se serre dans la manche de son cuir. Malone est impulsif, surtout quand il a bu. Et le capitaine jurerait avoir flairé une odeur d'alcool dans le bureau avant de partir. Il n'a pas oublié l'affaire Chen Yung. Car il était là quand Malone a plaqué le diplomate au sol pour lui passer les menottes après avoir éclaté la mâchoire du garde du corps d'un coup de tête. Le Chinois se retranchait derrière son immunité diplomatique pour refuser un prélèvement ADN qui aurait prouvé son implication dans un viol sur mineure. Une sale affaire. Malone était sérieusement imbibé ce soir-là. L'ambassade de France avait dû présenter ses excuses à la Chine bien que la culpabilité de leur ressortissant ne fasse pas de doute. Malone fut sanctionné, son dérapage mis sur le compte d'un divorce difficile. L'histoire est ancienne, mais Garcia se tient sur le qui-vive. Pourvu que Stenson obtempère.

— Croyez-nous, insiste-t-il pour forcer le destin, vous préférerez entourer notre conversation de quatre murs bien épais.

— Bien, admet Stenson après un temps d'hésitation. Suivez-moi.

Quelques étages au-dessus, les trois hommes poursuivent l'entretien. L'ambiance se détend dans le moelleux des fauteuils et Stenson se montre plutôt coopératif. Il explique aux policiers combien la gestion du milliardaire était dernièrement critiquée par les actionnaires. Ces derniers lui reprochaient un manque de transparence et des initiatives trop personnelles. CX voulait notamment imposer son fils à la gestion d'une partie de l'activité. Les actionnaires se sont progressivement ligués contre CX. Ils ont d'abord dicté leurs conditions pour son maintien à la tête de la société. Mais comme CX persistait, ils avaient engagé une manœuvre visant à lui retirer le contrôle de l'entreprise. C'est la raison pour laquelle le milliardaire est sorti très contrarié du dernier conseil d'administration.

— Est-ce que Charles-Xavier de La Mézenière aurait pu mettre fin à ses jours ?

— Aucune chance. CX était un battant. Il aimait l'affrontement. Jamais il n'aurait fait une chose pareille. Certes, il avait perdu une manche, mais il pouvait encore gagner la bataille.

— Et si je vous disais qu'il a été... disons, éliminé ?

— Vous... vous voulez dire que ce n'est pas...

— Non, ce n'est pas un accident. Son avion a été abattu.

Stenson accuse le coup. Son regard vacille. Il blêmit.

— Dites, reprend Malone, c'est bien à vous que revient le contrôle de la société ? Je me suis laissé dire que vous avez les faveurs du conseil d'administration.

— Je n'apprécie pas vos insinuations, commandant. CX avait beaucoup d'ennemis. Dans un grand groupe comme le nôtre, les cadres dirigeants ne se font pas de cadeaux. Alliances et mésalliances sont notre quotidien, il n'y a d'amitié que dans l'intérêt commun, le temps qu'il dure. Tout cela n'est qu'un jeu, et nous en acceptons tous les règles. Mais cela ne fait pas de nous des assassins pour autant. Oui, CX et moi avions des différends. Ce n'est un secret pour personne. J'avais du mal à admettre la nomination de son fils. Je pense que Marc-Antoine est un incapable, voilà tout. Et oui, j'ai la confiance du conseil d'administration.

Malone se lève et saisit un cadre sur l'étagère. Sur la photo, CX et Stenson posent devant un avion de tourisme, les épaules connivYentes.

— Son premier avion, commente Stenson, Charles et moi avons été très proches, autrefois… À l'époque, j'étais un peu comme un second fils, pour lui. Il aurait aimé que je m'entende avec le sien.

— Quels rapports entretenez-vous avec sa femme ? demande Lunca.

— La dernière fois que j'ai vu Anne-Charlotte, cela remonte à l'année dernière, au cocktail annuel, à Biarritz. Nous avons échangé deux mots pour nous rendre compte que nous n'avions rien à nous dire. J'ai su ce qui lui est arrivé. C'est affreux.

— Savez-vous ce qui se trouve dans le coffre du bureau de CX ?

— Non. CX est le seul à y avoir accès. Je ne sais pas ce qu'il y cache. Ce coffre faisait d'ailleurs l'objet de nombreuses spéculations dans les discussions de couloir.

— Et vous, que pensez-vous qu'il contienne, ce coffre ?

— Difficile à dire. Sans doute quelques documents sensibles, et probablement de l'argent pour… disons, la bagatelle. C'était son point faible. Personnellement, j'ai toujours pensé que les femmes le perdraient.

« *Putain* ! pense Malone. Existe-t-il sur terre une personne qui n'aurait pas souhaité la mort de CX ? »

— Bon, reprend-il à voix haute, monsieur Stenson, vous allez devoir nous aider à dresser l'interminable liste des « ennemis » de CX. Ça prendra le temps que ça prendra, et nous vérifierons toutes les pistes. À présent, je dois vous laisser. Garcia Lunca va continuer un peu avec vous.

— Mais… proteste Lunca en fronçant ses épais sourcils noirs.

— Mais si, Garcia, si, si. Moi, j'ai un truc important à faire.

Malone se sent oppressé dans cette tour à l'air conditionné. Il y pénètre avec un compte à rebours, et lorsque le temps est écoulé, la claustrophobie le gagne. Il faut qu'il sorte coûte que coûte. Il dévale les escaliers de secours quatre à quatre, traverse le hall en courant, saute par-dessus le portique de sécurité, et se rue à l'extérieur. Trente-cinq degrés à l'ombre l'attendent au-dehors, mais il se sent respirer. Il lui faut un remontant. N'importe quoi pourvu que ce soit sous un parasol, et dans un verre à pied.

Vendredi 15 juin, 18 h 23

Édouard Paulbert a quitté la tour de la Geneticorp à dix-huit heures précises, comme chaque soir. Sa vie est réglée au métronome, en témoigne la badgeuse de l'entreprise. Depuis sa rupture avec Marco, l'imprévu l'angoisse. Il s'est réfugié dans une routine solitaire. Aussi son monde tremble, lorsque rentré chez lui, il découvre une assiette sale dans son évier. Il inspecte la cuisine, trouve un café froid abandonné sur le bar et une boîte de raviolis à demi entamée. Boucle d'Or ou cambriolage ? Armé du couteau à pain pour se donner du cran, il se dirige vers la chambre, s'attendant à la trouver dévastée. Il pense à son ordinateur et au pendentif en or, dernier souvenir de sa mère. Mais la pièce est en ordre. Cependant, quelqu'un dort sur le lit, les bras en croix. Un ours mal rasé qu'il reconnaît immédiatement.

— Marco ?

Santini se réveille d'un bond.

— Édouard ! s'écrie-t-il. La vache ! Tu m'as fait une de ces frousses avec ce couteau.

— C'est plutôt toi qui m'as fait peur. J'ai cru à un cambriolage. Un peu plus, j'appelais la police. Tu aurais pu me prévenir !

— Je sais. Je suis désolé. J'ai pas eu le temps. C'est compliqué. Laisse-moi t'expliquer.

Santini a eu tout l'après-midi pour roder son discours. Il sait les faiblesses d'Édouard pour en avoir longtemps abusé. Le convaincre sera un jeu d'enfant. D'abord, il ferait vibrer la corde de son extrême gentillesse. Il lui expliquerait comment, victime de la Geneticorp, il a tenté d'obtenir réparation, et comment cela lui vaut d'être aujourd'hui traqué. Puis il exprimerait ses remords pour l'avoir abandonné du jour au lendemain. Il raconterait sa propre souffrance sous le joug d'un dilemme, ou bien l'exposer aux représailles en restant avec lui ou bien le protéger en le quittant. Il lui avouerait qu'il revient après de longs mois d'errements pour déposer pêle-mêle à ses pieds sa détresse, ses regrets et son amour. Il implorerait son pardon, invoquerait sa clémence. Au gré des arguments, il se dénuderait vêtement après vêtement. Puis il lui donnerait son corps comme une offrande, le supplierait d'accepter ce présent, car sous son toit comme jadis il est sa chose. Il séduirait l'autre personnalité d'Édouard. Le perfide Mister Hyde dans l'ombre du timide docteur Jekyll, ce mâle dominateur qui fait si bien l'amour aux hommes. Ainsi, les deux moitiés d'Édouard trouveraient l'intérêt de sa présence, le timide altruiste et la bête libidineuse. Santini pourrait alors vivre chez eux aussi longtemps qu'il le souhaite.

Deux heures plus tard, trempés de sueur, les amants retrouvés savourent la fatigue de leur sexe. Santini a gagné sa partie. Mais dans la pénombre de la chambre, Édouard lui demande :

— Dis-moi, Marco. Est-ce que ton retour a un quelconque rapport avec la mort de CX ?

Vendredi 15 juin, 19 h 03

— Alors, Max, les collègues t'ont abandonné, ce soir ? demande la patronne du bar, remplaçant pour la seconde fois le verre vide par un autre généreusement rempli.

— Que veux-tu, Mamasim, la solitude du pouvoir. Quand les subalternes ne triment pas assez vite, c'est le chef qui trinque. Heureusement tu es là, toi. Fidèle au poste, ajoute-t-il en tapotant affectueusement l'épaule de la vieille femme.

À soixante-quinze ans, Simone est toujours vaillante. Le poids des années a voûté son frêle squelette. Sous les intempéries de la vie, sa peau jadis si fine s'est durcie en une écorce ravinée. Mais son regard n'a rien perdu de la fraîcheur d'antan. Accoudés au balcon de ses lunettes en demi-lune, ses yeux bleu pétillant arrosent le monde de sa bonté. Son établissement est situé à deux pâtés de maisons du commissariat. Autant dire que les flics, elle en voit défiler. La doyenne peut même se vanter de les connaître tous, depuis leurs premiers pas timides dans la maison. Elle est un peu leur « maman du travail », maman Simone, ou Mamasim. Celle qui réconforte dans les coups durs, d'un mot philosophe ciselé dans l'épaisseur de sa sagesse. Sa voix noueuse agit tel un onguent sur les blessures de la vie. Entraîné par Malone, le groupe a pris l'habitude de se retrouver aux « Tontons flingueurs » en fin de journée. Le bistrot est devenu son « annexe ». À partir de dix-neuf heures, la table du fond lui est réservée en hiver. L'été, ce sont les bancs et les tréteaux dans l'arrière-cour, sous la fraîcheur de la tonnelle et les senteurs de glycine. C'est là que bat le cœur de l'équipe, dans ce rade vieillot aux odeurs d'anis et de cacahuète. Ici, au diable les galons ! Le troquet libère la parole que bâillonne l'architecture militaire du commissariat.

Malone termine de compléter ses notes lorsque Anita le rejoint, suivie de peu par les autres. Simone leur apporte les boissons sans même prendre les commandes. Elle connaît leurs goûts sur le bout des doigts, quelle que soit la saison ou la météo. Par cette chaleur écrasante, c'est Perrier citron pour Anita, Ricard pour Guy, le ballon de rouge pour Garcia, et des bières blondes pour les jeunes. Le débriefing peut commencer.

— Alors, la troupe, qu'est-ce que vous rapportez ? demande Malone.

En guise de réponse, Anita jette sur la table le portrait-robot de la fameuse Tatiana Romana. Ça laisse les gars rêveurs un instant, le temps que leurs considérations remontent du dessous de la ceinture. Puis ils se disputent par avance le privilège de l'interrogatoire.

— Bas les pattes, les frangins ! s'écrie Anita avec virulence. Tatiana, c'est chasse gardée. Le premier qui y touche, c'est la pointe de ma tiag dans son cul.

Malone connaît la cause de ce cri du cœur. Anita n'est pas coutumière d'une telle vulgarité, mais Tatiana représente à ses yeux la promesse de leur dîner en tête à tête. Dans quelle galère s'est-il embarqué ? Il ramasse le portrait-robot et le rend à sa propriétaire, une façon élégante d'endiguer sa colère sans prendre d'engagement. Puis il se tourne vers son jeune collègue.

— Et toi, gamin, tu as fait quoi de ton après-midi ?

Frédéric a exploité un premier lot de factures téléphoniques. Il peut déjà affirmer qu'il n'y a aucune communication entre le médecin et les de La Mézenière. En revanche, un numéro revient très souvent dans les appels émis par madame de La Mézenière. Il s'agit de celui d'Ismaël Ouali. La milliardaire utilisait souvent les services du chauffeur, et cela peut expliquer ce volume étonnant.

— Ouali est resté bien secret là-dessus. Il faudra qu'il se justifie… commente Malone en ornant son carnet d'un autre gribouillis. Le chauffeur nous dit qu'il est rentré chez lui juste après dix-neuf heures trente. Attendons de confronter le bornage de son téléphone à ses déclarations.

Fred précise que l'appel passé par CX depuis son bureau n'a pas été décroché. Et pour cause, il était destiné à son épouse qui baignait déjà dans son sang. Mais CX a laissé un message dont la récupération est en cours. Le jeune ripeur passera le week-end à triturer les autres données.

Garcia livre ensuite ses impressions sur Stenson et le personnel de la Geneticorp. Un sacré panier de crabes. Il s'inquiète de leur réelle volonté de coopérer sur l'enquête.

— Dans ce cas, n'attends pas pour faire intervenir la brigade financière, conseille Malone. Ces grands groupes ont parfois plus d'argent à gagner dans l'illégalité, et ils ont les moyens d'embaucher des talents pour camoufler leurs irrégularités. En grattant un peu, les collègues trouveront bien quelque chose à leur reprocher. Cela nous donnera un moyen de pression. Qu'ils ouvrent le coffre de CX, qu'ils analysent son PC. En particulier, je suis curieux de savoir qui est le mystérieux monsieur M du rendez-vous de mercredi.

Anita reprend la parole. Elle n'avait pas fini avec Tatiana. En faisant le tour des hôtels proches du club de gym, elle a découvert que CX louait effectivement une suite au nom de la société, officiellement pour les jours où les réunions d'affaires terminent tard. Malone avait donc raison – regard admiratif de la jeune femme. Le directeur de l'établissement a confirmé la réalité moins avouable. CX y descendait souvent en fin de journée. Ces derniers temps, il était accompagné d'une femme blonde. Hélas, la chambre n'a pas été utilisée depuis deux jours et le ménage a été fait.

— Bon, on va tout de même envoyer l'IJ demain. La belle aura peut-être laissé un petit souvenir de son passage. On verra si le ménage est si bien fait. Parfois, ça tient à un cheveu…

Guy saisit l'allusion et d'une discrète négation de la tête, signifie au commandant qu'il n'a pas encore reçu le résultat de l'analyse ADN du spécimen blond récolté dans la voiture de CX. Soudain, Malone se rend compte que ses collègues le dévisagent en silence.

— Pourquoi vous me regardez tous ? J'ai un truc sur la figure ?

— Oui, répond Anita. Un air coupable.

— On te connaît, Max, renchérit Garcia. Là, tu nous caches quelque chose.

— Ce ne serait pas la première fois, ajoute Guy d'un air amusé.

— Vous *m'emmerdez* ! Je réfléchis à ce que je vais bien pouvoir dire au taulard lorsqu'il m'appellera tout à l'heure. Vous vous rendez compte qu'on n'a rien ! Pas la moindre piste à part une énigmatique bimbo.

— Si, Max, coupe Guy. On a une piste.

— Et tu ne disais rien…

— J'attendais de finir mon pastis pour que tu puisses m'en offrir un autre, répond le vieux briscard en vidant son verre d'un trait. Le chauffeur est venu établir sa déposition tout à l'heure. J'ai vérifié l'accordéon. Le type a fait de la taule il y a quinze piges, pour complicité de hold-up. Un braquage avec violence, en plein jour dans une bijouterie de luxe de la place Vendôme. Vol de diamants. C'est notre homme qui conduisait. Et comme par hasard, le cerveau de l'opération ratée est sorti de prison il y a deux mois. Dédé le solitaire, cela ne vous rappelle rien ?

— Si, je me souviens parfaitement. Dédé le solitaire, surnommé ainsi parce qu'il recelait les diamants remontés en solitaires. Et il aurait quel rôle dans notre affaire, le chauffeur ?

— Vulgaire lampiste. Il aurait braqué le projo sur la croûte à Van Gogh et la bagouse de la vioque pour mettre Dédé au parfum. Une cambriole facile, histoire d'aider son poteau à redémarrer dans la vie active, quoi.

— Mouais, acquiesce Malone avec une moue dubitative. Et quel rapport avec CX ?

— J'en sais rien, Max, mais c'est la piste qu'on flaire le mieux, non ? Quand on débusque un marcassin, la laie n'est jamais loin.

— Admettons. Dans ce cas, continuons à laisser croire au suspect qu'on ne s'intéresse pas à lui. S'il est coupable, il finira bien par faire un faux pas. Tu le branches sur écoute. Le moindre coup de fil suspect, tu m'alertes. Et puis trouve-lui un filocheur. Surveille aussi ses comptes bancaires. Fred, je veux que tu reconstitues ses déplacements sur les deux derniers jours à partir des traces GSM. Bref, à vous deux, vous lui concoctez un joli quadrillage en 3 D. Julien, même traitement pour Dédé, et même discrétion.

— Max, tu n'oublies rien ? demande Guy en louchant sur son verre vide.

— T'as raison, l'Atlas. À chaque jour suffit sa peine et qui veut aller loin ménage sa monture. Mamasim ! C'est ma tournée !

Samedi 16 juin, 10 heures

Comme chaque matin, Malone émerge d'un sommeil en pointillé. Peut-on vraiment parler de réveil quand on n'est pas certain d'avoir dormi ? La nuit lui laisse un goût pâteux en bouche. Il quitte péniblement son lit, l'esprit froissé autant que les draps, pensées lucides et songes indémêlables entre les plis.

À dix heures, il allume le poste, car il ne veut pas manquer la conférence de presse du procureur. Bertier aura eu le temps de digérer leur entretien d'hier soir. Des engueulades, Malone a en déjà subi. Mais celle-là était du genre gratiné. Dans le bureau du directeur, tout avait pourtant bien commencé. Il s'était gardé de mentionner les soupçons qui pèsent sur le chauffeur, s'épargnant ainsi les palabres pour convaincre le magistrat de ne pas exposer l'hypothèse aux médias. Malone connaît Bertier. Il n'aurait pas hésité à sacrifier leur chance de constater un flagrant délit pour satisfaire l'appétit médiatique. D'ailleurs, il n'avait pas pris la peine d'en aviser son propre chef, le commissaire Lajaunie, pour les mêmes raisons. C'est son enquête, il la mène comme bon lui semble. En revanche, Malone avait mis le paquet sur la piste de la blonde. Il avait truffé son récit de détails pour épaissir la sauce. Le portrait-robot était établi, et la collecte prochaine d'une trace ADN promettait de livrer rapidement une identité. Un cheveu trouvé dans la voiture de CX. Indubitablement, la blonde était la clé. La retrouver, c'était conclure l'enquête. Bertier avait mordu à l'hameçon. Sa préoccupation se trouvait rassurée. Il pouvait jeter cette information en pâture à la voracité des micros. Mais les choses s'étaient corsées lorsque Malone avait exposé ses doutes quant à la Geneticorp. Sa décision de faire intervenir la brigade financière avait déclenché les foudres du magistrat. Le commandant était irresponsable. Il outrepassait ses prérogatives. Il ne mesurait pas l'onde de choc politico-médiatique que provoqueraient de telles suspicions envers le fleuron de l'industrie française. Il n'était pas question de s'aventurer dans cette voie avant que toutes les autres pistes soient épuisées. Et il faudrait plus qu'un petit gradé de commissariat pour piloter de telles investigations. Bertier lui avait explicitement demandé de stopper toute ingérence dans les affaires de la multinationale. Malone avait serré les poings et le commissaire l'avait congédié. Mesure de précaution. Lajaunie connaît son homme.

Bertier apparaît soudain à l'écran. La caméra le filme debout derrière un pupitre surplombant un parterre de journalistes. Le plan se resserre sur son visage. La monture rouge de ses lunettes tranche sur son teint grisâtre. Le procureur lisse une dernière fois sa fine moustache, puis estimant son auditoire à point, saisit le pupitre à pleines mains pour entamer sa lecture. Il commence par énumérer les faits un à un. Il les livre dans leur plus simple appareil, sans chercher ni à les interpréter ni à les lier les uns aux autres. Cependant, avec la précision d'un scalpel, il les aménage subtilement de façon à souligner la beauté de l'énigme. Il offre aux médias du mystère et du sensationnel pour abreuver leurs une.

— Très habile, monsieur Bertier, pense Malone. L'opinion publique est d'autant plus indulgente envers les enquêteurs qu'elle est elle-même déroutée.

Puis le procureur expose les moyens déployés. Malone ne peut retenir un soupir agacé lorsqu'il affirme que les meilleurs hommes et femmes sont affectés à l'enquête. Évidemment, à ce stade, aucune piste n'est écartée. Accident, vengeance ou crime crapuleux. Les témoins et les proches sont entendus, et un avis de recherche est diffusé concernant une jeune femme blonde. Une ligne dédiée est ouverte pour recevoir les appels de toute personne pouvant apporter des renseignements qui permettraient d'identifier ou de localiser le témoin clé. Puis la parole est donnée aux journalistes.

— Pensez-vous qu'il y ait un lien entre la mort de CX et l'agression de son épouse ?

— À cette heure, aucun élément ne permet d'établir de relation entre les deux affaires, répond Bertier, visiblement préparé à la question. Cependant, la coïncidence horaire est troublante. C'est la raison pour laquelle les deux enquêtes sont menées de front par une même équipe.

— Est-il vrai que des impacts de balles ont été retrouvés sur la carlingue de l'avion de CX ?

— J'ignore d'où vous tenez cette information. L'analyse de l'épave est en cours et je ne ferai aucun commentaire avant d'avoir reçu le rapport d'expertise aéronautique.

— L'action de la Geneticorp a chuté en bourse. Les rumeurs d'une OPA hostile circulent dans les milieux autorisés. Peut-on y voir un mobile ?

— Je ne répondrai pas à cette question. La conférence est terminée. Je vous remercie.

Malone végète quelques minutes encore devant le téléviseur. Comme toujours en ces circonstances, moins les commentateurs ont de choses à dire, plus ils déblatèrent. Ils conjecturent, brodent, se répètent à vau-l'eau. Leur rédacteur en chef a décidé que cette information méritait un flash spécial d'une demi-heure, alors ils la meublent comme ils peuvent. Ils déploient d'abord leur arsenal d'experts puis à court d'idées, ils interrogent les gens dans la rue. Les jeunes comme les vieux, piochés au hasard dans la foule, livrent sur l'affaire des avis superficiels qui n'ont d'autre mérite que d'offrir une opinion toute faite à ceux qui n'en ont pas. Et si cela ne suffit pas à combler les ondes, alors les rédactions explorent les réseaux sociaux, terrain de prédilection pour les théoriciens du complot. Certains accusent les Russes de vouloir déstabiliser notre économie, d'autres les Américains ou même les Chinois.

— Pourquoi pas les Martiens, tant qu'on y est ? s'exaspère Malone en éteignant le poste. Mais moi, j'ai ma petite idée sur la question, et je n'en démordrai pas. Il est temps de retourner voir mademoiselle de La Mézenière.

Samedi 16 juin, 15 heures

Élizabeth de La Mézenière a insisté pour que son audition se déroule chez elle. Malone n'y a pas vu d'objection. Rencontrer un témoin sur son lieu de vie est souvent riche d'enseignement. Mais à l'heure dite, la demoiselle n'est pas prête. Le commandant fait le pied de grue en plein soleil sous les fenêtres de son appartement en attendant qu'elle se rende présentable. Son téléphone vibre signalant l'arrivée d'un texto. Fred l'informe que Dédé le solitaire a effectivement contacté Ismaël Ouali la semaine dernière, pour une communication d'une vingtaine de minutes.

— On dirait que notre chauffeur s'est pris au collet. Il n'échappera pas à sa garde à vue.

Curieusement, Malone ressent une pointe de déception. Sans doute parce que son intuition initiale se trouve contrariée. Ouali cache quelque chose, c'est admis. L'homme est tout à fait capable d'orchestrer une opération crapuleuse, c'est certain. Malgré tout, Malone le pense innocent. Son sentiment est indéfinissable, mais l'hypothèse ne coïncide pas avec l'image qu'il s'est forgée du personnage pendant son interrogatoire. Il se souvient qu'hier, le quadragénaire avait remué les lèvres, comme s'il s'apprêtait à lui faire une révélation. Puis une ombre avait obscurci son visage et il s'était ravisé. Contrairement à ce qu'affirmait Bertier, dans l'épais brouillard de l'enquête, le meilleur allié du flic, c'est son flair.

— On ne m'ôtera pas de l'idée qu'il s'agit d'une affaire de couple, grommelle Malone. Une banale affaire de couple et c'est tout. Madame mandate un tueur pour éliminer son mari dont elle ne supporte plus les tromperies, Monsieur s'en rend compte, la frappe en la laissant pour morte, puis maquille la scène en cambriolage. Le tueur, très professionnel, exécute son contrat en abattant Monsieur. Ou un truc dans le genre. Les loups se mangent entre eux, voilà ce que je pense ! Et les flics savourent leur whisky en paix.

— Vous pouvez monter, commissaire, invite une voix suave à l'interphone. C'est au septième étage.

— Quand on parle du loup… murmure le commandant. Et pourquoi m'appelle-t-elle commissaire ? Elle regarde trop la télé.

Malone n'est pas fâché de retrouver un peu de fraîcheur dans le hall. Dehors, la chaleur écrasante l'a laissé transpirant. L'ascenseur s'ouvre sur un large couloir. À quelques mètres, une porte s'écarte en signe d'invitation.

— Entrez ! lance une voix éloignée, je suis à vous tout de suite. Si cela ne vous ennuie pas de vous déchausser !

— Qu'est-ce qu'elle me chante, celle-là ? Il est hors de question que j'ôte mes grolles, murmure Malone en poussant la porte.

Il pénètre dans une immense pièce inondée de lumière. Ses pieds sont surpris de s'enfoncer dans les sables mouvants d'une épaisse moquette blanche tandis que ses poumons tombent sous l'emprise d'un air tropical saturé de parfum féminin. Plissant les yeux pour accommoder sa vue, le commandant découvre un intérieur de catalogue de décoration un peu particulier. Agencé avec soin, un mobilier épuré valorise des objets de style exotique aux évocations sexuelles. Un immense lit circulaire rouge occupe le centre de la pièce, bordé de tables basses formant un arc tendu en guet-apens. Sur l'une d'elles, trône une sculpture d'ébène et d'ivoire figurant sans équivoque une copulation entre le yin et le yang. Un mur d'étagères exhibe une collection d'artefacts érotiques, parmi lesquels se distingue une série de pénis gigognes peints comme des poupées soviétiques et alignés par taille croissante. À l'opposé, une gigantesque toile d'art abstrait accroche le regard, sur laquelle Malone jurerait reconnaître un orifice vaginal indécemment ouvert à toute proposition malhonnête. Mais surtout, l'attention du visiteur est captée par le téléviseur géant, diffusant des images de femmes dénudées se caressant avec des gémissements libidineux sur fond de musique techno.

— Qu'est-ce que c'est que ce lupanar ? soupire Malone. Septième étage, évidemment... Ça sent le traquenard à plein nez.

Élizabeth le rejoint enfin. Elle a noué ses cheveux en faux désordre et ne porte qu'un simple chemisier dont le tissu transparent laisse deviner la courbure de ses seins. Elle s'approche de son pas félin, puis remarquant les pieds du commandant, s'exclame d'une voix feignant l'indignation.

— Ma moquette ! Vous avez gardé vos chaussures ! Laissez-moi vous les ôter, *nutty boy*.

Elle s'agenouille aux pieds du policier, défait ses lacets puis ôte ses chaussures, l'une après l'autre. Malone se laisse faire bêtement. Les yeux fixés sur l'écran, il retient son souffle. Puis la jeune femme se relève lentement, laissant glisser sa main contre le pantalon de son hôte comme par inadvertance. Une fois redressée, leurs corps se frôlent, bout du nez contre torse, pointe des seins contre abdominaux. Malone est impuissant à neutraliser un début d'érection. Il essaye de se rappeler la raison de sa venue.

— Vous transpirez, commissaire. Prenez donc une douche. J'ai une grande salle de bains avec un jacuzzi. Vous travaillez trop. C'est samedi, venez vous détendre un peu.

— Non, merci... balbutie Malone. Ça ira. Juste un grand verre d'eau... avec des glaçons. Et puis éteignez-moi cette télévision. Nous avons besoin de parler sérieusement.

— Comme vous voudrez, commissaire.

La jeune femme éteint l'écran et se coule vers la cuisine américaine, ouvre un placard en hauteur. Puis elle se hisse sur la pointe des pieds pour saisir un verre, malicieusement consciente du regard masculin posé sur ses fesses que dévoile le chemisier trop court. Elle n'a jamais connu d'homme capable de résister à ses manœuvres préliminaires. Malone détourne les yeux pudiquement. En de telles circonstances, il connaît une méthode efficace : visualiser mentalement un cadavre. Celui de CX sur la photo du dossier est encore tout frais dans son esprit et fera bien l'affaire. Concentré sur la plaie béante du crâne, l'odeur de sang et de viscères, son professionnalisme commence à reprendre l'avantage sur le bouillonnement de ses hormones. Il descend d'un trait le verre d'eau glacée que lui tend Élizabeth, puis s'assoit sur le bord du lit. La jeune femme s'allonge à son côté, laissant entrevoir par distraction son pubis impeccablement épilé.

— Vous n'aimiez pas votre père. Pourquoi ?

— Oh, vous me suspectez, commissaire. Comme c'est excitant !

— Et ça, cela vous excite ? répond Malone brutalement, en lui tendant son smartphone affichant un cliché du crâne défoncé de son père.

La jeune femme semble fascinée par la photo qu'elle analyse longuement.

— C'est dégoûtant, finit-elle par déclarer. Mais c'est bien fait pour sa gueule. Il a eu ce qu'il méritait. Mon père était un *salaud*.

— Quel genre de *salaud* ?

— Le genre qui ne s'est jamais intéressé à sa fille. Le genre de pervers qui préférait jouer au docteur avec les copines de sa fille. Mon père était un monstre.

— Pourtant il n'y a jamais eu de plaintes.

— L'argent peut tout faire, délier les langues ou coudre les bouches. Ce n'est pas à vous que je l'apprendrai, commissaire. S'il m'arrivait de croiser une amie avec un sac Chanel, je savais ce que cela voulait dire. Mon père achetait mes camarades. Moi, je les perdais à chaque transaction. J'étais son fournisseur officiel de chair fraîche.

— Et vous ? Vous a-t-il déjà… touchée ?

— Qu'est-ce que ça peut vous faire ? crache Élizabeth avec mépris.

Visiblement, Malone a touché le point sensible. Mais la jeune fille se reprend.

— Mon père s'est tué en avion et c'est le plus beau cadeau qu'il pouvait m'offrir.

— Votre mère savait ? insiste le commandant.

Élizabeth se lève, attrape un mouchoir pour essuyer les larmes et disparaît un instant dans la pièce à côté. À son retour, elle est complètement nue. Concentré sur son carnet de notes, Malone n'en est pas certain. Par prudence, il conserve les yeux rivés sur la pointe de son stylo tout en masquant la bosse qui se forme sous son jean.

— Ma mère est une vieille bourge qui ne vit que pour l'apparat. Oui, elle savait. Elle a toujours su, avant même que cela n'arrive. Elle connaissait parfaitement celui qu'elle a épousé. Avant mes copines, les siennes y sont passées. Mais elle n'a jamais rien dit, cette *conne*.

— Elle aimait votre père ?

— Aimer ?

Un rire nerveux secoue Élizabeth.

— Il n'y a jamais de mariage d'amour dans des familles de notre rang. On ne s'aime pas, on croise ses intérêts. Mon père était un noble sans fortune. Ma mère lui a donné la sienne en échange d'un statut social. Au fond, elle le détestait. Autant que moi ou mon frère.

Malone s'attarde un peu à comprendre les relations entre la mère, la fille et le fils. Il peine à démêler la haine et l'amour dans une situation où chacune est la victime de l'autre autant que son bourreau. Les yeux toujours accrochés à son carnet pour ne rien voir autour, il consigne des éléments d'information à vérifier. D'après sa fille, madame de La Mézenière menait une vie extraconjugale très active confirmant si besoin que l'argent rajeunit les galants. Cette manière de se venger de son mari ajoute à la déception d'Élizabeth. Celle-ci aurait voulu la voir se rebeller, attaquer CX en justice, lui reprendre son argent et le traîner dans la boue médiatique. Mais la mère n'en a jamais manifesté l'intention. Dans ce milieu, on apprend vite à sacrifier sa moralité sur l'autel des apparences.

Pendant la discussion, Élizabeth a contourné Malone. Elle est maintenant tout près, assise derrière lui. Doucement, elle glisse une main sous sa chemise pour caresser son torse, tandis que de l'autre, elle s'affaire expertement à détacher sa ceinture. Malone retient son souffle. Son pouls s'accélère, sa vue se trouble. Déjà, la fille tient son sexe turgescent et abaisse sa tête. Il faut qu'il se ressaisisse. *In extremis*, il se redresse.

— Nous terminerons cette conversation au commissariat, dit-il en remballant sa verge. Vous nous direz tout de votre emploi du temps. Je vous conseille de prendre un avocat.

— C'est ça, casse-toi, lopette ! s'emporte la fille, vexée. Va retrouver mon frère ! Vous allez bien vous entendre tous les d…

Un claquement sec retentit dans la pièce. Malone a réitéré le coup de la gifle.

— Comme ça, tonne-t-il, pas de jaloux. Maintenant, tu fermes ta gueule et tu te rhabilles. Je suis pas un gigolo, mais un officier de police qui te mettra sous les barreaux s'il peut prouver que tu as joué un rôle dans cette affaire. Alors tu as intérêt à préparer ta défense, car bientôt, je saurai tout de ta vie de petite merdeuse pourrie gâtée.

Malone s'échappe, encore tout surpris d'avoir su résister au sex-appeal de la provocatrice. Mais l'animal en rut se débat encore en lui, le sommant de revenir sur ses pas pour accomplir sa destinée de mâle reproducteur. Le commandant rejoint sa moto au pas de course et démarre en trombe, gageant qu'accroître sa distance à la flamme du désir refroidira ses ardeurs.

Samedi 16 juin, 18 heures

— Bonsoir, Sophie, j'étais sûr de te trouver ici. Toujours à faire des heures sup, même le week-end.

Une blonde en blouse blanche pivote sur ses talons pour révéler un visage au charme flétri.

— Max ! Mon vieil amant. Cela faisait longtemps. Qui t'a laissé entrer ?

— Personne. Je me suis souvenu du code du parking, qui n'a pas changé. C'est d'ailleurs toi qui me l'avais donné.

— Dans un moment de faiblesse, sûrement. C'était la belle époque où tu venais pour mes beaux yeux. C'est bien loin tout cela. Tu viens pour celui-ci, je suppose ? dit-elle en désignant du menton le cadavre allongé sur la table d'autopsie. J'ai su qu'on t'avait mis sur l'affaire CX.

— Me croirais-tu si je te disais que je viens pour les deux ? Ce que tu pourras m'apprendre sur la mort de CX m'intéresse, certes, mais tes yeux me troublent toujours autant. Et j'ai pas oublié ton joli petit *cul*.

— Tu n'as pas changé, Max. Tu prends encore tes pulsions sexuelles pour des sentiments, réplique Sophie en abaissant le regard vers le renflement sous la braguette du commandant.

— Fut un temps où tu trouvais ton compte dans nos chevauchées fantastiques, ma walkyrie ! Te souviens-tu ?

— C'est vrai, soupire le médecin légiste. Qu'est-ce qui n'a pas marché entre nous, Max ?

— Et c'est toi qui le demandes… Rappelle-toi, tu m'as dit un jour que l'Euphrate nous séparait, que tu étais plus à l'aise avec les morts qu'avec les vivants. Et moi, pas plus avec les uns qu'avec les autres. Puis tu n'as plus donné signe de vie.

— Tu bois toujours autant ?

Malone encaisse en silence, les yeux baissés.

— Tu as sans doute raison, reprend Sophie. Ne remuons pas la boue d'un passé nauséabond. Changeons plutôt de sujet. Bel homme, ce milliardaire, non ?

— Pour ce qu'il en reste… Où en es-tu de l'autopsie ?

— La cause de la mort ne fait aucun doute. Le choc l'a tué net. Ses jambes ont été broyées lorsque l'appareil s'est disloqué, puis le feu l'a partiellement brûlé, mais la tête est à peu près préservée. Je n'ai pas encore commencé à travailler dessus. J'allais m'y mettre.

— Bon, dans ce cas, je suppose que je dois te laisser bosser.

— Oui, c'est ça, laisse-moi.

Mais Malone demeure planté là, un sourire énigmatique de Joconde dessiné sur ses lèvres.

— Tu…

— Oui, Max ?

— Tu n'aurais pas envie d'un câlin ? demande-t-il en couchant sa voix dans la douceur fleurie d'un alpage.

— Non, Max.

— Allez, juste un petit câlin, en souvenir du bon vieux temps.

Sophie hausse les épaules en secouant la tête.

— J'ai tourné notre page, Max. Maintenant, va-t'en. Je t'appellerai dès que j'aurai terminé mon rapport.

Malone repart le slip lourdement chargé de la frustration de plusieurs mois d'abstinence que la prestation d'Élizabeth de La Mézenière a soudainement réveillée comme un volcan qui sommeille. Il avait caressé l'espoir de soulager son manque de chaleur entre les bras de Sophie. Si prestement éconduit, il se sent plus seul que jamais. Son célibat le lance douloureusement, comme une vieille cicatrice à l'approche de l'orage. Le voici animé d'un formidable besoin de se défouler. Il passera la soirée au club de boxe.

— Et mes adversaires ne vont pas aimer ça du tout, menace Malone entre ses dents serrées.

Dimanche 17 juin, 11 h 34

Max Malone conduit sa moto le long de boulevards ennuyeux. Chemise entrouverte, son puissant torse caressé par l'air estival, il savoure les trépidations charnelles de sa Voxan. Sur la silice de ses lunettes noires, défilent les façades de faubourgs négligés. Soudain lassé, il décide de tailler dans la banlieue. Il braque alors le guidon vers des voies plus étroites où les merles ivres du jus des cerises chantent l'éther azuré. Le grondement sourd du moteur en V trouble la quiétude dominicale des quartiers résidentiels à l'heure ralentie où grillent les saucisses. Ici, les rues se ressemblent. Se perdre est aisé. Pourtant, le motard sillonne le dédale périurbain avec l'assurance d'un Minotaure. Il tire des bords sans la moindre hésitation jusqu'à finalement immobiliser son roadster au fond d'une impasse. Il coupe le contact, ôte son casque, ébroue sa grande carcasse endolorie par ses combats de la veille, puis lève un œil sombre vers le rempart de thuyas qui contrarie la saison chaude en jetant une ombre froide sur ses épaules.

— Saleté d'arbres ! On n'a pas idée de pousser si haut. On vous achète avec la garantie que vous ne dépasserez pas deux mètres, et vous jouez les baobabs. Un jour, je vous abattrai tous, menace-t-il. Je vois déjà les grands titres : « Massacre à la tronçonneuse : un flic perd les pédales ! »

Curieux phénomène. Cet endroit possède la faculté de raviver l'agressivité de Malone. Est-ce le souvenir de crispations passées ou bien l'anticipation des futures ? Le policier enfonce son questionnement dans une trouée de l'épaisse muraille verte. Le portillon rouillé signale l'intrusion par un jappement grinçant.

Malone accède à un pavillon planté au centre d'un jardin défraîchi. Franchir la haie, c'est effectuer un bond spatiotemporel jusqu'aux années soixante. Car l'endroit n'a guère changé depuis l'époque où le petit Max chevauchait son tracteur à pédales. Il a seulement vieilli. Les mêmes dalles gravillonnées recouvrent la terrasse, plus moussues peut-être. La maison de plain-pied a pris des rides. Sa toiture en shingle montre des signes d'incontinence. Avant même d'y entrer, on devine l'intérieur : carrelage à petits carreaux blancs et bleus, cuisine en formica jaune, table et ses chaises assorties avec leurs pieds chromés, petits napperons de dentelle, une horloge à cadran rond accrochée au mur, lui-même recouvert d'un papier mural aux fleurs géométriques. Malgré son authenticité, la décoration n'a pas su franchir la frontière ténue qui sépare le vintage du mauvais goût. Rien qu'en y pensant, Malone a déjà la nausée. Il essuie ses pieds en émiettant scrupuleusement le paillasson puis pénètre dans l'entrée où l'accueille une odeur de poule au riz qu'il reconnaîtrait parmi cent. Comme si sa mère ne savait rien cuisiner d'autre. Depuis trente ans, le même rituel hebdomadaire.

— Aussi chiant que la messe, se dit le quadragénaire pour lui-même. Entendre la morale et se donner la bonne conscience du devoir filial accompli contre une hostie et une gorgée de vin.

Il inspire un grand coup, puis s'engage dans le couloir.

— C'est toi, mon petit ? demande une voix usée depuis la cuisine. Je ne t'ai pas entendu entrer. Tu as bien essuyé tes pieds ?

— Et ça commence, murmure-t-il.

Puis il rejoint la vieille femme en poursuivant à voix haute :

— Oui maman. D'ailleurs, il faudra penser à changer ton paillasson.

— Oh tu sais, pour ce qu'il me reste à vivre… Ça ne vaut pas le coup.

— Ça fait vingt ans que tu dis ça ! Mais tu es bien partie pour détrôner Jeanne Calment.

— Ne raconte pas de sottises, voyons. J'ai le cœur fragile. Le docteur me l'a encore rappelé cette semaine.

Terrain glissant. Le fils juge préférable de se taire, au risque de lancer sa mère dans l'inventaire ostentatoire de ses soucis de santé, souvent truffé de détails anatomiques dont elle ne mesure pas l'indécence au moment du repas. Il se contente de défaire son sac à dos en silence. La petite vieille le regarde faire. Sa tête blanche se balance gentiment comme une fragile pomme ridée agrippée à la branche d'un hiver trop long.

— Au fait, je t'ai fait une poule au riz et…

— Et tu as ouvert un petit côtes-du-rhône.

— Ma foi, oui. Comment le sais-tu ?

— Déduire, c'est mon métier, maman, c'est mon métier. Tiens, j'ai déposé tes courses ici. Avec les deux bouteilles de côtes-du-rhône que tu m'as commandées.

Les convives passent à table dans la salle à manger, dressée pour l'occasion avec les couverts du dimanche et les verres en cristal. Ils déjeunent en vieux couple. Le maître mot de leur échange est convivialité. Ils prennent soin d'éviter tout sujet qui fâche, contournant largement ce qui touche à la sphère familiale ou politique. Leur discussion légère traverse le torrent tumultueux de leurs désaccords en sautant prudemment de pierre en pierre, suivant le chemin aux pieds secs balisé par les sujets convenus. Ainsi, ils passent consciencieusement en revue les prévisions météorologiques et l'actualité people de la semaine, attentifs à prévenir le faux pas qui provoquera leur engueulade inexorable. Malone y croirait presque. En cet instant, il se croit ce bon fils, aimable et prévenant. Il complimente sa mère pour la qualité du repas, admire le bouquet de fleurs du jardin, prend des nouvelles des voisins. Les yeux bleu délavé de l'aïeule retrouvent un peu de leur éclat. Son âme de mère nourricière caressée dans le sens du poil se met à ronronner. Elle est heureuse. Régulièrement, elle ressert le vin, comme elle faisait pour son défunt mari. Son fils est un homme et un homme ne doit jamais manquer de vin. Miraculeusement, la mascarade dure jusqu'à la fin du repas. Et soudain, la question fatale fait tomber les masques.

— Et ta femme, elle va bien ?

Malone manque de s'étouffer avec la dernière bouchée de tarte. « Et ta femme ? » Trois mots de trop. Trois mots qui transforment la nappe brodée en champ de bataille.

— Tu ne vas pas me poser la question à chaque fois ? Ça fait dix ans que je suis divorcé.

— C'est dommage, soupire la vieille. Je l'aimais bien, Julie. Elle était gentille.

— Tu dis ça parce qu'elle écoutait tes salades sans broncher, c'est tout. C'était rien de plus que de la politesse.

— Pas du tout. Elle était gentille. Je le sentais.

— N'importe quoi.

— Et sinon, tu as des nouvelles de ton fils ?

— Mon fils ? Pourquoi j'aurais des nouvelles de lui ? Tu sais bien qu'il ne me parle plus. Monsieur est majeur, maintenant. Il veut bien mon argent, mais pas le son de ma voix.

— Si c'est pas malheureux. Il était si mignon ce petit. Il a dû bien grandir. Je le revois encore, sur la terrasse, avec son petit tracteur.

— C'était moi.

— Hein ?

— Sur le tracteur rouge, c'était moi. Tu confonds.

— Enfin, je sais ce que je dis, tout de même.

— Non. Arthur n'a jamais mis les fesses sur un tracteur à pédales. Le zombie vautré dans le canapé à jouer à Mario Kart sur sa Game Boy, ça te rappelle rien ?

— En tout cas, tu devrais l'appeler. Un fils a toujours besoin d'un père.

— Maman ?

— Quoi ?

— On ne va pas recommencer.

— Tu es trop dur avec lui. Il a peut-être changé. Il n'ose pas faire le premier pas. Faut de la patience avec les mômes.

— Bon. Tu *m'emmerdes*. Je m'casse.

— Allons, allons. Reprends plutôt une part de tarte, tu n'as rien mangé. J'ai mis de la cannelle, comme tu aimes.

— Ça va. J'ai eu ma dose.

— Un café, alors ?

— J'ai à faire. Une enquête. Je t'expliquerai. Merci pour le repas.

Malone quitte la maison sans même un au revoir, sachant déjà qu'il devra s'excuser au téléphone. Comme toujours, il arrive pétri de bonnes intentions et repart énervé. Doublement même. Irrité par sa mère qui remue si bien le couteau dans sa plaie, mais aussi furieux après lui-même pour n'avoir su faire preuve de tolérance envers la pauvre vieille femme qui l'a mis au monde.

Dimanche 17 juin, 18 heures

Malone n'a pas pu s'empêcher de retourner sur les lieux du crash. Il a besoin de visualiser la scène sous la lumière du jour. Une camionnette de gendarmerie bloque l'accès à la zone et tient les badauds à distance. Mais le policier n'est pas intéressé par l'épave. Sous une chaleur accablante, il recherche des traces de pneus aux alentours parmi les dizaines laissées par les véhicules d'intervention. Car depuis la veille, les conjectures galopent dans sa tête. Son carnet à la main, Malone déroule à nouveau le raisonnement qui le conduit à arpenter la campagne en regardant ses pieds. Sur une page il a rassemblé les faits comme les pièces d'un puzzle. L'agression de l'épouse. Le bijou et le tableau manquants. La fausse effraction. Le chauffeur ancien taulard. La blonde introuvable. La mallette disparue. Le mystérieux tireur d'élite. Le crash. Il a beau réfléchir, il ne parvient pas à inscrire les événements dans une suite logique. Deux conjectures se disputent les faveurs de sa concentration : le tireur voulait éliminer CX, ou bien il a provoqué le crash pour récupérer quelque chose qui se trouvait à bord. La première hypothèse le laisse de marbre, mais sur la seconde, Malone trace déjà une esquisse de scénario au léger fusain de l'intuition. S'il a raison, il devrait retrouver par ici les mêmes empreintes de pneus que celles repérées par les gendarmes à proximité du point de tir.

Malone s'est replacé dans les conditions nocturnes. Il s'est glissé dans la peau du tireur pour imaginer son parcours. L'homme a vu l'avion tomber à distance. La nuit était noire. Les chemins d'accès sont peu nombreux et tout juste carrossables. Même en ayant repéré les lieux à l'avance, il ne pouvait pas prédire où l'avion allait tomber. Rejoindre le point de chute n'a pas dû être une mince affaire. Lui-même s'en est bien rendu compte. En étudiant les photos aériennes, Malone est arrivé à la conclusion que le tireur a nécessairement emprunté ce même chemin. De nouveau, il extrait de sa poche la photographie grandeur nature des empreintes pneumatiques que Grandjean lui a transmises. Bien plus étroites que toutes celles des engins de gendarmerie et de pompiers, elles sont pourtant faciles à reconnaître. Voilà déjà une heure qu'il tourne en vain. Il commence à désespérer. Fatigué et assoiffé, il s'autorise une pause. Il échoue son jean sur un talus, repoussant d'un revers de main la tentation d'abandonner sa recherche pour s'offrir la fraîcheur d'une bonne bière servie à l'ombre d'une terrasse. Des rayons de soleil dardent sur ses tempes. Il s'éponge le front. Puis il cueille une marguerite sauvage et commence à l'effeuiller machinalement.

— J'ai raison. Pas du tout, un peu, beaucoup, passionnément… Passionnément, répète-t-il en arrachant le dernier pétale. Encore faut-il le prouver. Bertier ne se contentera pas de mes suppositions.

Il jette la tige au loin d'un geste désinvolte et suit du regard sa course aérienne. La fleur tombe dans une ornière dont le fond poussiéreux est imprimé d'un joli quadrillage tout à fait similaire à celui de la photo que Malone tient entre ses mains. Pour une fois, la chance lui sourit. Deux pièces du puzzle viennent de s'emboîter. Le tueur est venu récupérer quelque chose dans l'épave, et ce quelque chose pourrait bien être une mallette.

Lundi 18 juin, 8 heures

— Allô, Grandjean ? C'est Malone.

— Vous êtes bien matinal, commandant. Que puis-je pour vous ?

— Votre aide, de nouveau. Je me suis baladé à Chèvreville hier après-midi.

— Décidément ! Vous n'avez donc pas confiance ? s'exclame le gendarme.

— Ne le prenez pas mal. J'avais du temps à tuer, c'est tout. J'ai relevé une autre empreinte du véhicule de notre tireur. Non loin de l'épave, cette fois.

— Ah !

— Je vous envoie la photo avec sa localisation. Vous pourriez peut-être pousser un peu l'investigation sur les lieux.

— Nous avons eu un gros orage sur le secteur cette nuit, commandant. Je ne voudrais pas vous décevoir, mais je crains que votre empreinte ait disparu. Le sol était très sec et poussiéreux. Vu la flotte qui est tombée…

— Évidemment, l'eau. Toujours l'eau. Mon pire ennemi. C'est la sécheresse partout, et il faut qu'un orage choisisse Chèvreville !

— Vous cherchez quoi au juste ? Vous avez une idée derrière la tête ?

— Non, pas plus que ça. C'est cette histoire de mallette disparue qui me trotte dans la tête. Je m'étais dit que le tireur avait pu venir la récupérer juste après le crash. Il semble que j'aie raison, mais ma preuve est un peu légère.

— Je vois. Je vais envoyer une équipe par acquit de conscience, mais je ne vous garantis rien. Vous auriez dû m'appeler hier.

— On fait tous des conneries. Je ne regarde pas la météo. Jean et cuir par tous les temps, et la vie est plus simple.

Malone repose le combiné un peu honteux. C'est vrai, il a commis une erreur. Il faisait si beau. Comment se douter qu'il pleuvrait dans la nuit ? À présent, il faut chercher ailleurs. Savoir ce qu'il y avait dans la mallette conduira au mobile. Le commandant en est certain. Tant pis pour Bertier, la brigade financière doit intervenir, saisir l'ordinateur de CX, ouvrir le coffre. L'enquête de flagrance n'est pas close, il assumera cette décision. Le colonel qui dirige la BRIF est un ami. Il comprendra.

D'un geste décidé, Malone compose le numéro.

— Bonjour, Maurice, Max Malone à l'appareil. Tu as un moment ?

— Salut, Max, j'attendais ton appel.

— Je ne te connaissais pas ce don divinatoire. Tu lis dans le marc de café ?

— Non, mais si tu continues à bafouer les ordres de Bertier, je te prédis une fin de carrière rapide. Je sais ce que tu vas me demander. Mais je ne peux rien pour toi, Max. Le proc m'a mis en garde : pas touche à la Geneticorp.

— Mais…

— Max ! interrompt le colonel. Je te connais depuis

l'âge où tu crottais tes culottes courtes et je sais que rien ne t'arrête. Mais là, crois-moi, ce serait une vraie *connerie* d'insister. Je t'assure. L'ordre vient de très haut.

— À quoi on joue, là ? C'est une entrave à l'exercice de la justice, Maurice. Il y a peut-être la clé de l'affaire dans le bureau de CX, dans son coffre ou son ordinateur.

— J'en sais rien, et je ne veux pas savoir. Suis mon conseil, évite les grands mots et oublie la Geneticorp. La société représente un enjeu trop important pour qu'on la mouille dans cette affaire.

Le silence de Malone en dit long sur sa déception.

— Je suis désolé, Max, ajoute le directeur avant de raccrocher.

Malone se sent terriblement las. C'est le moment que choisit Guy pour passer une tête goguenarde dans le bureau.

— Dis donc, Max, ton cheveu blond, tu l'as trouvé sur une Barbie ?

— J'ai une gueule à jouer à la poupée ?

— En tout cas, ils ont bien rigolé à Écully, avec ton cheveu synthétique. Ils te demandent s'ils doivent lancer un avis de recherche international pour une poupée gonflable.

Malone s'enfonce dans son siège tandis que le rire gras du doyen propage la moquerie dans tout l'étage. Il avait misé beaucoup d'espoir sur ce cheveu. Trop, visiblement. Le petit brin synthétique pèse lourd de découragement. L'enquête avancerait tellement plus vite si la Geneticorp pouvait coopérer. Bertier exige des résultats rapides, mais il lui refuse les moyens d'aller vite. Malone voit dans cette injonction paradoxale une marque de mépris. Sa rancœur enfle telle une pâte pétrie de contrariété dans le four tiède de l'adversité. Il n'est pas encore neuf heures et la fine croûte de sa patience se craquelle déjà.

C'est au tour du commissaire Lajaunie de faire son apparition. Le gros bonhomme referme la porte derrière lui, l'air mauvais. Par réflexe, Malone recule son siège. Un ours en colère se dresse face à lui.

— Ça t'amuse de te moquer de moi ? attaque Michel. Tu te crois malin avec tes petites combines à la *con* ?

— De quoi parles-tu ?

— Le cheveu, le chauffeur... J'ai lu les notes de l'Atlas...

— Ah ça ? Mais...

— Il n'y a plus de mais... Tes magouilles, tes mensonges, tout ça, c'est fini. J'en ai ras la casquette. Combien de fois je dois te le dire, Max, l'époque du flic amateur est révolue. Je ne veux pas de dinosaure dans mon service. Je te préviens, si tu recommences, je te mets à pied. En attendant, voilà ce qui va se passer. Le chauffeur sera placé en garde à vue tout à l'heure. On va le conserver jusqu'à obtenir le résultat des analyses ADN. Et j'espère pour lui qu'aucune des traces relevées sur la scène du crime ne matche avec ses empreintes.

— Mais, Nounours...

— N'insiste pas où je te retire l'affaire.

— C'est incroyable ! Et la confiance, *bordel* ? Pourquoi je peux pas gérer mon enquête comme je veux ? Le type n'est pas coupable, je le sais. Vous perdez un temps précieux. Et s'il l'était, il tomberait dans le piège qu'on lui a tendu.

— Ça suffit, Max. Je ne dis rien à Bertier pour ce coup-ci, mais tu te tiens à carreaux.

— Et puis *merde* ! s'emporte Malone. Vous me les brisez tous, ce matin ! Grandjean, Maurice, l'Atlas et maintenant toi. Puisque c'est ça, faites-la sans moi, cette enquête !

Le commandant contourne son bureau, passe devant Michel sans le regarder, attrape son cuir puis s'engage dans le couloir en direction de la sortie.

— Attends, Max ! Essaye de comprendre pour une fois.

Mais Malone ne répond pas. Il trace, roulant devant lui l'énorme sphère de sa mauvaise humeur qui plaque les collègues effarés contre les cloisons de part et d'autre de son passage.

— Mais quelle bourrique ! peste Michel.

Lundi 18 juin, 8 h 15

— Marco, il faut vraiment que je me lève, dit Édouard en projetant les draps loin du lit.

— Déjà ? grogne Marco en se recroquevillant pour garder la chaleur. Tu ne veux pas plutôt remettre ça ?

— Ça fait une heure qu'on baise. Tu es increvable, toi ! On reprendra ce soir. Si je suis pas parti dans dix minutes, je vais être à la bourre. Les collègues vont se demander ce que je fous.

— Oui, tu as sans doute raison. Ce n'est pas le moment d'attirer l'attention.

— Je te confie mon appartement, Marco. Je ne sais pas pourquoi je te fais confiance, mais je le fais.

— Édouard, il faut me croire. Je t'ai dit la vérité. J'ai besoin de quelques jours pour comprendre ce qui m'arrive… Un type m'attendait devant mon immeuble et clairement, ses intentions n'étaient pas bienveillantes. Je ne suis plus en sécurité chez moi. Si j'étais coupable dans l'affaire CX, crois-tu que je me réfugierais chez un collaborateur de la Geneticorp ? Non, je suis venu ici parce que toi seul peux m'aider. Tu me connais si bien.

— Oui, justement.

— Franchement, tu m'imagines descendre le zinc de CX et tabasser sa femme ?

— Non, c'est sûr. Mais je t'imagine bien te fourrer dans ce merdier jusqu'au cou. Pourquoi tu ne demanderais pas une protection policière ?

Marco reste songeur un moment. Décidément, Édouard n'est pas si naïf qu'il en a l'air.

— Mais j'ai encore le béguin pour toi, ajoute finalement le propriétaire des lieux. Et tant pis si c'est une *connerie*. J'aime bien t'avoir ici. Je suis bien, avec toi. Demeure ici le temps qu'il faut.

— T'es un chouette keum, Édouard. Tu le regretteras pas. Ce soir, c'est moi qui cuisine. Que dirais-tu d'un petit curry au gingembre, beau gosse ? Histoire de se mettre en appétit...

— Pas besoin d'épices pour m'exciter, dit Édouard en donnant une bonne claque sur la croupe de son compagnon. Pour le repas, fais comme tu veux. Je n'ai pas le temps de réfléchir, je dois vraiment y aller.

Lundi 18 juin, 8 h 50

— T'as pas vu Max ? demande Anita. Je le cherche partout.

— Je l'ai croisé tout à l'heure avec son cuir sur le dos, répond Garcia. Il avait sa tête des mauvais jours. Je te parie ma paye qu'il est parti se réfugier chez Mamasim. Elle va lui redresser l'humeur en moins de temps qu'il ne faut pour siffler un blanc sec et il sera vite de retour.

— Tu parles ! On n'est pas près de le revoir. Un thérapeute qui vend de l'alcool, c'est bien la dernière chose dont Max a besoin en ce moment. Mais qu'est-ce qu'il est chiant à faire sa diva ! Le fils de La Mézenière est arrivé. On devait l'interroger ensemble. Je vais devoir me taper tout le boulot pendant que Monsieur picole.

— Personnellement, je suis plus rassuré quand c'est pas lui qui interroge. Bon, ne t'inquiète pas pour Max. Il en a vu d'autres. En attendant, on va s'occuper du fiston tous les deux.

Lundi 18 juin, 21 heures

Une nouvelle journée de cagnard a fondu le bitume de Versailles. Les rues asséchées aspirent à retrouver un zeste de fraîcheur vespérale. Le soleil embrase encore les façades, mordant jusqu'au dernier rayon, mais déjà les ombres salvatrices s'étirent de tout leur long comme des chats quittant la torpeur d'une sieste. Des nuées d'étourneaux brassent d'incessantes circonvolutions dans le ciel rougeoyant, venant parfois reprendre leur souffle dans les tilleuls en fleurs et se griser de leur fragrance sucrée. Sous la frondaison des grands arbres, l'animation reprend peu à peu. Le long des contre-allées, quelques amoureux promènent leur insouciance bras dessus, bras dessous. Robes légères et chemises désinvoltes, ils flânent, accordant leurs pas complices vers un avenir commun. Ils serrent entre leurs paumes la confiance placée l'un en l'autre comme un précieux talisman qui les préserve de l'emprise du temps. Anita les observe. Elle ne peut s'empêcher de jalouser les demoiselles. Elle envie leur sourire épanoui, leur vibrante certitude d'avoir capturé le bonheur d'une vie. Si seulement elle pouvait à son tour s'abandonner contre un torse viril, caresser le futur dans le sens du poil… N'est-ce pas la raison même de sa présence en ces lieux ? Aurait-elle sinon pris la peine d'un détour par son appartement ? Lavé sous la douche la transpiration d'une journée étouffante, rehaussé sa sensualité de fine lingerie, osé une minijupe à pois, poussé l'audace jusqu'au chemisier échancré, souligné sa féminité d'un trait de mascara, redécouvert son parfum d'une pulvérisation de trop ? Aurait-elle à ce point affûté son charme si son but avait été différent ? Non, Anita sait parfaitement ce qu'elle veut : séduire Malone. L'homme fait chavirer son cœur depuis des semaines, mais il semble l'ignorer. Ce soir, elle entend bien le faire changer d'avis. Depuis qu'il a claqué la porte du commissariat, le commandant n'a pas donné signe de vie. Anita a vite compris sa chance. Prétextant l'inquiétude pour son collègue, elle a louvoyé dans les eaux mensongères pour obtenir son adresse. De guerre lasse, Michel a fini par la lui donner. À présent la voici, toute petite au pied du mur, celui de l'immeuble en question. Elle lève la tête vers le second étage où une fenêtre ouverte chante du rock. Anita sait combien Malone est fan de Johnny. Il aura trouvé refuge dans le son des guitares.

— C'est donc ici qu'il crèche, mon amoureux…

Profitant de la sortie d'un habitant, Anita se glisse dans le hall puis se laisse guider par la musique jusqu'à une porte. Un coup de sonnette, puis deux. Pas de réponse. La porte n'est pas fermée à clé. Anita ose la pousser. Un couloir sombre la conduit jusqu'au séjour. Malone est là. Assis sur une chaise, le buste affalé sur la table, ses bras encerclant sa tête, la joue appuyée contre une bouteille de whisky agonisante. Sa main droite recouvre un album photo étalant le souvenir de jeunes années. Ses doigts écartés laissent deviner les images d'un couple uni. Max a trente ans, un enfant sur les épaules, une jeune femme sous son menton. Si Anita se doutait bien que Malone cachait la cicatrice d'un bonheur disparu sous un abord abrupt, elle n'avait pas idée que ce passé torturait encore le présent. Soudain elle tressaille. Elle vient de voir le revolver de l'autre côté de la table. Elle se penche sur Malone. Il respire. Anita pousse un soupir de soulagement puis attrape l'arme délicatement. Au moment précis où elle touche la crosse, la grosse main de Malone s'abat sur la sienne. Le commandant se redresse en s'exclamant d'une voix cassée :

— Anita ? Qu'est-ce que tu fous là ?

— Je… je m'inquiétais pour toi.

— C'est bon, t'es rassurée maintenant ? Alors va-t'en ! T'as rien à faire ici. Laisse-moi tranquille !

— C'est pour quoi faire, ce flingue ?

— Qu'est-ce que cela peut te faire ?

— Bien des choses, si tu savais… soupire Anita. Max, tu vaux mieux que ça.

— Mieux que quoi ?

— Mieux que ça ! répète Anita en secouant la bouteille presque vide sous son nez.

Malone se lève en titubant, lui arrache la bouteille des mains et la vide d'un trait, puis la fracasse contre le mur. Anita marque un pas de recul, apeurée.

— T'es pas ma mère ! Et puis non, je ne vaux pas mieux. Je suis une erreur. Je foire tout ce que je fais. Même flic, le seul truc où je me croyais bon. Dépassé ! Bon pour la casse, le Max ! Ce métier à la *con*, il n'y a que ça qui me tient debout, tu comprends ? Je lui ai tout sacrifié. Il m'a tout pris. Regarde autour de toi ! Regarde cet appartement ! Qu'est-ce que tu vois, *bordel* ? Hein ? Dis-moi ce que tu vois ?

— Je ne sais pas… répond Anita en regardant autour d'elle, désemparée. C'est vrai que c'est un peu vide…

— Voilà, t'as tout dit. Tu vois rien parce qu'y a rien à voir. C'est vide. À part flic, y a rien que du vide dans ma vie.

Malone tient à peine debout. Il s'agrippe à la chaise pour rétablir l'horizon. Anita l'aide à se rasseoir. L'homme plonge la tête entre ses mains. Anita passe une main amicale dans son dos.

— Tu pourrais avoir tellement plus que ton métier, lui murmure-t-elle doucement à l'oreille, si seulement tu ouvrais un peu les yeux.

— Arrête avec ça ! T'as pas encore compris ? Je ne suis pas un mec pour toi. Combien de fois je dois te le dire ?

— Mais qu'est-ce que t'en sais ? s'écrie à son tour la jeune femme, piquée au vif. T'as même pas essayé.

— Dans la vie, j'ai deux ou trois gares d'avance sur toi. Trouve-toi un jeune de ton âge, fonde une famille. Et lâche ce fichu boulot avant qu'il te bouffe toute crue… Regarde où ça mène.

— Qui te dit que j'ai envie d'une famille ? reprend Anita, encore plus véhémente. Toi et moi, on est bien placés pour savoir comme ce monde est pourri. Élever un môme dans cet enfer ? C'est hors de question. C'est toi que je veux. Toi et rien d'autre. Alors qu'est-ce qui nous empêche de faire un bout de chemin ensemble ? Oui, je suis plus jeune. Et alors ? C'est quoi quinze ans ? Qu'est-ce que j'ai de moins que les autres ? Je ne suis pas assez belle à ton goût ? C'est parce que j'ai quelques kilos de trop ? Si c'est ça qui te gêne, tu n'as qu'un mot à dire et je fais un régime. T'as pas idée de ce que je ferais pour toi. Mais nom de Dieu, dis-moi !

Malone ne répond rien, comme hypnotisé. Il reste ainsi figé. Plusieurs minutes s'écoulent pendant lesquelles

Anita n'ose pas bouger. Partagée entre colère et espoir, elle demeure suspendue aux lèvres de l'homme. Sa vie se tient en équilibre sur l'arête de la falaise, d'un côté la prairie verdoyante, de l'autre le noir précipice. Ses sourcils implorent, son regard brille, son cœur bat la chamade.

— Tu as discuté avec Nounours ?

— Ne change pas de sujet, Max. Réponds-moi sérieusement.

— Qu'est-ce qu'il t'a dit ?

— Il a besoin de toi et il regrette pour ce matin. Bertier et le directeur lui ont mis la pression, mais lui ne pensait pas ce qu'il t'a dit. Maintenant est-ce que tu peux répondre à ma question, s'il te plaît ? Max, regarde-moi.

— Tu as interrogé le fils ?

— Oui. Avec Garcia, puisque tu n'étais pas là. Marc-Antoine de La Mézenière se dit innocent, mais il avait toutes les raisons du monde de désirer la mort de son père. Et il ne s'en cache pas. Père dominateur, éducation à la dure, sans cesse rabaissé en public, y compris dans l'entreprise. Son père lui confie des responsabilités pour mieux l'humilier. Des années de rancœur accumulée. Il espère maintenant succéder à son père à la tête du groupe. À l'inverse, il est très proche de sa mère. Un bel œdipe, en somme.

— Ça, j'avais remarqué. Et le chauffeur, du nouveau ?

— Écully a rendu son rapport en fin d'après-midi. L'étau se resserre. On retrouve les empreintes du bonhomme un peu partout dans la maison, y compris dans la salle de bains et la chambre de Madame. Il a dû fouiller pour trouver des bijoux. Les collègues sont en train de le cuisiner.

Malone a conservé la tête serrée entre ses mains. Anita se tient derrière lui. Tout en parlant, elle s'effeuille comme une marguerite, déboutonne son chemisier, le laisse choir.

— Tu voudras aussi savoir que le relevé d'empreintes n'a rien donné à la Geneticorp, poursuit-elle en dégrafant sa jupe qui glisse le long de ses jambes jusqu'à ses pieds. Les seules empreintes du bureau sont celles de CX. Bertier persiste à refuser l'ouverture du coffre et l'analyse de l'ordinateur de CX. Il a prolongé l'enquête de flagrance. Il est certain de la culpabilité du chauffeur.

Anita décroche son soutien-gorge et libère sa poitrine généreuse puis contourne la table pour faire face à Malone. Celui-ci lève les yeux et la découvre dans sa nudité. Courageuse et fragile. Étrange manie qu'ont les jeunes femmes de se dévêtir devant lui…

— Viens, dit la naïade en saisissant sa main.

Anita entraîne son partenaire jusqu'à la chambre. Ce dernier se laisse faire, incapable d'opposer la moindre résistance. Elle l'allonge sur le lit, l'aide à se déshabiller. Mais à peine a-t-elle ôté la dernière chaussette qu'un ronflement sonore fait trembler les murs. Malone s'est endormi.

Mardi 19 juin, 10 heures

La sonnerie du téléphone tire Malone d'un sommeil ankylosé. Pendant que le commandant tâtonne dans le noir pour retrouver son appareil, son esprit embué mouline pour se souvenir des événements de la veille. L'effort est vain. L'alcool a dissous le tissu de sa mémoire, laissant un grand trou vers la fin de la journée. Ce ne serait pas gênant si une odeur de parfum ne flottait pas dans l'air. La fragrance ne lui est pas étrangère. Un vague sentiment de honte l'envahit.

— Sophie ? *Kestumveu* ? ânonne-t-il avec difficulté.

— Ouh là ! Ça pue la gueule de bois.

— Non. Couché tard. Grosse affaire, parvient à articuler le commandant, sans pour autant réussir à construire des phrases. Ça va pas de m'appeler si tôt !

— Il est onze heures, mon grand. Je parie que tu t'es endormi sur un vieux dossier. Laisse-moi deviner... Disons, douze ans d'âge ? Vois-tu, moi aussi je me suis couchée tard. Et mon dossier à moi, il s'appelle CX. J'ai terminé l'autopsie. Et ce que j'ai découvert devrait t'intéresser...

— Ah ? Un scoop ?

— Rejoins-moi dès que tu peux.

— Tu peux pas me le dire par téléphone ?

— Non. Viens.

— J'a… j'arrive tout de suite.

Une douche froide et deux cafés plus tard, Malone rejoint la morgue. Sophie lui ouvre la porte. Un sourire radieux illumine son visage.

— Tiens, mets ça sous ton nez, dit-elle en tendant un tube à Malone. Suis-moi, je vais te montrer.

Le commandant s'exécute. Immédiatement, une forte senteur d'eucalyptus envahit ses narines en barrière à l'odeur écœurante du cadavre vers lequel Sophie le conduit.

— Approche, invite le médecin. Tu vois cet énorme hématome derrière la tête, à la base du crâne ?

— Sacré coup sur la calebasse, admet le policier. Et c'est ça qui t'étonne ? Pour un type ramassé dans une épave d'avion, ce n'est pas franchement une surprise.

— Vois-tu, pour qu'un hématome se forme, il faut que le sang circule. Or, le crash lui a coupé les jambes tout net. Le sang ne pouvait que se répandre par le bas. Il n'a pas pu remplir une poche en haut. Cela signifie que l'hématome s'est formé avant le crash.

— CX s'est peut-être tout simplement cogné ?

— Impossible. Ce n'est pas juste une bosse. Le crâne est enfoncé. La blessure a été causée par un objet contondant asséné avec force par l'arrière droit.

— Comme un cendrier massif ?

— Par exemple…

— Remarque, ça lui ferait un point commun avec sa femme. C'est dans ces petites connivences qu'on reconnaît les vieux couples.

— Et ce n'est pas tout. J'ai analysé les viscères. J'y ai trouvé une bonne quantité d'alcool, et… du GHB. Max, ta victime a été droguée.

Malone part d'un puissant éclat de rire qui secoue sa grande carcasse.

— Excellent, dit-il en essuyant une larme au coin de l'œil, j'adore ton humour. Drogué, assommé puis on tire sur son avion ? T'es mignonne. Tu ne veux pas qu'on le retourne pour voir s'il n'a pas aussi un couteau planté dans le dos ?

— Je ne plaisante pas, Max. C'est sérieux.

— Enfin voyons, pourquoi droguer quelqu'un si c'est pour l'assommer ensuite ?

— Ça, c'est à toi de le dire, mon grand. C'est ton boulot, pas le mien.

— Si ma mémoire est bonne, poursuit le policier en reprenant son sérieux, le GHB provoque l'endormissement en moins de vingt minutes après ingestion. Sais-tu dire si la drogue avait déjà agi avant le crash ?

— Non, elle n'avait pas encore agi. Le narcotique n'était pas encore passé dans le sang. En revanche, il avait dans l'estomac une dose suffisante pour endormir un éléphant. J'en déduis qu'il l'avait ingérée depuis moins de dix minutes avant le crash.

— Don Pérignon 1969... murmure Malone en repensant au débris de bouteille sur la piste. L'alcool des riches qui se prennent pour James Bond. Je suis prêt à parier qu'une certaine poupée coiffée d'une perruque blonde lui a offert la coupe empoisonnée. Cela confirme mon sentiment. Et ça se recoupe avec les traces de baskets taille trente-six dans le hangar. CX n'était pas seul à l'aérodrome...

— Ni dans l'avion.

— Ni dans l'avion ?

— Je te l'ai dit, Max. La victime ne s'est pas cognée. Elle a été assommée. CX ne pouvait pas être conscient au moment du crash avec une blessure pareille. De deux choses l'une, soit CX a été frappé par un passager alors qu'il pilotait, soit il a été assommé avant de décoller et dans ce cas, quelqu'un d'autre pilotait.

— Quel esprit de déduction ! T'as sacrément bien travaillé.

— Je trouve aussi. Ça mérite une petite récompense, tu ne crois pas ?

— Une récompense ? Quel genre de récompense ?

— En nature, mon grand, en nature. J'ai un peu de temps devant moi, et je me sens d'humeur walkyrie. Ta visite de l'autre jour a réveillé mon appétit. J'ai très faim de toi, ajoute-t-elle en plongeant sa main dans le pantalon de Malone.

Mardi 19 juin, 16 heures

— Encore tout seul, Max ? demande Simone en essuyant la toile cirée devant Malone pour y déposer un verre de blanc.

— Encore tout seul, Mamasim.

— Faudrait pas que ça devienne une habitude, mon gars. C'est pas bon pour la santé.

— Je sais. Et ça fait pas tourner ton commerce.

— Le commerce ! rigole la vieille en haussant les épaules. Si c'était pour le pognon, j'ferais pas c'métier. Mais ça me rend triste de voir un pauv'loup sans sa meute. Tu t'es fâché avec les collègues ?

— On dirait.

— Avec la petite Anita aussi ?

Le policier ne répond pas. Simone pratique l'acuponcture. Elle possède l'art de planter une petite phrase anodine pile à l'endroit où il y a un nœud. Anita a trotté dans la tête de Malone toute la journée. Le mystère de son parfum flottant dans sa chambre ce matin. Et la bouteille de whisky éclatée sur le sol de sa cuisine… Bon sang, mais que s'est-il passé hier soir dans son appartement ? Anita serait-elle venue chez lui ? Il n'en a pas le moindre souvenir. À foutue cuite, foutu trou noir. Mais l'angoisse de la page envolée est pire que celle de la page blanche. Aurait-il fait une *connerie* dans la nuit ? Simone reste plantée à son côté. Ses rides immobiles semblent lui adresser un reproche muet.

« Fais pas trop le fier, semble-t-elle sermonner en silence. Fais attention avec la petite. Joue pas avec tes potes. T'attends quoi pour les appeler ? »

Simone a raison. Malone s'est comporté comme un imbécile. Aucun signe de vie depuis deux jours. L'équipe doit s'inquiéter. Ou bien lui en vouloir. Probablement les deux. Vers midi, il a reçu un timide SMS de Garcia auquel il n'a pas répondu. « Ça va ? » demandait le message. La question *con* par excellence. Celle qu'il vaut mieux éviter de poser à un flic divorcé, alcoolique et dépressif. Mais pour une fois, Malone pourrait répondre « oui ». Il tient ce miracle du savoir-faire de Sophie. Leur petite séance corporelle l'a complètement requinqué. Il en avait rudement besoin. Mais maintenant que son moral est redressé, il mesure à quel point il a négligé ses collègues. Peut-il encore se rattraper ? Partager le scoop de Sophie serait un premier pas. Malone pousse un profond soupir, extrait son téléphone de sa poche et compose une réponse à Garcia.

« Impec. Rameute l'équipe. J'ai du nouveau. 17 h chez Mamasim. »

— C'est mieux pour mon business, commente la patronne en donnant une tape satisfaite sur l'épaule du commandant avant de retrouver sa place derrière son zinc.

Malone considère la vieille femme qui s'éloigne en déroulant sa nonchalance sur une hanche rouillée dont jamais elle ne se plaint. Puis son regard fait le tour du bistrot, galope sur le comptoir cuivré, serpente entre les verres qui sèchent, escalade l'étagère des bouteilles renversées prêtes à servir les doses, retombe sur le plancher, sillonne entre les tables et leur toile cirée à carreaux blancs et rouges, caresse les banquettes de faux cuir, s'égare entre les cendriers, renifle l'odeur de tabac froid... Inconsciemment, il cherche entre ces murs la source de bonté où s'abreuve Mamasim.

À l'heure dite, les collègues débarquent en bloc. L'Atlas, Garcia, les deux jeunes, serrés les uns contre les autres, un peu gênés. Ils dévisagent leur chef comme s'ils considéraient un animal dont on ne sait pas trop s'il veut mordre ou jouer.

— Ben quoi ! Faites pas cette tête de merlan frit. On n'est pas vendredi.

Puis tournant la tête vers le bar, il ajoute d'une voix forte à l'attention de la patronne.

— Mamasim, c'est ma tournée !

Sur ce cri de ralliement, les sourires reprennent leur place sur les visages et chacun trouve un siège autour de la table comme si rien ne s'était passé.

— Anita n'est pas là ? s'inquiète soudain Malone.

— Elle a décarré y a pas une heure, répond l'Atlas. Paraît qu'elle a dégobillé ce matin. Elle a dû faire la chouille, à moins qu'elle soit en cloque.

— Enceinte ? traduit Malone en manquant de s'étouffer.

— Elle avait pas l'air dans son assiette, renchérit Garcia. Elle a dû avaler un truc qui passe pas...

— Merde... blêmit le commandant, en proie à un sentiment coupable grandissant.

— C'est pas la première fois, rassure Garcia. T'inquiète, ça lui passera. Elle m'a laissé toutes les billes sur un papier. J'ai ça avec moi. Mais tu ferais p't-être bien de l'appeler tout à l'heure. Et tu ferais p't-être bien aussi d'appeler Nounours. Il a pas l'air bien non plus.

— Bon. J'y manquerai pas. Je les appellerai tous les deux.

— Il paraît que t'as du nouveau ? s'enquiert Julien en se ruant sur la bière que Simone vient juste de déposer devant lui.

— Ah, les jeunes ! Savent pas savourer l'impatience. C'est comme ta bière. Tu peux pas attendre qu'on soit tous servis ? Alors, faisons les choses dans l'ordre. D'abord, on boit un coup. Après, vous me direz ce que vous avez appris de votre côté. Et ensuite, je vous étonnerai.

Le groupe trinque sans se faire prier. Garcia fournit les conclusions de l'enquête de terrain sur l'agression de madame de La Mézenière. En somme, en dehors du médecin, personne n'a rien vu. Rien à signaler du côté des employés. Des gens sans histoire, des alibis solides. Tous les éléments recueillis plaident en faveur d'un crime crapuleux. La note d'Anita sous les yeux, Garcia rend compte de l'enquête sur l'environnement familial. Anne-Charlotte Mézenière est toujours dans le coma. De notoriété publique, Madame « fréquentait » elle aussi. Les galeries d'art étaient son terrain de chasse favori. Elle picorait ses amants dans les vernissages de droite et de gauche, entre deux olives et un verre de champagne. Des hommes souvent jeunes, parfois les artistes eux-mêmes. L'adultère se consommait généralement à l'hôtel et n'appelait pas de lendemain. Les mêmes mauvaises langues qui la dénoncent soupçonnent qu'elle monnayait ses rapports. Décidément, un sport familial. D'après sa fille, la mère avait toutes les raisons du monde de vouloir la mort de son mari. Trente ans d'amertume et de trahisons empilées, ça fermente, forcément. Mais les enfants conservent leur place en tête de liste des suspects. Tous deux dépendent financièrement de leur père, qui menaçait souvent de leur couper les vivres. Parfois même il s'amusait à leur réduire le débit pour leur rappeler qu'il détenait le pouvoir. Les jeunes détestaient leur père. Pour preuve le record d'insultes à son sujet que Julien a retirées de leurs SMS. Leur géniteur semblait prendre du plaisir à humilier ses enfants en public. À commencer par le fils. Homosexuel notable, homme d'affaires sans envergure, une personnalité écrasée par celle du père. Toute la Geneticorp peut témoigner du mépris que le milliardaire lui témoignait. Quant à la fille, Élizabeth, c'est une junkie, une flambeuse, une paumée. Carrière d'actrice ratée. Hyper-endettée. Elle fréquente une sorte de gourou qui vit à ses crochets, un tatoué qui lui procure sa drogue. Malone complète le tableau de la jeune femme par les révélations qu'il a lui-même recueillies, réussissant la prouesse de ne pas rougir au souvenir ému de sa sensualité. Une nymphomane, violée par son père à l'adolescence dans l'indifférence totale de sa mère. Toute la famille possédait donc un sérieux mobile. À part la mère, dont l'alibi est béton, l'emploi du temps des deux autres comporte des trous suspects qui peinent à les disculper.

— Je dirai à Anita de continuer à creuser, décide Malone. Vu comme le frangin et la frangine s'accordent, j'imagine mal le règlement de comptes familial. Mais tout ça, c'est pas clair. La petite comédie de l'autre soir à l'hôpital était grotesque. Soit les gamins sont vraiment barges, soit ils surjouaient un rôle pour me berner. Les deux hypothèses sont plausibles. En tout cas, les riches peuvent s'offrir des hommes de main. Je veux qu'on épluche leurs comptes à la loupe. Retraits importants, virements douteux, tout ce qui paraît louche. Le tatoué de la fille, pareil. Faut m'le quadriller.

— Sans vouloir t'offusquer, dit Guy, j'crois qu'on *s'emmerde* pour rien. Je t'ai pas encore causé du chauffeur. Un sacré faux derche celui-là. Là, il prend son bain dans l'aquarium. Pour l'instant, il fait le bal, mais j'te garantis qu'il va pas mettre longtemps à s'allonger. Et on a...

— ... retrouvé ses empreintes dans la salle de bains et la chambre de la victime, je sais, termine le commandant à la surprise générale.

— Comment tu sais ça, Max ? demande le groupe en chœur. Le rapport du labo est arrivé hier après-midi. T'étais pas là.

Un flash éclaire la mémoire de Malone. Anita le lui a dit hier soir. Anita, nue dans sa cuisine.

— Ssss... simple intuition, bégaye le commandant.

Puis reprenant son aplomb naturel :

— Et je peux même vous dire que vous vous foutez le doigt dans l'œil avec vot'chauffeur. Vous n'avez démontré qu'une seule chose, un truc que je sais depuis un bon moment : Ouali est l'amant régulier de madame de La Mézenière.

— J'achète pas, dit Guy en repoussant son verre. Il a tout du *rusier*. Le gars est accro au jeu de courses. Il est criblé de dettes. Son compte en banque est truffé de retraits les jours de tiercé, et il verse régulièrement des bonnes petites sommes en liquide. Typique du monte-en-l'air qui recèle sa camelote.

— Tout aussi typique du gigolo qui se laisse entretenir.

— Si c'est ça, pourquoi il se met pas à table ?

— Parce que c'est un homme d'honneur. Je l'ai lu dans ses yeux. Il y a des signes qui ne trompent pas.

— Ses yeux, j'y crois pas ! s'exclame Fred en mimant une diseuse de bonne aventure devant sa boule de cristal remplie de bière. Le patron nous la joue Madame Irma !

— Oh ! Foutez-moi la paix. De toute façon, ça m'arrange, votre affaire. Asticotez-le pauvre gars tant que vous voulez, il sera toujours temps de l'innocenter. En attendant, tout le monde est content. Nounours a trouvé un os à ronger. Bertier tient son histoire à raconter. Ça nous laisse le champ libre pour suivre la vraie piste.

— Nous y voilà.

— D'abord, laissez-moi vous parler des premiers éléments du rapport aéronautique. J'ai eu Grandjean au téléphone en début d'aprèm, et voilà ce qu'il raconte. L'avion, un Cessna Stationair, était récent et bien entretenu. Il a décollé normalement jusqu'à essuyer des tirs deux minutes après avoir quitté la piste. Les projectiles ont atteint le moteur, ce qui a déclenché un incendie. Le pilote a remarqué les flammes, puisqu'il a effectué les manœuvres d'usage : fermeture de l'arrivée d'essence, manettes de gaz à fond... Bref, j'ai pas tout retenu. À partir de là, l'avion aurait dû planer et se poser en catastrophe dans un champ. Ou mieux faire demi-tour, c'était encore possible et la piste était encore éclairée. Mais ça s'est pas passé comme ça. L'avion s'est écrasé en piqué.

— CX aura été touché par une balle ?

— Non, ce n'est pas ce que dit l'autopsie.

— D'où tu tiens ça ? On n'a pas encore reçu le rapport.

— Normal, il est pas encore écrit. J'ai puisé les infos à la source. Je sais, l'Atlas, c'est pas réglementaire, mais ça fait gagner du temps.

— Vas-y, envoie, lance Lunca avant que Guy ne donne la réplique.

Suspendu aux lèvres du commandant comme devant un film à suspense, le policier plonge machinalement une main gloutonne dans le bol de cacahuètes, imité dans ce geste par Fred et Julien. Malone s'efforce tant bien que mal de reconstituer l'explication de Sophie, mais une image danse devant ses yeux où la grande blonde caracole tous seins dehors à califourchon sur ses parties intimes. Peinant à masquer son trouble, sa langue s'emmêle lamentablement dans le jargon médical. Œdèmes, hématomes, caillots, fluxions hérissent d'obstacles un discours qui finit par s'enliser dans une mare de confusion. Rapidement, il a perdu tout le monde. Chacun le regarde en tapotant les bords de la table, comme lorsqu'il écrit ses hiéroglyphes au tableau. Le commandant s'en rend compte.

— Bon, pour faire simple, résume-t-il, au moment du crash, le type n'était déjà plus en état de piloter parce qu'il avait reçu un gros coup sur la calebasse. On oublie qu'il a été drogué au GHB entre dix et vingt minutes auparavant, parce que la drogue n'a pas eu le temps d'agir. De deux choses l'une, soit il a été assommé avant le décollage, et quelqu'un d'autre pilotait, soit il pilotait lui-même, et quelqu'un l'a assommé après le décollage. Tout ça pour dire que CX n'était pas seul dans l'avion.

Coup d'œil rapide sur l'assemblée. Tous les regards pétillent. Cette fois, ils ont compris.

— Puisqu'on a retrouvé qu'un cadavre dans l'épave, avance Fred, l'autre individu a forcément sauté de l'avion avant qu'il s'écrase.

— Mais c'est qu'il comprend vite, notre ripeur, félicite Malone en ébouriffant son jeune collègue.

— T'aurais p't-être même retrouvé la piste de ta Barbie, lâche pensivement Guy en frottant son menton. Ça colle plutôt bien avec un cheveu retrouvé dans la bagnole de CX, même un faux. Et des empreintes de groles pointure trente-six dans le hangar…

— P't-êt ben, l'Atlas. C'est pour ça que j'en ai profité pour demander à Grandjean deux ou trois petits services. Comme par exemple, analyser les débris d'une bouteille de champagne ramassée près de la carcasse, ou encore relever les empreintes sur les commandes de l'appareil. À l'heure où nous parlons, un hélicoptère survole une zone beaucoup plus large à la recherche d'un spot où un parachutiste aurait pu se poser. Comme quoi, un pote chez les « cruchots », ça peut aider.

Malone leur parle également de sa petite virée de dimanche, et des traces de pneus retrouvées près du crash, les mêmes que celles de la voiture du tireur. Ce qui ramène naturellement la conversation à la mallette disparue.

— Et toi gamin, t'en es où de la reconstitution du trajet de CX.

— C'est pas trop tôt, râle Julien en sortant de sa poche un plan plié en quatre, j'ai cru qu'on m'avait oublié. Avant de vous montrer le plan, je voudrais vous faire écouter ça. C'est le message que CX a laissé à sa femme depuis son bureau lorsqu'il est passé prendre la mallette.

Julien monte le son de son téléphone qu'il place au milieu de la table sur le bol vide qui contenait les cacahuètes. Le groupe s'approche pour entendre la voix grave de CX débiter un message adressé à son épouse. En substance, le milliardaire n'était plus sûr d'avoir pensé à fermer la porte d'entrée à clé en partant, trop préoccupé par ce voyage d'affaires organisé au pied levé. Il souhaitait à sa femme une bonne soirée et promettait d'envoyer un petit message lorsqu'il serait arrivé à bon port.

— Au moins, ça explique pourquoi il n'y a pas eu effraction.

Julien récupère son téléphone pour étaler sa carte à la place.

— Bon, je me suis paluché des centaines de caméras de ville et j'ai réussi à tracer CX depuis le parking de la Geneticorp jusqu'à Barbès. Ici, la BMW s'enfonce dans les petites rues et je perds sa trace. Le dernier spot où elle apparaît est ce feu rouge, ici. Je la retrouve cinq cents mètres plus loin et quinze minutes plus tard. Entre les deux, il y a un trou. Ensuite, le coupé pique vers le nord, sans doute pour se rendre à l'aérodrome. Je n'ai pas eu le temps de le suivre jusqu'au bout, mais cela correspond au temps de trajet.

— Reste à savoir ce qu'il foutait dans le XVIIIe. À cette heure-ci, il n'y a plus d'embouteillage. Un quart d'heure pour faire cinq cents mètres, c'est qu'il a dû s'arrêter quelque part.

— J'ai vérifié les parkings du secteur. Il n'y a pas stationné. Il est certainement resté en double file.

— Pour récupérer quelqu'un…

— Avec une perruque blonde, et qui se cache à l'arrière derrière les vitres fumées, car lorsqu'il repart, les vidéos montrent toujours un siège passager vide.

— Plausible…

— À moins qu'il ait seulement déposé la mallette quelque part… Dans une consigne de la gare du Nord, ou chez un complice…

— Bon, je vous trouve en forme, coupe Malone. On va arrêter là les conjectures. Chacun va dormir là-dessus, et on s'en reparle demain à huit heures à la ruche. En tout cas, t'as vraiment bien bossé, le jeune.

Mardi 19 juin, 19 heures

— Anita ? Je t'ai laissé dix messages. Les gars m'ont dit que t'étais malade. Je commençais à m'inquiéter.

— C'est rien, répond sèchement la jeune femme. Juste un coup de mou.

— J'ai une proposition qui va te remonter le moral.

— Mouais, meugle une voix désabusée. Dis toujours.

— On pense avoir retrouvé la trace de Tatiana.

— Où ça ?

— À Chèvreville. Grandjean vient d'appeler. Un de leurs hélicoptères a localisé un parachute abandonné. L'équipe cynophile sera sur place dans une heure. On a tout juste le temps de les rejoindre.

— On ?

— Oui. Rien que toi et moi. Un peu d'air frais te fera du bien. Passe me prendre avec ta voiture. Ce sera mieux pour discuter.

— J'ai pas envie de causer.

— Eh ben, on parlera pas.

— Pourquoi pas ta moto ?

— Ma moto est à la révision, ment le commandant. Tu connais mon adresse, il me semble ?

Le combiné demeure silencieux. À l'autre bout, Anita

pèse ses options. D'un côté, revoir Max, c'est replonger dans l'addiction. Craquer pour une cigarette deux jours après avoir décidé d'arrêter de fumer. La tentation lui tombe dessus alors qu'elle mijotait l'idée d'une demande de mutation au feu cuisant du camouflet de la veille. S'enfuir, partir loin d'ici, n'importe où. Appliquer sur la plaie de la déconvenue amoureuse la compresse glacée de la distance. Avaler les kilomètres en guise de médicaments. S'éloigner par les chemins chaotiques d'une lente cicatrisation. Mais d'un autre côté, cette enquête lui plaît vraiment. Remonter le cheveu blond jusqu'à sa perruque est un challenge passionnant. Elle hésite pour la forme, sachant au fond qu'elle est encore trop fragile pour refuser ce que Malone lui donne. Max le sait parfaitement.

— Je t'attends en bas dans un quart d'heure.

La Twingo rouge d'Anita s'arrête au pied de l'immeuble sans s'attarder. Un claquement de portière, et la voiture démarre. Malgré le soleil toujours dardant, les rues de Versailles ont perdu le charme de la veille. La jeune femme se demande comment elle a pu les trouver belles. La ville n'est qu'une bête étendue d'immeubles et de pavillons de banlieue. Le béton à perte de vue enterre une verte campagne que les pots d'échappement ont asphyxiée. Silence de mort dans l'habitacle. La conductrice conserve ses mains à dix heures dix sur le volant et se concentre sur le strict respect du Code de la route. Sa joie méridionale est restée au placard, suspendue à un cintre avec sa petite robe à fleurs. Du côté passager, Malone se fait petit autant qu'il peut. Il a reculé son siège pour faire la place à ses grandes jambes et décaler ses larges épaules de celles de sa coéquipière afin d'éviter tout effleurement. Il s'efforce de rester hors du champ de vision de la conductrice. Profitant d'un rare coup d'œil de celle-ci dans le rétroviseur de droite, il tente une échappée à la sortie du périphérique.

— Pour hier soir, je ne me souviens de rien. J'espère que je n'ai pas…

— C'est oublié, coupe Anita.

— Écoute. J'étais pas dans mon état normal. Si j'ai dit ou fait quelque chose de mal, j'en suis désolé.

— Tu n'as rien fait, répond Anita en pensant que c'était justement bien le problème. Et j'ai franchement pas envie d'en parler. Raconte-moi plutôt pour la blonde.

Malone reste un instant interloqué. Comment Anita sait-elle pour Sophie ? Puis il réalise sa méprise. Bien sûr, dans la bouche de la jeune femme, la blonde ne peut désigner que Tatiana Romana. Soulagé, il se lance dans un nouveau point de situation, plus garni que celui qu'il a servi à Nounours tout à l'heure. Dans la version destinée au commissaire, il n'a pas jugé nécessaire de s'étendre sur la traque d'une perruque blonde, préférant charger la barque du côté du chauffeur. À l'inverse, il livre ici une foule de détails sur la fille énigmatique, si bien qu'en quittant l'autoroute de Lille, Anita a rattrapé tout son retard. Une énergie professionnelle semble l'animer de nouveau.

— Te voilà parfaitement au jus, achève Malone.

— Il y a juste un truc qui me turlupine dans ton histoire. Pourquoi droguer quelqu'un si c'est ensuite pour l'assommer ?

— Je n'arrête pas d'y réfléchir. Au final, je ne vois que deux options.

— L'empoisonneur et l'assommeur sont deux personnes différentes, avec des intérêts différents.

— Oui, mais cela signifierait qu'ils aient agi sur la même victime dans un délai très court. Donc pas loin l'un de l'autre. Si l'on ajoute le tireur qui *a priori*, n'est ni l'empoisonneur, ni l'assommeur, cela fait trois personnes qui en veulent à CX, chacun pour son propre intérêt. Difficile à imaginer. Non, le plus probable est qu'il s'agit d'une seule et même personne qu'un imprévu a contrainte à changer ses plans.

— Comme une bastos dans la carlingue…

— Exactement. Avec cette hypothèse, on emboîte deux pièces du puzzle. Deux protagonistes. La blonde et le tireur. Tous les deux veulent la mallette. La fille séduit CX, monte dans l'avion avec lui, le drogue en lui servant le champagne dans le but de prendre les commandes. Le tireur les neutralise en dézinguant le coucou. La blonde assomme CX pour empêcher l'appareil de se poser et de tomber aux mains du tireur. Elle endosse un parachute, et saute avec la mallette…

— Putain, ça se tient ! s'exclame Anita, en frappant le volant d'un poing enthousiaste. Et le tireur déboule avec sa caisse, il examine l'épave pour tenter de récupérer la mallette, mais il ne trouve rien. D'où les traces de pneus.

— La mallette. Encore la mallette. Le milliardaire l'avait avec lui. Son arrêt dans le XVIIIe, c'était juste pour récupérer la bombasse qui doit crécher dans les parages. Mais qu'est-ce qu'elle peut bien contenir, cette mallette ?

Le temps d'élaborer ce premier scénario plausible, le duo atteint les lieux dont Grandjean leur a transmis les coordonnées. Les chiens jappent d'impatience dans les cages au milieu d'un attroupement d'uniformes. À l'écart au beau milieu d'un champ, un grand carré de tissu ressemble à un mouchoir tombé de la poche d'un géant. Grandjean a eu la courtoisie de les attendre avant de lancer la traque. En attendant, il discute avec l'expert aéronautique missionné sur l'affaire.

— Vous tombez bien, Malone. Le commandant Morel

vient d'examiner le parachute. Il allait m'en rendre compte.

— Ça tient en peu de chose, enchaîne un homme de taille moyenne au regard malicieux, mais ce que je vais vous dire pourrait vous surprendre. Les appareils du type de celui de CX ne sont jamais équipés de parachute. Et quand bien même, un parachute classique n'aurait été d'aucune utilité dans notre cas.

— Pour quelle raison ? demande Grandjean.

— Au plus haut de sa trajectoire, l'avion n'a pas dépassé les mille pieds. À cette altitude, un parachute classique n'a pas le temps de se déployer. Il faut un parachute spécial, un parachute de voltige. Plus léger, avec une seule voile, il se porte sur le dos comme un gilet, pas plus épais que cinq à six centimètres, et s'ouvre immédiatement au déclenchement. Le modèle qui se trouve derrière vous est un parachute de voltige tout neuf. Son altimètre indique qu'il a été ouvert à sept cents pieds. Grosse prise de risque.

— Par conséquent, renchérit Anita qui n'a pas perdu une miette de l'échange, celui ou celle qui l'a enfilé avait prémédité son utilisation.

— Probablement. Notons que le voltigeur ne devait pas être bien épais. Les sangles sont serrées au minimum. Le modèle est prévu pour un petit gabarit. Pas plus de cinquante kilos.

— Est-ce qu'il y a un moyen de remonter jusqu'au propriétaire ? demande Malone.

— C'est difficile. Avec la référence, il y a une petite chance de retrouver l'origine, mais ces modèles se commandent sur Internet. En tout cas, c'était un sacré saut, d'autant plus risqué qu'il faisait nuit.

— Bien, merci Morel, conclut Grandjean. Ne perdons

pas de temps, Malone. Les chiens s'impatientent et je suis curieux de voir où ils vont nous mener.

Deux maîtres-chiens libèrent chacun un Saint-Hubert de sa cage et rejoignent le sergent-chef pour entendre les ordres. Les chiens énergiques tirent de plus belle sur leur laisse en fouettant l'air de leur queue. Gentils, mais impressionnants. D'instinct, Anita s'accroche au bras de Malone.

— J'aime pas trop les gros clebs, se justifie-t-elle.

— Pourtant, les clébards sont plus prévisibles que les humains. On n'en a jamais coffré un pour meurtre avec préméditation…

Les chiens reniflent les sangles du parachute et immédiatement se mettent en chasse. D'abord l'un puis l'autre. Ils furètent joyeusement dans le champ en laissant traîner leurs grandes oreilles dans les hautes herbes. Sûrs d'eux, ils se dirigent vers le nord en direction d'un lointain bosquet. À la sortie du champ, ils rejoignent un chemin rural puis bientôt longent un bâtiment agricole qui pue la bouse. Là, ils hésitent, perturbés par l'odeur des vaches. Ils tournent en rond, repartent en arrière, lèvent la truffe au vent, soupèsent la chimie des molécules olfactives dans l'alambic de leur museau, puis repartent libérés de leur doute. À l'entrée du bosquet, ils accélèrent, puis se figent subitement avant de se mettre à japper. Les maîtres-chiens font signe à tout le monde de stopper. Le plus jeune d'entre eux s'en va vomir dans le fourré tandis que l'autre récompense les chiens.

— Ils ont trouvé un cadavre, murmure Malone à l'oreille d'Anita. Et ça doit pas être beau à voir.

— J'avais compris, répond la policière dans un filet de voix.

Scène de crime oblige, Grandjean dirige la manœuvre.

Malone concède qu'il fait ça bien. Sous sa baguette, la valse habituelle repart pour un tour. Rubalise, médecin légiste, photographe, cohorte d'experts et leur panoplie de capteurs… Au bout d'une heure, lorsque Malone, Anita et Grandjean peuvent enfin approcher du cadavre, ils compatissent avec le jeunot qui a vomi ses entrailles dans les fougères. Car il faut avoir le cœur bien accroché pour supporter la vision d'horreur après quatre jours de faisandage dans le cagnard. Pire que l'image, il y a d'abord l'odeur. Le mouchoir sous le nez ne suffit pas à empêcher la puanteur d'imprégner les poumons. Franchi ce premier obstacle, Malone et Grandjean se frayent un chemin au travers d'un nuage de mouches. Anita reste prudemment en retrait, tandis que Malone s'accroupit. La victime est une femme allongée sur le dos, vêtue d'un gilet matelassé sans manches, d'un legging moulant et de tennis légères. Un bras est resté replié sous son corps comme si elle s'était affalée sur elle-même. La première chose que le commandant remarque est ce trou au milieu du ventre d'où se dévide un chapelet de boyaux grouillant de vers. N'en déplaise aux corneilles et autres charognards, les chiens ont troublé le festin. Du visage, il ne reste pas grand-chose, hormis deux orbites vides. La perruque blonde à moitié décollée laisse apparaître un crâne rasé, une petite plume est emmêlée dans les faux cheveux. Difficile d'imaginer que ce tas putréfié faisait tourner les têtes de la gent masculine il y a encore une semaine. Les gars du groupe vont être déçus.

— Beau trou dans la carlingue, elle aussi, commente Malone. Sûrement la même arme que celle qui a descendu le zinc…

Grandjean acquiesce en silence. Il est aussi verdâtre que son treillis militaire.

Tard dans la nuit sur le chemin du retour, Max et Anita font l'inventaire de leurs découvertes. En un sens, ils sont déçus. Une piste qui aboutit à un mort, c'est la déposition d'un témoin clé envolée à jamais. En discutant ensemble, les deux collèges se rendent compte qu'ils avaient inconsciemment fantasmé sur l'arrestation de Tatiana. Ils se voyaient abattre ensemble tous les pans de l'énigme, déployant leur art complice de l'interrogatoire façon crème brûlée. Le mobile, le fameux contenu de la mallette, le procédé, les complices, le lien avec le matraquage de l'épouse de La Mézenière, de la fausse blonde vivante, ils auraient extirpé les réponses à toutes ces questions. Mais faire parler un mort, c'est une autre paire de manches. Surtout un mort sans nom. Ou plutôt, un mort répondant à deux fausses identités. Car la victime portait sur elle un passeport au nom de Samantha Kolmann. Tatiana, Samantha… Que des noms de minitel rose, en somme. Pourquoi pas Ursula, tant qu'on y est ? Vérification faite, Samantha Kolmann existe bel et bien. Il s'agit d'une journaliste qui a déclaré le vol de sa pièce d'identité il y a un an. Une vraie blonde, celle-là. Ainsi, savoir quel nom apposer sur la pierre tombale de la dépouille dépend maintenant des registres d'identité nationaux. Soit l'empreinte ADN de Tatiana/Samantha y est référencée, et ce sera rapide, soit elle ne l'est pas, et il faudra se contenter de pistes moins immédiates. Le portrait-robot en est une. Anita se dit qu'elle pourrait tenter sa chance dans les clubs aéronautiques. Pour réussir un saut pareil, Tatiana a dû se former quelque part. Malone confiera à Garcia l'enquête de voisinage dans le XVIIIe arrondissement où la jeune femme logeait potentiellement. Mais l'élément le plus prometteur réside dans ce téléphone découvert dans une poche secrète de sa ceinture. Un vieux Nokia de première génération dont la batterie a tenu la charge, ridiculisant sur ce point jusqu'au plus onéreux des smartphones récents. Les enquêteurs de la gendarmerie se sont empressés de placer la précieuse pièce à conviction dans une cage de faraday afin de préserver les indices que l'électronique renferme. Il fallait les voir, excités comme s'ils avaient excavé le tombeau de Toutankhamon. Et pour cause, à l'échelle de l'enquête, la trouvaille est de taille. Un téléphone de ce type ne peut servir qu'à communiquer et c'est généralement ce modèle que préfèrent ceux qui veulent rester discrets. En remontant les lignes avec les outils modernes, un spécialiste peut raisonnablement espérer alpaguer un complice, même si en l'occurrence, l'appareil était positionné en mode avion. Les gendarmes n'ont relevé aucune trace de pneus sur le chemin. Personne n'a approché le corps avant eux, à part les charognards. Et toujours aucune trace de la mallette, qui ne se trouvait ni dans l'avion ni dans les mains de la victime. La clé de l'affaire, évaporée dans la nature…

Anita est presque surprise d'arriver si vite devant chez Malone. Le trajet du retour lui a paru beaucoup plus court que celui de l'aller. Le commandant s'extrait de l'habitacle, donnant l'impression d'un grand singe qui se libère d'une petite cage.

— Merci pour la balade, lance-t-il en se penchant.

— T'avais raison, Max. Ça m'a fait du bien.

Malone claque la portière, contourne la voiture et se dirige vers le hall de son immeuble. Au moment de démarrer, Anita baisse sa vitre et fait signe à Malone de s'approcher. Elle a quelque chose à lui dire. Mais à peine le commandant a-t-il rejoint sa fenêtre que la jeune femme en jaillit comme un diable, saisit sa tête à deux mains et l'embrasse goulûment. De surprise, Max se laisse faire. Le temps qu'il réalise ce qui se passe, la Twingo est déjà repartie, les abandonnant tous deux sur le trottoir, lui et sa perplexité. Peau veloutée, saveur d'olive, une langue fraîche enroulée à la sienne, la caresse des boucles brunes sur son front étonné… La sensation n'était pas si désagréable. Sous son pantalon, son corps manifeste un désir. Malone se gratte la tête, puis cherche ses cigarettes.

Mercredi 20 juin, 7 h 30

Édouard Paulbert fait irruption dans la chambre à coucher où son amant cuve une autre nuit d'orgie sous une couette en champ de bataille.

— Réveille-toi, Marco ! Viens écouter les infos. Il s'est passé quelque chose dans l'affaire CX !

Sur ces mots, Santini se redresse en envoyant promener les draps, puis il se précipite dans la cuisine pour coller ses fesses nues au tabouret et son oreille au transistor.

« Revenons sur ce rebondissement sensationnel dans l'enquête sur la mort du célèbre milliardaire Charles-Xavier de La Mézenière ; le corps sans vie d'une femme a été retrouvé hier soir du côté de Chèvreville, non loin du lieu où l'avion de CX s'est écrasé en fin de semaine dernière. D'après les premiers éléments recueillis sur le terrain, les enquêteurs sont en mesure d'affirmer que la victime se trouvait à bord de l'avion. La jeune femme aurait échappé au crash en se parachutant, mais elle serait décédée peu de temps après d'une balle reçue dans l'abdomen. Des faits confirmés tôt ce matin dans un communiqué du procureur de la République, André Bertier. Les services de police et de gendarmerie chargés de l'enquête confirment donc la rumeur selon laquelle l'avion a été abattu par un tireur isolé. L'identité de cette nouvelle victime n'a pas été révélée. Tandis qu'Anne-Charlotte de La Mézenière est toujours dans le coma, l'affaire continue de créer l'émoi. Les questions sans réponse demeurent nombreuses. Les deux affaires sont-elles liées ? Qui est le mystérieux tireur d'élite ? Quel était son mobile ? Et qui est cette jeune femme ? »

— Tu sais qui c'est, la bonne femme, n'est-ce pas ? demande Paulbert qui observe son amant du coin de l'œil en terminant de nouer sa cravate.

— Pas du tout, s'agace Santini. Je t'ai dit que j'ai rien à voir avec la mort de CX.

— Tu es tout blême.

— Il y a de quoi, non ? C'est cette histoire de tueur, tu comprends… Je peux pas m'empêcher de me demander si c'est le type qui m'a couru après… J'arrive pas à oublier ses yeux.

— La Geneticorp engagerait un tueur pour t'éliminer parce que tu les as fait chanter ? C'est quoi, pour eux, deux ans de salaire ? Ça me paraît invraisemblable, tout de même.

— Pas tant que ça, si tu savais. C'est pas le fric qui les dérange. C'est tout ce que je sais sur eux. Toutes leurs magouilles. Et encore, je n'ai déterré qu'un petit os. J'ose pas imaginer le squelette tout entier.

— En attendant, tu n'es plus en sécurité ici. Il faut qu'on te trouve une autre planque. J'ai peut-être une idée. On en parlera plus tard, je dois partir.

Édouard Paulbert redevenu sérieux, Docteur Jekyll referme la porte de son appartement à sept heures quarante-cinq comme chaque matin, vêtu de son complet gris tiré à quatre épingles. Toujours collé à son tabouret, Santini plante son regard dans le vide. Si le cadavre retrouvé est bien celui de Samantha, les flics finiront vite par remonter jusqu'à lui. À moins que le tueur qui a zigouillé sa complice ne les devance. Un coup d'œil au verrou. Le tas de muscles démolirait cette porte d'une chiquenaude. Un frisson parcourt Santini. Édouard a raison, l'endroit n'est pas sûr.

Mercredi 20 juin, 17 heures

Cuisiné sur le ring depuis la veille par des enquêteurs qui se relayent, mis K.-O. par le relevé de ses empreintes ADN au domicile des milliardaires, Ismaël Ouali a livré des aveux partiels vers seize heures. Tout comme Malone l'avait deviné, le quadragénaire a confessé une liaison avec Anne-Charlotte de La Mézenière, sans pour autant reconnaître son agression. Dans sa nouvelle version des faits, le chauffeur a reconduit CX chez lui vers dix-neuf heures trente le soir du meurtre, mais contrairement à sa déposition initiale, il dit avoir ensuite bu un pastis à la terrasse d'un café situé à vingt minutes de marche de là, en attendant de revenir à vingt-deux heures pour son rendez-vous galant. Ouali est arrivé avec cinq minutes d'avance, vers vingt et une heures cinquante-cinq. La BMW n'était plus dans la cour, il avait le champ libre. Il a sonné, et comme personne ne répondait, il est entré. La porte n'était pas verrouillée. C'est là qu'il a découvert le corps. Devant l'étendue de la mare de sang, il n'a pas imaginé un instant que sa maîtresse puisse être encore vivante. Ce n'est que le lendemain qu'il a appris aux infos qu'elle n'était pas morte. S'il s'était douté, pensez bien… Mais sur le coup, il a craint qu'on lui fasse porter le chapeau. Gagné par la panique, il a pris les jambes à son cou. L'horaire de sa fuite correspond avec le signalement du voisin qui sortait ses poubelles. Cependant, les enquêteurs ne croient pas un instant à cette version. Dans le bar mentionné, on se souvient bien de lui, mais le serveur affirme que le client n'est pas resté longtemps. Ouali aurait quitté l'établissement plus tôt qu'il ne le dit, sans doute vers vingt et une heures. Il aurait donc rejoint le domicile des milliardaires autour de vingt et une heures trente pour y rester une bonne demi-heure. Le chauffeur a déclaré avoir oublié son portable dans la limousine. C'est bien arrangeant. Un peu trop, même. Julien analysera le téléphone demain pour vérifier qu'il n'a pas bougé. La perquisition au domicile du suspect a alourdi la charge d'une petite plantation illicite sur le balcon. Rien de bien méchant, mais comme dit l'Atlas « ça plante le personnage ». Le procureur a prolongé la garde à vue, en attendant les aveux plus charnus.

Puisque les révélations du chauffeur ont en partie accrédité l'hypothèse avancée par Malone, Michel Lajaunie a insisté pour un entretien en tête à tête avec le commandant. Il voulait s'excuser pour son comportement de lundi. Par un accès de faiblesse qu'il regrette âprement, Malone a accepté de s'enfermer dans le bureau du directeur où il écoute poliment un monologue fleuve dont il n'a que faire. Michel possède un vocabulaire très réduit. En général, ça tourne en boucle assez vite puis ça finit par faire un nœud et ça s'arrête.

— Tu comprends, j'avais la pression de Bertier. Tu fais du bon boulot. Tu viens encore de le prouver ce matin. Et t'avais deviné juste pour le chauffeur. T'as un bon feeling. Pas très orthodoxe, un peu solitaire, mais chapeau quand même. Ce qui compte par-dessus tout, c'est que l'équipe te fasse confiance. Moi, je te fais confiance. Tu le sais, j'espère. Mais tu vois, j'ai parfois du mal à te couvrir quand tu déraillles. Faut me comprendre. C'est pas après toi, mais je me trouve entre le marteau et l'enclume. C'est pas une position agréable. Mais c'est bien, ce que tu fais. T'as raison, parfois, faut savoir sortir du cadre. Pas trop, tout de même. Un juste milieu, quoi. Juste pas que Bertier s'en aperçoive. Sinon tu comprends, c'est compliqué…

Aujourd'hui, le Nounours n'est pas en guimauve. Un vrai diesel lancé en vitesse de croisière sur les rails du soliloque. Et pas de gare en vue. Les deux mains croisées sur son ventre fier, le hiérarque tient le crachoir sans mollir depuis déjà un quart d'heure. Un quart d'heure de perdu, dans l'opinion de Malone. Au fond, Michel est un gentil gars, mais il faut bien reconnaître qu'il ne sert à rien dans la progression d'une enquête. Le pauvre s'en rend bien compte, alors il se raccroche à ce qu'il peut pour exister. Par exemple, il met un point d'honneur à se tenir au courant de tout, pour ensuite reporter à Bertier en bon soldat. C'est aussi lui qui accorde ou retire des moyens, même s'il n'est pas très friand de cette activité qui réclame un effort de gestion qui le dépasse. Plus simplement, il impose le respect des procédures, comme son machin informatique, le « néobidule ». Là, il est à l'aise. Parfois quand il s'ennuie, il part en formation pour en revenir avec une idée nouvelle dont il n'a pas compris l'intention, mais dont la mise en œuvre, selon lui, rendra le service plus « agile », plus « efficient » ou plus « résilient »… Bref, il y a toujours un terme savant pour justifier les clowneries, un mot qui sonne bien dans l'air du temps, contre lequel il frotte son dos d'ours en grognant de contentement. À de rares occasions, il pratique le « team building ». Dans un coin glauque de la cafétéria, il offre alors à tous un infect mousseux dans des gobelets en plastique et des cacahuètes trop salées dont il est le seul à se gaver. Mais son activité préférée demeure la présente : convoquer un collaborateur dans son bureau, pour ne rien dire. C'est de toutes ces façons que Michel se persuade d'être un bon manager. Et c'est de toutes ces façons qu'il n'en est pas un.

Vingt minutes, maintenant. Malone craque. Anita vient d'envoyer un message important. Le commandant n'a plus le luxe d'écouter plus longtemps les palabres d'un supérieur inutile. Tant pis pour l'ego de Nounours, il va taper sous la ceinture. Feignant d'écouter docilement la bonne parole en regardant ses mains sous le bureau, Malone compose un SMS en se faisant passer pour Bertier, à l'aide de cette petite application que les jeunes utilisent pour blaguer. Un tuyau de Julien. Le résultat ne se fait pas attendre.

— Excuse-moi, Malone, je suis désolé. Peux-tu me laisser ? Bertier demande que je le rappelle en urgence.

Mercredi 20 juin, 19 h 30

— Anita, j'ai eu ton message. Qu'est-ce qui se passe ? T'es où ?

— Sur un petit nuage ! s'écrie la jeune femme, une exaltation palpable dans la voix. Et il se passe que la chance nous sourit, Max. T'es bien assis ?

— Ça va, j'ai ce qu'il faut sous les fesses.

— Je sors tout juste de l'aéro-club de Dreux.

— Dreux ? Mais qu'est-ce que tu fous à Dreux ?

— Et devine quoi ?

— Me fais pas tartir. T'as retrouvé la trace de Tatiana ?

— Mieux que ça, Max. Ici, Tatiana est connue comme le loup blanc. Elle a suivi des cours de pilotage intensifs et elle a appris les rudiments de la voltige. Une stagiaire brillante qui réglait ses séances en liquide, évidemment. J'ai rencontré son instructeur. Le gars m'a raconté qu'une fois, la fille est venue accompagnée. J'ai pu retrouver le nom de l'invité sur le carnet de bord : Romain Dubois.

— Mouais. On va lancer un de nos ripeurs sur la recherche, mais ça sonne creux comme un chèque en bois, un nom pareil.

— Je sais. Mais l'instructeur se rappelle parfaitement du type. Il saura le décrire. J'ai pris l'initiative d'appeler le portraitiste, c'est un pote. Il serait disponible pour établir le portrait-robot demain matin.

— Ben t'as pas perdu ton temps. J'avoue que je suis scotché. T'as fait comment pour trouver le bon aérodrome ?

— C'est pas compliqué. Hier soir, j'ai établi la liste de tous les aérodromes qui proposent de la formation en voltige. Et je me les suis faits un par un, en commençant par les plus proches. En tout, je me suis tapé plus de huit cents kilomètres de bagnole. Et là, je suis vannée. Je fantasme sur une douche et un bon lit. J'ai pas le courage de rentrer. Je crois que je vais me trouver un hôtel dans le coin pour ce soir. Tu… tu veux pas me rejoindre ? Je crois que j'ai bien mérité mon resto.

— Je te l'ai dit. La Voxan est à la révision. Je suis à pinces.

Dans le silence qui fait suite au soupir dans le combiné, Malone entend le son de l'amertume. Un fourmillement parcourt ses lèvres, suave réminiscence d'un récent baiser. Il balaye la sensation d'un revers de main sur sa bouche. Puis son regard tombe sur la Voxan, bien calée entre ses cuisses, garée sur le trottoir à deux pas du commissariat. Il se surprend à regretter son mensonge. Dreux n'est qu'à une heure de route.

— Sinon, des nouvelles des collègues ? demande Anita pour changer de sujet.

— Ouais, le moral est bon. On s'est quittés tout à l'heure devant les Tontons flingueurs. Garcia a passé la journée dans le XVIIIe avec Julien. Le jeune, ça lui a sorti le nez de ses écrans. Tu te rends compte, il avait jamais vu Pigalle en vrai.

— Tu parles ! Sur les vidéos de surveillance, il manque l'odeur.

— Ils ont sillonné tout le quartier avec le portrait-robot de Tatiana, mais ça n'a rien donné. Sinon Grandjean a appelé pour dire que les seules empreintes sur les commandes sont celles de CX. Les gendarmes n'ont trouvé aucune empreinte appartenant à Tatiana. Ni dans l'avion, ni dans la limousine. Ils ont pourtant fouillé partout. La caisse a même été passée au cyano.

— La fille est une pro. Souviens-toi, elle avait le crâne rasé et elle portait des gants. Et son ADN ?

— Parfaitement inconnu.

— Un vrai courant d'air.

— Ah, j'oubliais. On a également reçu le rapport balistique.

— Qu'est-ce que ça donne ?

— Bof. Cela confirme juste ce qu'on sait déjà, avec quelques précisions techniques. L'arme serait un fusil de précision, modèle Dragunov nouvelle génération avec viseur nocturne et une portée de mille trois cents mètres. Cinq impacts ont été relevés sur la carlingue. Le tireur est un professionnel. Un très bon, même. Après il y a tout un bla-bla sur l'angle de tir et tout ça.

Les deux collègues se sont tout dit, mais ils ne parviennent pas à raccrocher. D'une petite anecdote, d'un souvenir égaré ou d'un fait divers entendu quelque part, ils relancent sans cesse la conversation juste avant qu'elle s'épuise. Quand ce n'est pas l'un, c'est l'autre. Ils laissent divaguer leurs pas dans la garrigue insouciante des gentilles considérations, davantage accrochés à la sensualité de leurs voix qu'à la teneur des propos. Quelle est donc cette étrange force qui les incite ainsi à prolonger l'échange ?

Jeudi 21 juin, 14 h 30

Une fois n'est pas coutume, Malone a fermé la porte de son bureau. Il a besoin de calme pour réfléchir. Il confie le soin de mettre de l'ordre dans ses idées à la géométrie carrée de son espace. Symétrie, parallélisme et angles droits d'un côté, le tas informe de ses considérations de l'autre. Sur l'échiquier de l'enquête se promènent deux cadavres, un coma, un tireur professionnel et un mystérieux inconnu qui peut-être se confondent, un suspect trop flagrant parmi d'autres plus haineux, au centre une mallette, et quelque part en toile de fond, un Van Gogh qu'il verrait bien dans son salon… Quel casse-tête ! Anita Manaud ne va pas tarder à revenir de Dreux avec le portrait-robot du témoin clé. Romain Dubois. Avec les homonymes, ça représente une bonne centaine de nouveaux suspects. Un fastidieux travail s'il fallait suivre cette piste qui ne mène probablement nulle part. Une autre fausse identité. Malone n'en a pas encore parlé à l'équipe, tout simplement parce qu'il n'a pas encore d'idée sur la suite des opérations. Bien sûr, il pourrait lancer un vaste appel à témoin en diffusant le portrait-robot au journal de vingt heures, mais ce serait se priver de l'effet de surprise. Si le type est dans le coup, l'informer qu'il est recherché réduirait les chances de le prendre au collet. Alors, dans quel sens tourner l'échiquier ? Malone interroge le bout de ses santiags croisées sur son bureau, puis il questionne à dents serrées l'extrémité de son stylo. Face au dilemme, bottines et stylo sèchent autant que lui. Malone appelle le renfort de la nicotine. Le tabac, en bousculant les neurones, crée parfois des connexions inattendues, bien que, en général, les idées qu'il génère ne soient pas du goût de Nounours. Le commissaire commencerait par le sermonner vertement. Fumer dans les locaux est interdit. Puis il dresserait la liste des autres règles que la géniale idée bafouerait.

— Raison de service, se dit Malone en approchant le briquet de sa cigarette.

Mais la sonnerie du téléphone interrompt son geste. Chose rare, un appel de Bertier. En remballant sa cigarette avant de décrocher, le commandant se demande par quel sixième sens le procureur l'empêche de commettre un acte répréhensible.

— Malone, j'ai du nouveau pour vous.

— J'écoute, répond froidement le commandant.

— Je viens d'envoyer l'ordre d'inculpation pour le chauffeur.

— Pour quelle raison ?

— Vous n'êtes donc pas au courant ? ricane Bertier. La PTS a retrouvé les bijoux de madame de La Mézenière… au fond du réservoir la limousine. Malin, l'animal. Mais pas assez. L'homme est coincé.

— Le chef d'accusation ?

— Tentative de meurtre avec préméditation et cambriolage. Le type était bourré de dettes, il jouait aux courses, mais je ne vous apprends rien.

— Alors pourquoi m'appelez-vous, au juste, monsieur le procureur ?

— Pour vous annoncer que la Crim est dessaisie de l'affaire.

Malone reçoit le coup dans le sternum. Le temps de retrouver son souffle, il articule difficilement.

— Pour quel motif ?

— À votre avis, Malone ? J'ai eu vent de votre « feeling » concernant l'innocence de Ouali. À vous écouter, nous aurions un coupable dans la nature. Alors je ne vous fais pas confiance pour la suite de l'enquête sur la mort du milliardaire. Et puis, nous avons acquis la certitude que l'agression de Madame et le crash de Monsieur sont deux affaires distinctes. L'une est d'origine crapuleuse, l'autre est d'une autre envergure. Les gendarmes seront plus compétents là-dessus. Vous conservez l'affaire de Versailles. Grattez autour, voyez si Ouali avait des complices. Bref, vous vous contenterez des miettes.

— Mais…

— Il n'y a pas de mais, Malone. Je vous avais prévenu. Que cela vous serve de leçon. À l'avenir, tenez-vous-en aux faits.

Bertier raccroche sans laisser à Malone une chance de faire valoir son point de vue.

— Mais quel *connard* ! siffle Malone en cassant son stylo d'un coup sec. Nous retirer l'enquête alors qu'on progresse à fond. Avec la découverte d'Anita, la Crim possède une longueur d'avance sur les gendarmes. J'vais pas me laisser faire.

Le commandant porte la cigarette à ses lèvres. Il reconnaît que tout accuse le chauffeur, mais il n'y a rien à faire, les faits ne s'emboîtent pas avec le personnage. Le type n'est pas un ange, c'est sûr. Quelques trafics de droite ou de gauche, deux ou trois incartades dans la zone grise de la légalité, de la bricole pour subsister dans un monde qui ne lui a pas rendu la vie facile. Mais un meurtre, ça non. Malone n'a pas oublié cet éclat chevaleresque dans les yeux de Ouali. Il y a des regards qui ne trompent pas. Une essence noble se cache sous cette écorce de canaille. Malone jurerait que le chauffeur vivait une relation sincère avec Anne-Charlotte de La Mézenière. Inconvenante, diraient certains, mais sincère. Jamais il n'aurait levé la main sur elle.

Malone incline sa joue pour approcher son briquet de la cigarette, mais son geste est une nouvelle fois interrompu. Trois coups retentissent à la porte qui cède en grand au troisième, révélant le directeur tout surpris de sa propre brusquerie. Malone bondit sur ses pieds, la main sur son holster.

— Ça va pas de rentrer comme ça ! s'écrie le commandant.

— Tu es au courant ? demande Michel trop abasourdi pour entendre un reproche.

— Oui, je suis au courant. Bertier vient de m'appeler pour m'annoncer que nous sommes dessaisis. Ça l'a fait jouir, cet enfoiré. Et pour les bijoux dans le réservoir de la limo, j'aurais préféré que ce ne soit pas lui qui me l'apprenne.

— Moi aussi. Bertier nous a shuntés… Il est passé directement par la PTS.

— Peu importe, Nounours, je m'en fous. Mais je maintiens que vous vous plantez tous. Le chauffeur est innocent.

— T'entête pas, Max. On a plus de preuves qu'il n'en faut pour l'envoyer en taule.

— Justement. Le coupable est trop parfait. Je l'sens

pas. Ça colle pas avec le bonhomme. Tu trouves pas ça louche toute cette affaire ? Un amant qui tue sa maîtresse sait parfaitement qu'il achète un billet de première classe pour les assises. Ouali a déjà fait de la taule. Ça m'étonnerait qu'il veuille rempiler. Ça ne t'effleure pas l'esprit qu'il dise la vérité ?

— Ouali ment, Max. Et ça, c'est certain. Je viens de croiser Julien. Il a bouclé l'analyse du téléphone de Ouali, celui soi-disant oublié dans la limo. Le portable a bougé entre dix-neuf heures trente et vingt et une heures. Ouali l'avait sur lui lorsqu'il était au bar. On a maintenant la preuve qu'il est arrivé sur les lieux de l'agression plus tôt que ce qu'il raconte. Il est resté une demi-heure. Largement le temps de faire son petit business. L'appât du gain, quoi. Comme au turf. L'adrénaline avant le poteau d'arrivée. Le quinté + gagnant et la gloire éternelle. Ou bien la disqualification.

— Imagine un instant qu'il dise vrai. Juste un instant. Le cambriolage a lieu entre le départ de CX et le retour de Ouali, mettons autour de vingt et une heures. La vieille surprend le cambrioleur et se fait fracasser le crâne. Lorsque Ouali pénètre dans la villa, l'agresseur est déjà reparti avec le Van Gogh. Ouali tombe sur la victime et la croit morte. Il ne sait pas qu'il y a eu un vol, mais il sait qu'il fera un coupable idéal pour l'agression ; il est l'amant, il a déjà un casier judiciaire bien rempli, son téléphone trahit sa présence. Sa parole ne vaudra pas lourd pour le disculper. Dans un moment de panique, il décide de maquiller la scène en cambriolage pour écarter les soupçons. Il casse la vitre du bureau pour simuler l'effraction, il ôte les bijoux de la vieille pour faire croire au vol puis les jette dans le réservoir de la limousine où il pense que personne ne viendra les chercher. Enfin, il dépose son téléphone sur le tableau de bord comme s'il l'avait oublié depuis dix-neuf heures trente. Il connaît l'habitude du voisin de sortir ses poubelles à vingt-deux heures. Il attend ce moment pour donner un témoin à sa fuite, ce qui rend plus crédible le scénario du cambriolage qui a mal tourné. Et il s'accroche désespérément à cette version comme à une bouée de sauvetage.

— Pfff... soupire Lajaunie en secouant sa large tête. Personne peut gober ça, Max. Il voulait les bijoux, c'est tout. Laisse tomber, tu te fais du mal.

— Si ça t'ennuie pas, je vais faire un tour. J'ai besoin de m'en griller une.

Pour la seconde fois de la semaine, Malone contourne son hiérarque, attrape sa veste et se dépêche de sortir au plein air avant que sa contrariété ne fasse de nouveau trembler les murs. Dehors, il appelle Anita pour lui demander de la rejoindre directement chez lui, puis s'offre un petit crochet par les Tontons flingueurs.

Jeudi 21 juin, 16 heures

Cinq bières fraîches chez Mamasim n'auront pas suffi à refroidir la colère fumante de Malone. Tout juste l'auront-elles contenue dans sa vessie jusqu'aux limites de sa dilatation. Malone titube jusqu'aux toilettes pour y soulager son humeur avant qu'elle n'explose et par la même occasion, expulser la grave décision qui bouillait dans ses entrailles.

— Rien à faire de Bertier, lâche-t-il en remontant sa braguette. Je vais la finir, cette fichue enquête.

Il empruntera les chemins illégaux s'il le faut, mais il ira jusqu'au bout. Quoi qu'il en coûte. Mise à pied, limogeage ou même la taule. C'est ça, ou casser la gueule à Bertier. Ce qu'il aurait dû faire depuis longtemps. Depuis le jour où sa femme l'a quitté pour un autre. Depuis le jour où il a découvert que cet autre en question, c'était Bertier. Le choc remonte à dix années, et l'ordure prend encore un plaisir cynique à l'humilier dès qu'il le peut. Comme si cela ne lui suffisait pas de lui avoir volé sa femme. Julie était avocate, elle fréquentait Bertier dans les tribunaux. Malone a toujours soupçonné le procureur d'avoir manigancé le divorce. Le beau parleur aura promis l'herbe plus verte à l'épouse. Il aura insufflé la haine envers un mari rustre, accaparé par son boulot de flic. Il aura convaincu la jeune femme de traîner le conjoint défaillant dans la boue avilissante d'un divorce à charge. Pauvre petit flicard livré en pâture au monde impitoyable des avocats. Les magistrats n'ont fait de lui qu'une bouchée, l'ont laissé sur la paille. Seul dans un petit appartement de location, Malone s'est efforcé d'être un meilleur père qu'il avait été un mari. Il espérait faire de son maigre droit de visite la stèle d'une complicité père fils qui aurait comblé son manque affectif. Un autre mirage. Car l'autre *salaud* a dû agir dans l'ombre… Son fils ne lui adresse plus la parole. Bertier lui a pris sa famille, sa maison. Il lui restait son métier, et le procureur vient de lui ôter sa belle enquête. Maintenant, Malone n'a plus rien à perdre.

Il appelle Grandjean, qui décroche aussitôt.

— Nos chemins se séparent, sergent-chef.

— Je suis au courant. Le procureur m'a confié l'enquête. Je voulais que vous sachiez que je n'y suis pour rien. Aucune manœuvre de ma part.

— Vous êtes un type bien, Grandjean. Ne vous inquiétez pas pour moi. Je m'en remettrai.

— C'est que… les éléments en notre possession sont minces. On ratisse la campagne à la loupe là où le tireur s'est allongé. Même pas un cheveu pour tirer le fil. Dites-moi, Malone, on dit que vous êtes un fin limier. Quel est votre sentiment sur cette affaire ?

— Si vous voulez faire plaisir à Bertier, oubliez les sentiments, Grandjean. Les faits, rien que les faits, vous dirait-il. Mais vous avez raison, quand on ne tient pas même un cheveu, il reste l'intuition. Et la mienne me dit que la Geneticorp est un peu trop opaque à mon goût. Creusez donc du côté de ces mystérieux rendez-vous dans l'agenda de CX… Et si vous trouvez quelque chose, sans trahir le secret de l'enquête, faites-le-moi savoir. Je serai curieux.

Malone quitte le sergent-chef sans lui révéler la découverte d'Anita. Romain Dubois lui offre quelques jours d'avance sur les gendarmes. Désormais, c'est chacun pour soi. Assis sur la selle de sa moto, le commandant envoie quelques SMS. L'un pour donner rendez-vous à Garcia. L'autre pour dire à Nounours qu'une seule cigarette n'ayant pas suffi, il a besoin de prendre quelques jours de congé pour s'en griller d'autres. Garcia saura le remplacer.

Puis la Voxan pousse un rugissement affamé qui fait trembler la savane urbaine. Attention, la chasse commence.

Jeudi 21 juin, 18 h 30

Lorsque Anita retrouve l'appartement de Malone, sa petite robe regonflée d'espoir se fige dans un sourire déçu à la vue de Garcia Lunca, assis dans le canapé, un verre à la main. La jeune femme s'était imaginé écrire en tête à tête la suite de l'histoire initiée par le baiser volé il y a deux jours. L'intrigue s'avère un peu plus compliquée.

— Assieds-toi, Anita, et prends un verre comme Garcia, ordonne Malone. Tu vas en avoir besoin après avoir entendu ce que j'ai à vous dire.

Lunca hausse les épaules, d'un air de dire à la jeune femme qu'il n'en sait pas plus qu'elle. Max lui a donné rendez-vous chez lui par SMS tout à l'heure. Il voulait discuter « entre amis ».

— Voilà, Garcia le sait déjà, nous sommes dessaisis de l'affaire CX.

— Mais pourquoi ? s'écrie Anita. C'est *dégueulasse* ! On n'a pas démérité.

Gardant pour lui sa rancœur, Malone tente d'expliquer cette décision comme le ferait Nounours. Avec l'inculpation du chauffeur tombe la suspicion du lien entre les deux affaires. De fait, chacun reprend sa juridiction. La Crim termine l'enquête sur l'agression de Versailles.

La section de recherche de la gendarmerie de Beauvais poursuit celle sur le crash de Chèvreville. En somme, la décision du procureur n'a rien de personnel, assure le commandant, malgré ce qui lui en coûte de le dire. Simple logique administrative. D'ailleurs, ce n'est peut-être pas plus mal. D'après l'Atlas, cette affaire pue. Le doyen a appelé sa copine d'Écully pour en savoir davantage sur l'analyse des empreintes de Tatiana Romana. Il s'est heurté à un mur. « Je n'ai pas le droit de t'en parler. » En clair, on leur cache quelque chose. L'Atlas, d'une prudence légendaire, préconise de ne pas aller au-devant des ennuis. Malone ne partage pas cet avis.

— J'aime pas qu'on me prenne pour un *con*.

Et de leur exposer ensuite sa théorie sur l'innocence du chauffeur, et sa conviction que la belle équipe qu'ils forment est bien mieux placée que tous les gendarmes de France et de Navarre pour dénouer l'affaire. Puis d'arriver au but de leur petite réunion privée.

— Alors j'ai une proposition à vous faire.

Avant de livrer la teneur de son projet, Malone s'entoure de multiples précautions. Bien sûr, ils ne sont en rien tenus d'accepter. C'est risqué. Lui n'a rien à perdre, eux sont jeunes, une carrière devant eux, une famille à nourrir ou à fonder. Il comprendrait tout à fait qu'ils refusent. Ce n'est pas en hiérarque qu'il les sollicite, mais en ami.

— Max ? coupe Garcia.

— Quoi ?

— C'est bon, te fatigue pas. On a pigé. Pas la peine d'étaler la tartine. Tu veux qu'on poursuive l'enquête en loucedé, c'est bien ça ?

— Ouais, acquiesce Malone en vidant son verre d'un trait.

— Risqué, réplique Anita, en imitant le geste.

— Très risqué, confirme le commandant. Beaucoup à perdre. Rien à gagner. Sauf le plaisir d'un bras d'honneur à Bertier.

— Même si on réussit, ajoute Anita, il n'y aura personne pour nous remercier. On se sera fait trop d'ennemis.

— Et comme ça, t'as pensé à nous ? rigole Garcia.

— À qui d'autre veux-tu que je pense ? Vous êtes mes seuls potes. Et de toute façon, j'irai au bout quoi qu'il arrive. Avec ou sans vous. Fallait bien que je vous le dise.

Sur ces paroles, les regards des trois collègues s'aplatissent sur la table basse. Dans les têtes on cogite dur. À l'envie, à la peur, aux conséquences. Garcia Lunca s'imagine annoncer sa mise à pied à sa femme et aux enfants, poursuivre sa carrière à la circulation, aigri comme un cornichon. Tout ça pour faire plaisir à un pote, pour l'honneur où je ne sais quoi. Le jeu n'en vaut pas la chandelle, et pourtant… la *connerie* l'attire. Un doux relent d'enfance chatouille ses narines, nostalgie d'un temps heureux où le petit Garcia bravait les interdits. Il n'y a rien de plus chiant que la droiture, et voilà dix ans qu'il *s'emmerde*. La perspective d'un petit détour dans le prohibé dessine un sourire sur ses lèvres. Le choix raisonnable fond comme neige au soleil sous la promesse chaleureuse de cette cure de Jouvence. Un dernier soupir chasse le reliquat d'hésitation.

— Bon, on démarre quand ? demande-t-il en assénant une grande tape sur ses cuisses.

— Tout de suite, répond Anita. Grâce à ça.

Persuadée de saisir ainsi l'opportunité de lier durablement son destin à celui de Malone, la jeune femme n'a pas hésité une seconde. Stimulée par l'emballement de Garcia, elle extrait de son sac le portrait-robot d'un homme assez beau gosse pour faire l'affiche d'une superproduction hollywoodienne. Entre trente et trente-cinq ans, des traits réguliers, rieurs au coin des yeux, sensuels au coin de lèvres, craquant mélange d'Alain Delon et de James Dean. Malone, abasourdi par la réaction si rapide de ses collègues, ne cesse de les considérer bêtement. Son regard étonné assure la navette de l'un à l'autre. Il n'avait pas anticipé une telle adhésion. Il s'attendait à leur refus. Perdu sur le parvis de l'amitié, l'esprit encombré de la masse inutile des arguments qu'il avait préparés pour convaincre, il oscille entre l'envie d'embrasser ses comparses et celle de les rejoindre tête baissée dans l'examen du portrait de Romain Dubois. Soudain, il se lève, ému jusqu'aux larmes, et vient s'asseoir entre eux sur le canapé pour enrouler ses bras musclés autour de leurs épaules.

— Qu'est-ce que ça vous inspire ? demande-t-il.

Dans l'heure qui suit, le groupe inventorie les moyens à sa disposition pour remonter la piste de Romain Dubois. Agir dans l'ombre laisse assez peu de latitudes. Malone est le plus libre, puisqu'il a officiellement demandé un congé, mais les autres ne peuvent en faire autant sans éveiller les soupçons. Anita camouflera ses actions sous couverture d'une enquête autour des complices potentiels de Ouali. Garcia noiera le poisson. Tous trois conviennent de ne pas associer l'Atlas au mensonge. Demander à l'ancien de tordre à ce point son éthique de rigueur le condamnerait à une souffrance certaine. Choisir entre deux loyautés le déchirerait jusqu'à l'âme et risquerait sa perte. Fred et Julien seront également épargnés. Non pas qu'ils seraient mal à l'aise, mais, un peu jeunots, un peu gaffeurs, ils pourraient sans le vouloir compromettre l'entreprise et leur propre avenir par la même occasion. Malone assure qu'il faut les protéger d'eux-mêmes en les maintenant dans la stricte exécution de tâches. De cette façon, Garcia les associera à l'entreprise sans leur en révéler l'inavouable intention. S'ils venaient à poser la question, la réponse se résumerait en un doigt sur l'épaulette qui rappelle la supériorité des galons. La question organisationnelle étant réglée, la petite troupe bute ensuite sur le fond du problème. Comment remuer ciel et terre pour retrouver un individu caché sous un faux nom sans attirer l'attention ?

— Prenons le problème à l'envers, propose finalement Malone. Plutôt que de chercher le gars pour qu'il nous dise ce qu'il sait sur l'affaire, partons du postulat qu'il est lié à l'affaire, et partons de ce que nous possédons.

— De mon côté, dit Anita, je peux voir si Dubois est connu chez MasterBody.

— Et moi, je m'occupe de la famille, surenchérit Garcia. Je n'aurai qu'à leur dire qu'on soupçonne le chauffeur d'avoir agi avec un complice.

— Ce qui me laisse la Geneticorp, complète Malone. Pas sûr qu'ils aient envie de me revoir…

Satisfait de son plan d'action, le groupe s'offre un dernier verre. Garcia regarde sa montre et pousse un cri. Il est tard, il doit filer. Sa famille l'attend. Malone lui donne l'accolade. Anita s'arrange pour retarder son départ. Et finalement, ne pas partir du tout. Ce soir, Malone n'est plus à une connerie près.

Cette nuit sur terre, une femme est heureuse à mourir.

Jeudi 21 juin, 20 heures

— J'ai bien réfléchi, Marco, et je ne veux pas que tu restes ici. Je ne sais pas ce que tu as fait comme bêtise, mais je n'ai pas envie d'être là si ton étrangleur te retrouve.

Santini demeure silencieux. En un sens, il comprend tout à fait la position d'Édouard. Mais tout de même, le mettre à la porte, après ce qu'ils ont vécu tous les deux. Où logera-t-il demain ? Avec quel argent vivra-t-il ? D'accord, il a vidé son compte avant de partir. Il peut tout à fait tenir deux ou trois mois. Mais ensuite, qu'adviendra-t-il ? Finalement, est-ce qu'il ne vaudrait pas mieux se rendre aux flics ? Au moins, il serait logé, nourri et protégé. Mais il faudrait qu'il explique ce qu'il faisait à Oyonnax au bord d'une piste d'aérodrome. Les enquêteurs auront vite fait de le relier à Samantha et la Geneticorp. Et dans ce cas, jusqu'où avouer la vérité ? L'intention de séquestrer CX, la demande de rançon ? Combien d'années de prison pour complicité d'un enlèvement avorté ? Mauvais plan. Non, autant rester libre tant que c'est possible.

— Mais je te kiffe, Marco.

— Tu m'aimes, mais tu me fous dehors, c'est ça ?

— Hors de cet appartement, oui. Mais pas hors de l'immeuble.

— T'es sérieux ? Tu veux que je dorme à la cave ou quoi ?

— Non, pas à la cave, je suis pas rat, mais au grenier. Je possède une chambre de bonne que je loue sur Internet. Le dernier locataire est parti hier. Et pour l'instant, c'est libre…

— *Putain*, Édouard ! Mais t'es vraiment un ange. Comment te remercier ?

Paulbert a bien sa petite idée sur la question. Ni une, ni deux, les deux amants gravissent l'escalier du service jusqu'au septième étage où bientôt sous les toits, ils mêlent leurs roucoulades à celles des pigeons.

Vendredi 22 juin, 8 h 15

Si Malone n'avait pas la tête ailleurs, il flânerait dans la douceur matinale de ce début d'été. Chemise ouverte sur son torse, veste pendue à un doigt derrière son dos, il emplirait ses yeux d'insouciance à la source bleue du ciel. Mais il remonte l'esplanade vers le building de la Geneticorp refermé sur lui-même. Le parfum d'Anita flotte encore sur sa peau et enlise des idées saugrenues dans son esprit embué. Perché sur sa moto, officiellement sortie de révision, il croyait sa citadelle imprenable. Derrière le rempart d'un cuir viril, il se pensait hors d'atteinte du sentiment amoureux. C'était sans compter sur l'ingéniosité de l'assaillante. Anita s'est introduite dans la forteresse de son intimité par la brèche d'un baiser volé. L'envahisseuse est dans la place où elle a déployé l'arsenal de sa féminité. Non satisfaite d'occuper les pensées de sa victime, l'intruse a entrepris le siège du donjon où la fierté du commandant s'est retranchée. L'édifice tremble et se fissure sous un bombardement de doutes. Jamais Malone n'a subi pareille offensive. Ainsi affaibli, il ne se reconnaît plus. Il s'était pourtant juré de ne plus s'exposer davantage qu'en écartant les draps sur un lit sans lendemain. Voici qu'il ne sait plus. Le creux encore chaud dans sa couche au réveil laisse un vide tenace. En un assaut nocturne, sa liberté a perdu en saveur. Le désir de s'attacher à un petit lopin de femme a subitement étanché sa soif de vastes horizons. Anita... si différente de celles qu'il a connues. Si courageuse et malgré tout si fragile. Si émouvante dans sa ténacité. Dans son désert affectif, Malone doit-il marcher vers le mirage du bonheur à deux ? Non, il connaît l'illusion pour en avoir payé le prix fort.

— Ressaisis-toi, Max. La fille a quinze ans de moins que toi. C'est pas une raison pour se comporter en gamin.

Lorsqu'il pénètre dans le building de verre de la Geneticorp, sa décision est prise. Il chassera Anita de son cœur avant qu'elle ne s'y enracine.

Le retour sur le marbre blanc du grand hall marque le rude contraste entre la chaleur estivale du dehors et le froid polaire de l'espace climatisé. Malone se fraye un chemin vers l'accueil en coupant les files de pingouins en costume sombre qui traversent la banquise à pas pressés pour s'agglutiner devant les ascenseurs. À son approche, l'otarie en tailleur se raidit derrière son comptoir. Que vient chasser cet ours de flic sur le territoire de la Geneticorp ?

— Je suis venu voir Gilles Magnien, annonce Malone en claquant sa plaque sous le nez de l'hôtesse.

— Derrière vous, répond sèchement le pinnipède avec une mine de dégoût.

Surpris, le policier se retourne pour faire face au responsable de la sécurité, toujours aussi lisse, si ce n'est l'oreillette qui dépasse.

— Vous m'attendiez ou quoi ?

— Je vous ai vu entrer, répond Magnien en invitant le policier à l'écart du comptoir. Que puis-je pour vous ?

Malone extrait de sa poche le portrait-robot de Romain Dubois.

— Connaissez-vous cet homme ?

Magnien examine la feuille et son visage se froisse dans une intense réflexion. L'homme hésite, tord la bouche d'un côté puis de l'autre, et enfin soupire en hochant une tête redevenue lisse.

— Venez avec moi, dit-il.

Magnien referme derrière eux la porte du PC de sécurité, s'assoit devant un ordinateur puis tapote sur le clavier.

— L'homme que vous recherchez s'appelle Marco Santini, déclare le responsable en tournant l'écran vers Malone. C'est un ancien employé. Il a quitté l'entreprise il y a trois ans, environ.

— Quelle mémoire !

— Je n'oublie jamais un visage, commandant. C'est indispensable dans mon métier. Mais concernant Marco Santini, c'était facile. Le type est un numéro. Le genre *d'emmerdeur* qui vous donne du fil à retordre. Il travaillait au service communication. Je l'ai surpris à fouiner sur nos serveurs informatiques. Il a même tenté de pénétrer dans un laboratoire protégé.

— À votre avis, qu'est-ce qu'il cherchait ?

— On ne l'a jamais su, mais c'est probablement l'appât du gain. Notre entreprise abrite quelques secrets industriels. Certains concurrents paieraient cher pour les voler. Nous n'avons pas pu prouver que Santini était un espion. Ça s'est simplement terminé en licenciement.

— C'est tout ?

— Non. Le mec a eu le culot d'intenter un procès aux prud'hommes, qu'il a perdu, évidemment. Plusieurs mois après, nous avons eu une nouvelle tentative d'intrusion avec le badge d'accès qu'il n'avait pas restitué.

— Il fallait qu'il soit acharné !

— Oui. Vous pensez qu'il a tué CX ?

— À ce stade de l'enquête, c'est un témoin clé.

— C'est comme le chauffeur. J'ai vu que vous l'avez arrêté. Je vous avais bien dit que je ne le sentais pas…

— Vous auriez dû faire flic, ironise le policier. Vous vous seriez entendu à merveille avec le procureur…

Malone abandonne la terre inhospitalière du Grand Nord enrichi de l'adresse de Marco Santini dans le XVe arrondissement, avec en prime une photo d'identité en couleur. Même si l'habit ne fait pas le moine, le commandant peine à deviner le tueur sous les traits d'un minet de trente ans. Vérification faite sur Internet, l'adresse semble toujours valable. Malone propose à Anita et à Garcia de le retrouver sur place à onze heures, le temps que ses adjoints terminent leurs investigations respectives, l'une chez MasterBody, l'autre chez le fils de La Mézenière habilement cueilli au saut du lit. Il recommande à ses collègues d'endosser les gilets pare-balles.

Vendredi 22 juin, 11 heures

Lorsque la silhouette d'Anita se dessine au bout de la rue, Malone refoule une légère poussée d'adrénaline au creux du ventre. Il éprouve un soulagement lorsque Garcia la rattrape au pas de course de sorte que les deux collègues le rejoignent en même temps. Serrement de main pour Garcia. Bise pour Anita, imperceptiblement plus raide qu'au naturel.

— Alors, que dit la vilaine progéniture du nanti ? demande Malone en se tournant vers son capitaine.

— Le fils de La Mézenière affirme ne pas connaître Marco Santini. Je suis presque sûr qu'il me mène en bateau.

— Hum... Et toi, Anita, une piste chez MasterBody ?

— Oui, une piste pour raffermir les fessiers. Mais j'ai pas eu le temps de terminer ma séance... Dommage, parce qu'à part ça, c'était désert. Le gérant n'a jamais vu notre suspect, et il n'y a pas d'inscrit au nom de Romain Dubois ou de Marco Santini.

— Bien. Alors, voyons si on peut questionner le suspect en personne.

Les policiers franchissent sans peine l'obstacle de l'interphone, puis celui de l'identification de l'appartement avec le nom sur les boîtes aux lettres pour s'arrêter devant une porte qui présente des signes d'effraction. Barillet griffé, marques de pied-de-biche sur le chambranle. Malone pose un doigt sur ses lèvres. Devinant que le commandant n'a pas l'intention d'actionner la sonnette, Garcia se place derrière lui en dégainant son arme. Anita se range contre le mur. Malone actionne sans bruit la poignée. La serrure n'oppose aucune résistance et la porte pivote sans un bruit.

— Police ! crie Malone en faisant un pas dans l'entrée.

Seul le silence lui répond. L'intérieur est un véritable taudis. Les meubles sont renversés, papiers et bris de verre jonchent le sol. L'appartement a été retourné. En un minimum de pas, Malone s'assure que les lieux sont vides avant d'inviter ses collègues à le rejoindre.

— Surchaussures et gants, recommande le supérieur. On ne touche à rien. On observe. Anita, la salle de bains. Garcia, la cuisine. Je prends la chambre. On se retrouve dans le salon.

— La poubelle et le frigo sont vides, lance une voie éloignée. Presque rien dans les placards.

— Pareil pour la salle de bains. L'occupant de cet appartement ne vit plus ici.

— L'oiseau s'est envolé, grogne Malone, et il n'avait pas l'intention de revenir au nid. La penderie est déplumée. Il reste quelques habits. Pantalon taille trente-huit, veste taille quarante-six. Un petit gabarit.

— Qui chausse du quarante et un, ajoute Anita près d'un tiroir d'un meuble de l'entrée. Comme le tireur…

Les trois collègues se rassemblent à l'entrée du salon. Malone se met à renifler bruyamment.

— Vous sentez pas ?

— Quoi ?

— Un parfum.

— Oui, maintenant que tu le dis. Ça cocotte un peu.

— Regardez, fait remarquer Garcia en désignant une chaîne hi-fi sur le flanc, ils n'ont pas touché à l'électronique.

— Ils cherchaient autre chose…

Malone se baisse pour ramasser un bouquin par terre.

— « Kidnapping Freddy Heineken », je me souviens de cette affaire. Deux types avaient enlevé le patron d'Heineken et son chauffeur. Une demande de rançon colossale. Je ne savais pas qu'on en avait tiré un livre.

— Un film, aussi, précise Garcia. Avec Anthony Hopkins. 1983, ça nous rajeunit pas.

— En tout cas, l'histoire n'a pas dû passionner Santini. Le marque-page est aux trois quarts. Il est parti sans lire la fin. Dommage, sinon il saurait que les gars se sont fait choper.

— Fais voir le marque-page ? demande Anita, intriguée par la petite carte qui dépasse. On dirait qu'il y a un numéro au dos.

— T'as raison. C'est un 06. Sur une carte de visite de « L'arc-en-ciel ». C'est pas une boîte gay ?

— Si, dans le Ier arrondissement. La piste est mince, mais c'est une piste. Vas-y, Anita, appelle. T'as qu'à dire que tu as retrouvé un portefeuille avec du fric.

La jeune femme compose le numéro qui, hélas, n'est plus attribué. Malone hausse les épaules. Qu'est-ce qu'il croyait ? Une enquête, c'est rarement simple comme un coup de fil. Et soudain, un autre détail le préoccupe. Le voici accroupi à côté d'un pot de fleurs renversé, concentré sur la traînée de terre qui s'est répandue sur la moquette.

— C'est mouillé, dit-il. La terre n'a pas eu le temps de sécher. Et par cette chaleur, ça devrait être tout sec… La fouille est toute récente.

Instinctivement, Garcia ressort son arme. Malone appelle l'Atlas pour rendre compte de leur découverte et lui demander de convoquer la PTS. L'équipe farfouille encore un peu en attendant la relève de l'équipe scientifique puis décide d'aller manger un morceau. Une fois dehors, les trois compères se relâchent pour la pause.

Aucun d'eux ne remarque l'homme qui les observe depuis l'ombre d'un balcon dans l'immeuble d'en face.

Vendredi 22 juin, 12 h 30

Malone, Garcia et Anita ont écumé le quartier en quête d'un restaurant à leur goût. Inconsciemment, ils cherchaient à retrouver l'équivalent des Tontons flingueurs. Mais le bistro de Mamasim est unique et ils ont atterri dans un boui-boui crasseux dont le seul intérêt réside dans un menu de circonstance.

— Bœuf-carottes, se gausse Garcia. En attendant que ce soient eux qui nous bouffent. Parce ce que j'vous le dis. Tous autant qu'on est, on est bien partis pour passer au tourniquet.

— Crois-tu ? objecte Anita. Si on livre à Bertier son coupable sur un plateau, il aura vite fait d'oublier qu'il nous avait dessaisis.

— Pas d'emballement, intervient Malone. Bertier n'a pas besoin de savoir. Officiellement, nous enquêtons sur une présomption de complicité du chauffeur. Après tout, Santini et Ouali ont travaillé dans la même boîte et Santini s'intéressait de très près à CX. Il connaissait probablement son chauffeur.

— C'est pas ce que dit Ouali, Max. Je lui ai montré le portrait-robot.

— Ce ne serait pas son premier mensonge. Quoi qu'il

en soit, on rendra les choses officielles quand on sera sûrs de notre coup. On trouvera bien un moyen de démontrer qu'on remontait la piste Ouali. Et puis, il y a toutes les chances que l'enquête sur Santini nous éloigne de notre juridiction.

Le commandant s'explique en rapportant ce que Grandjean lui a appris ce matin après sa visite à la Geneticorp. Ayant suivi les conseils de Malone, le sergent-chef s'est penché sur les mystérieuses réunions de CX. Ni le chauffeur, ni l'assistante, ni même Stenson n'ayant su éclairer l'enquête sur la nature des rencontres, les gendarmes ont interrogé la mémoire GPS de la voiture privée du milliardaire. Ils n'ont pas appris grand-chose si ce n'est qu'aux heures des rendez-vous, CX garait systématiquement son coupé dans un parking souterrain de la capitale. Jamais le même. L'analyse des caméras de surveillance des sorties démontre qu'il n'en ressortait pas à pied. Ou bien il demeurait dans les sous-sols, ou bien il changeait de véhicule.

— Si c'est pas de la pratique de barbouze, ça !

— Ouais… Avec les mystères que fait Écully autour de la poule en parachute, le Santini qui grenouille dans les arcanes de la Geneticorp, et chausse du quarante et un comme le tireur d'élite qui a descendu l'avion, ça pue les espions à plein nez.

— L'affaire CX, c'est du lourd, disait-il. CX aurait tenté de vendre le secret industriel de sa société à une puissance étrangère ?

— C'est possible. Bien emballé dans une mallette. Et tout le monde court après. Nous avec.

— Pauvre Grandjean… il avait l'air bien *emmerdé*.

— Tu vas pas plaindre les gendarmes, quand même.

— Espérons plutôt que la PTS nous dégote un indice

sérieux chez Santini. Parce que là, on cherche une aiguille dans une meule de foin.

En terminant le verre de rouge qui accompagnait le bœuf-carotte, la troupe organise la suite des opérations. Anita branchera les ripeurs sur la recherche autour de Santini : comptes en banques, relations téléphoniques, réseaux sociaux… Garcia se tiendra à leur disposition pour interroger les éventuelles relations de Santini une fois repérées. Quant à Malone, officiellement en congé, les collègues l'encouragent à se refaire une beauté avant de passer sa soirée à « L'arc-en-ciel ».

— Allez vous faire foutre, répond le commandant en leur tournant le dos.

En quittant les collègues, Malone emporte avec lui la désagréable impression d'oublier quelque chose. Un indice si évident qu'il passerait à côté sans le voir. Le trouble, doublé de la perspective d'une soirée chez les gays, triplé du vague regret d'avoir éconduit Anita pour la nuit, emprunte au galop le chemin d'une grosse contrariété. Pour une fois impuissants à apaiser le conducteur, les tremblements sourds de la Voxan gémissent en montant dans les tours. Au fond d'un placard, une bouteille de whisky se prépare à répondre à cet appel au secours.

Vendredi 22 juin, 23 h 30

La bouteille de whisky n'est plus qu'un lointain souvenir et Malone se demande pourquoi le périphérique était plus sinueux que d'habitude. Certains jours, les choses simples se transforment en casse-tête. Le commandant doit s'y prendre à trois reprises pour cadenasser la Voxan devant la boîte de nuit. L'alcool a tenu sa promesse. Le flacon s'est vidé, et l'homme s'est rempli. Il est même plein comme une barrique. Plein de vide, forcément. Le temps d'une saturnale, les émanations d'éthanol ont dissous ses tracas autant que le reste. CX, le chauffeur, Bertier, son fils, sa mère et Anita se sont évaporés sans laisser plus de traces qu'une brûlure dans sa gorge. Incapable d'aligner deux idées, Malone se concentre sur une seule qu'il érige en obsession : retrouver un certain Santini. Il s'accroche à l'objectif comme un infirme à une rampe pour marcher droit vers l'entrée de cette discothèque branchée dont l'enseigne clignotante fait danser sur son cuir les couleurs de l'arc-en-ciel au rythme de la techno.

Le videur hésite un moment avant de laisser passer Malone, le temps d'établir la balance entre l'état d'ébriété du client et sa valeur sur le marché de la séduction qui fait loi à l'intérieur. La belle gueule du commandant l'emporte, et le videur écarte son bras. Malone pénètre dans l'antre comme on se rend chez le dentiste avec une rage de dents. Sachant qu'on va vivre un sale moment, que ça ira mieux après, et pressé d'en finir. Le commandant débouche sur une salle immense éclairée de spots bariolés où se désarticulent des oiseaux de nuit luisants de sueur dans une chaleur de fournaise. Il n'aurait pas dû boire autant. L'abus de whisky l'a conduit tout droit en enfer où Satan n'attend pas pour entamer les supplices. Le démon démolit ses tympans à coups de masse démentiels et enfonce dans ses yeux des dards de stroboscope tout en soufflant dans ses bronches le poison des transpirations acides alliées aux vapeurs toxiques d'un parfum industriel. Pour tenir le choc, il faut être shooté d'une façon ou d'une autre. Ce qui semble être le cas de tous. Finalement, Malone pourrait plaider l'abnégation, dire à Bertier qu'il s'est bourré la gueule pour les besoins de l'enquête. Pour une fois, ce n'est pas faux. Malone avise le bar et s'y dirige dans la ferme intention de trinquer avec le diable quand soudain il ressent le chatouillement d'une couleuvre entre ses jambes. Bien imprudent le tatoué qui vient de lui offrir l'expérience d'une première main aux fesses. Le pauvre n'a pas le temps de voir venir. Le policier se retourne à la vitesse d'un félin pour abattre son poing dans sa mâchoire. Du sang gicle, une molaire saute et l'homme s'écrase sur une table basse balayant au passage une collection de verres à cocktail dont les jus multicolores peinturlurent la douzaine de clients entassés sur les canapés. La confusion qui s'ensuit est impossible à décrire sans devoir visionner la scène au ralenti. Dans cet amas de bras, de jambes et de torses à moitié dénudés, on retient d'autres coups, d'autres giclées de sang et d'autres envolées de molaires qui appellent en chœur l'intervention musclée du videur. Le bulldozer débarque avec un regard de grizzli. Puis du haut de ses deux mètres, le géant actionne ses bras puissants pour remettre ce petit monde sagement en place sur les banquettes avant de s'en prendre à Malone. Visiblement, le gorille regrette d'avoir cédé l'entrée au commandant, puisqu'il cherche maintenant à l'expulser en l'attrapant par l'encolure. Malone ne l'entend pas plus de cette oreille que de l'autre. La musique l'assourdit et cette scène de violence a lâché tant d'adrénaline dans ses veines qu'il s'est dégrisé d'un coup. Un Kata-Guruma suivi d'un Hadaka-Jime, et Malone retourne la situation à son avantage, forçant le colosse à supplier un filet d'air pour respirer.

— Police, souffle Malone dans le micro du videur à l'attention du service de sécurité. Je veux parler au boss.

Quelques instants plus tard, une autre armoire à glace fait signe à Malone de le suivre dans un couloir dérobé. Le videur regarde le commandant s'éloigner, vexé comme un cheval fraîchement débourré. Au bout du couloir, le commandant pénètre dans une arrière-salle capitonnée où l'attend un gros bonhomme très énervé derrière un bureau en chantier.

— C'est scandaleux ! Depuis quand les flics font une descente dans mon établissement ? Sans prévenir ! Vendredi soir en plus ! Il n'y a plus de respect pour le business ! Vous voulez la guerre, ou quoi ?

— Ta gueule, répond Malone. Si tes clients savaient se tenir, j'aurais pas besoin de leur apprendre le caniveau. J'ai une question, une seule, et si tu réponds bien, j'me casse.

Décontenancé, le patron pèse ses options en tournant une à une ses grosses bagouses clinquantes à chacun de ses doigts. La moitié de son visage est noircie par un tatouage macabre figurant une tête de mort. Cette partie-là semble ruminer les pensées noires, mais finalement, c'est la moitié humaine qui répond.

— Balance ta question.

Malone extrait la photo de Santini dans sa poche et la plaque contre la table.

— Je veux savoir où se trouve Marco Santini.

Le boss fait mine d'examiner le cliché. Cette fois, c'est la moitié squelette qui répond.

— Jamais vu ce type. Connais pas.

— Mauvaise réponse, monsieur Gerbeau, réplique Malone en plaquant sur le précédent un nouveau cliché transmis par Anita et tiré de la page Facebook de « L'arc-en-ciel » où le gérant s'affiche bras dessus bras dessous avec une brochette de fêtards parmi lesquels se reconnaît Marco Santini. Ça te rafraîchit la mémoire ?

Gerbeau agite une nouvelle fois ses bagouses, fait mine de regarder de plus près.

— Faut dire que la photo date. Ce type, tout le monde le connaît sans vraiment le connaître. C'est un habitué, un prédateur. Les boîtes gays, c'est son territoire de chasse. Ça fait une paye que je l'ai pas vu.

— Va falloir m'en dire plus. Je veux des noms. Ses potes, ses conquêtes. Tout ce qui peut m'aider à le retrouver.

— Qu'est-ce que les keufs lui veulent ?

— Ça te regarde pas. C'est moi qui pose les questions.

— Je suis pas une balance. Si les clients apprennent que je tontonne, j'ai plus qu'à mettre la clé sous la porte.

— Je partirai pas sans ma réponse. Mais si tu préfères, je vais faire le tour de ta salle avec mon portrait-robot. Au passage, je m'occuperai du petit trafic d'ecstasy dans le sas des chiottes.

— Ça va, j'ai compris.

À contrecœur, le gérant sort son téléphone de sa poche, consulte son agenda puis griffonne des lettres et des chiffres sur une carte du club.

— Tiens, dit-il en jetant le bristol sur le bureau. Voilà trois noms et les 06 qui vont avec. Je t'ai rien dit et tu dégages par la porte de service.

Malone ne se fait pas prier. Dehors, il s'attendrit devant sa Voxan. Il glisse une main sensuelle sur le cuir de la selle puis sur la carène, plus trop sûr que cet élan charnel soit vraiment destiné à la belle mécanique.

Samedi 23 juin, 15 heures

Une odeur de grillades s'échappe en fumerolles du jardinet, à mettre en appétit toute la banlieue de Trappes. La fumée grasse s'élève au-dessus du barbecue. À l'intérieur du nuage, Garcia est à la manœuvre, garant de la cuisson parfaite des saucisses, tablier sur le devant, pique dans une main, verre de rosé dans l'autre. À ses pieds, un petit épagneul guette la faute d'inattention, langue pendante, tandis que trois bambins lui courent autour, se chamaillent et s'arrosent à l'eau d'une piscine gonflable. Leurs éclats de rire pimentent l'après-midi d'une allégresse insouciante. À l'ombre d'une haie de thuyas n'ayant pas encore révélé leur aspiration au gigantisme, Rosalie garnit le buffet sur une nappe en papier. Olives, taboulé et salade de poivrons sont au menu du jour. L'épouse de Garcia aurait préféré un plat en sauce, mais avec un mari méridional, la Normande a dû faire des concessions. Le couple s'est donc partagé les saisons. L'hiver se cuisine à la crème, l'été à l'huile d'olive. En cela réside le secret du petit bidon de Garcia dont la rondeur s'améliore d'année en année pour le confort de l'épouse, elle-même très confortable. À mi-distance stratégique entre le buffet et le barbecue, Guy, Fred et

Julien resserrent les liens intergénérationnels autour d'une mousse fraternelle. De là où il se trouve, Malone n'entend pas leur conversation, mais la ferveur avec laquelle tous trois secouent leur bière autour d'un ballon imaginaire ressemble à ne pas s'y méprendre à celle de supporters. Malone déteste le foot. C'est pour cela qu'il se tient à l'écart. En attendant la mi-temps, il préfère regarder l'autre match que dispute Anita. Débordante de jovialité, la jeune femme occupe le terrain, tantôt gardienne de but à plaisanter avec les gars ou assurant les arrières de Garcia en remplissant son verre, tantôt en ailier droit à l'appui de Rosalie qui fait le score en cuisine ou bien à chatouiller un minot tombé dans la surface de réparation. Tout le monde l'a trouvée changée et l'a complimentée à sa manière. Ta robe te va à merveille, tu es tout épanouie ! Mais dis-moi, tu as maigri ! Toi, tu ne serais pas amoureuse par hasard ? Anita est un rayon de soleil. Aveuglé par tant de grâce, Malone se retranche derrière ses lunettes noires.

— Alors il paraît que t'as viré ta cuti ? demande Guy plus goguenard que jamais. À ce qu'on raconte, tu fréquentes les clubs de tantouzes ?

Absorbé dans la contemplation d'Anita, Malone n'a pas vu s'approcher l'Atlas. Il le regarde d'un air surpris, le temps de rappeler ses pensées qui s'étaient envolées vers de lointaines contrées.

— Les nouvelles vont vite, on dirait…

— Écoute, Max, j'vais pas y aller par quatre chemins. Je suis un vieux brisquard, et on me la fait pas. J'ai pigé ta manœuvre. Tu m'as pas mis au parfum, et disons-le franchement, ça me chagrine. Je l'ai même un peu en travers de la gorge.

— C'était pas le but, l'Atlas. Les trucs borderline, je

sais que t'aimes par trop. Je voulais pas *t'emmerder* avec ça.

— Pour sûr, les embrouilles, les dossiers foireux, ça me plaît pas. Mais ce qui me plaît encore moins, c'est une erreur judiciaire... Ton chauffeur, le Ouali... Je me demande si t'as pas raison au fond... Bertier va un peu vite en besogne. La vioque est pas encore canée que le beau mec est en cage.

— Et donc ?

— Donc toi, tu vas arrêter de me berlurer, d'accord ?

Malone ne répond pas. Il attend une suite qui ne tarde pas à venir.

— Et moi, reprend Guy, voilà c'que j'vais faire. Une fois n'est pas coutume, j'enfumerai le taulier et le crosseur. Nounours et Bertier n'y verront que du feu. Toi et les autres, j'vous couvrirai pour enquêter sur Santini. J'moufterai que dalle. Une tombe. Tes commissions rogatoires, et le tralala, t'auras tout c'que tu veux. J'ferai gober aux mondains qu'on effiloche la baronnie de Ouali. Alors ? T'en dis quoi, Max ?

— Que ça sert donc à rien que je prolonge mes congés.

— À rien.

— Et les jeunes ? Tu penses qu'il faut les mettre au jus ?

— Qu'est-ce que tu crois ? Ça fait longtemps qu'ils ont pigé. Sous leurs airs de mollasses, ça percute vite. Les mômes, le code, ils s'en carrent complètement. Ce qu'ils demandent, c'est du sens, toujours du sens. Si tu leur dis pas à quoi ça sert, ils bougent pas d'un poil. Mais toi, tu leur promets la Vérité, alors y carburent à fond.

Puis tendant un papier plié en quatre, le doyen ajoute :

— Tiens, d'la part de Fred. Les adresses de tes nouveaux potes. Anita lui a filé les 06 que t'as dégotés à

« L'arc-en-ciel ». Le gamin les a triturés ce matin. Et si t'as besoin d'un coup de main pour asticoter tes témoins, t'as qu'à demander.

Malone bénit l'Atlas d'un regard empli de sa reconnaissance, puis embrasse le jardin d'un tour d'horizon où s'illuminent tour à tour Fred, Julien, Garcia et Anita. Son équipe réunie pour un jour de détente, soudée à lui comme les six doigts d'une main extraordinaire. À l'évidence, l'amitié, c'est simple comme un barbecue avec les gens qui comptent.

Dans ce dictionnaire en images, que lirait-il à l'article de l'amour ? La question raccroche Malone à la silhouette d'Anita. La belle fait mine d'ignorer l'attention qu'elle appelle pourtant de ses gestes choisis. Une once d'espièglerie égaye son visage sans trahir le petit jeu. Une fois n'est pas coutume, la souris joue avec le chat. Malone dissimule sa confusion sous ses airs de grand fauve. Doit-il mordre ou se livrer ? Défendre sa solitude ou trahir sa liberté ? Si le pauvre savait qu'Anita a grandi entourée de chats, peut-être comprendrait-il que sa psychologie féline est démasquée. Tout tient dans le petit poème que la grand-mère chantait à la fillette :

Qui veut le chat en boule, ronron sur ses genoux,
Ni ne toise ni n'apostrophe le matou,
Mais revêt son giron d'un tricot chaud et doux,
Qu'il mitonne ou caresse tant et si bien qu'au bout,
De lui-même l'animal vient coucher sa bajoue.
Avec ruse et patience, un félin s'amadoue.

Dimanche 24 juin, 19 heures

Une fois de plus, Malone a passé une sale nuit. Les draps encore empreints de la douceur parfumée d'Anita n'ont pas cessé de perturber son sommeil. Le regret a son odeur. Plus tenace que celles des saucisses grillées. Car hier soir, Max est parti fâché du barbecue pour se coucher directement. À cause d'Anita, évidemment. Le groupe se demandait à qui confier l'interrogatoire des témoins dont le patron de « L'arc-en-ciel » a livré les noms. La proposition de la jeune femme a remporté l'adhésion du plus grand nombre.

— Pour tirer les aveux des potes de Santini, a-t-elle déclaré, que diriez-vous qu'on laisse faire Max. Il paraît que les gays se battent pour son p'tit *cul* !

Tellement prévisible, Malone s'est mis en rogne. Son humour a l'habitude de s'arrêter tout net à la frontière de son hétérosexualité. Il a fait mine de partir. Personne ne l'a retenu. Alors il est parti. Il s'attendait à quelque manœuvre de la part d'Anita pour finir la soirée en sa compagnie, mais la jeune femme s'est contentée de le saluer d'un peu trop loin à son goût. En un sens, il devrait se réjouir qu'aucune menace ne pèse plus sur sa chère liberté. Anita a fait de lui son homme d'un soir, elle a obtenu ce qu'elle voulait. Combien de fois a-t-il infligé ce traitement à ses propres conquêtes ? Mais voilà : la petite langue fraîche a laissé dans sa bouche un goût de trop peu. Si bien que ce matin, Malone manque d'entrain. De toute façon, il n'est pas nécessaire de s'agiter. Tirer de leur lit des habitués de boîtes de nuit un dimanche n'est guère envisageable avant le milieu de l'après-midi.

En proie à un désœuvrement inattendu, il se résout à accomplir son devoir filial dominical. Il s'en va rejoindre sa mère. À son arrivée, la vieille femme s'excuse de n'avoir pas préparé la traditionnelle poule au pot. Une fatigue passagère, explique-t-elle. Malone prépare des pâtes qu'ils mangent en silence. Et pour la première fois, l'aïeule ne se plaint pas de sa santé. Et pour la première fois, les convives ne se disputent pas. Malone remplace le paillasson de l'entrée par un autre tout neuf. La doyenne ne fait pas même un commentaire. Au moment de se quitter, elle ancre un regard d'une profondeur inhabituelle dans les yeux de son fils. Malone y reconnaît l'étrange lueur qui luisait dans les yeux de son père à ses dernières heures. Une clarté bleutée échappée d'une porte entrouverte sur l'au-delà. Une lumière indicible, à transpercer le cœur d'un fils. Malone tourne le dos pour cacher ses larmes. Et lorsque sa moto démarre, une boule d'angoisse s'installe dans sa gorge. Son métier lui paraît soudain si futile. Perdu dans les gravats de sa mémoire, il laisse la Voxan choisir la route. La mécanique manque d'imagination. Malone se retrouve à enchaîner les tours de périphériques.

Vers seize heures, le commandant se ressaisit. Il reste tout juste assez d'essence dans le réservoir pour visiter les témoins. Au moins, ça lui changera les idées. Les deux premiers types qu'il rencontre ne sont pas d'un grand secours. Un junky complètement shooté, puis un gamer scotché à son écran. Une aubaine pour un policier. Une addiction est un levier efficace pour délier les langues. Il suffit de brandir la menace d'un sevrage brutal. Que diriez-vous d'une petite cure de désintoxication dans mon commissariat ? Santini, oui, les témoins connaissent. Dans les deux cas, l'histoire est ancienne. Ils ont éradiqué le suspect de leur agenda sous un trait rageur. Du jour au lendemain, plus un appel, plus un message, et si par hasard on se croise, plus un regard. Les deux types confirment les dires du gérant de « L'arc-en-ciel » ; Santini semble s'être volatilisé. L'inlassable dragueur des soirées gays parisiennes n'a pas montré sa bobine depuis plusieurs semaines. Son numéro de portable n'est même plus attribué.

À dix-huit heures, Malone s'introduit dans le troisième immeuble en tenant la porte à un chien sorti promener son maître. Sur le palier du troisième témoin, il colle l'oreille contre une porte. De l'autre côté, un téléviseur commente un grand prix de formule 1. Malone s'assure qu'Alonzo est toujours en tête avant de sonner. À l'intérieur, des pas se précipitent.

— Police, crie-t-il, ouvrez !

Le judas s'éclaire puis cède la place à un œil inquiet. Malone présente sa plaque devant l'oculus.

— Simple enquête de voisinage, ouvrez.

La porte s'écarte jusqu'au blocage d'une chaînette. Un homme à la petite cinquantaine bien entretenue laisse entrevoir son visage méfiant.

— Que voulez-vous ?

— Connaissez-vous cet homme ? demande Malone en montrant la photo du suspect. Un dénommé Santini.

L'homme soupire, ôte la chaîne et invite Malone dans

son modeste séjour. Oui, il connaît bien Santini. Dévoré à la base du cou par la rougeur d'une homosexualité mal assumée, le quinquagénaire avoue avoir vécu assez proche du suspect il y a quatre ans. Leur liaison a duré quelques mois jusqu'à ce que Santini le quitte brutalement pour un collègue à lui. Un certain Édouard dont il ne sait pas le nom, mais qui devait loger dans le IXe.

— Santini, vous parlait-il de son travail ?

— Très peu. Si je me souviens bien, il bossait pour la Geneticorp. Il n'aimait pas qu'on en parle. Sa relation avec l'entreprise semblait conflictuelle.

— Savez-vous comment je peux le trouver ?

— Je n'en ai pas la moindre idée. Je ne l'ai jamais revu et je ne tiens pas à le revoir.

Malone termine l'entretien sur cette dernière question puis emporte chez lui un bilan de l'après-midi plutôt positif. Le jeu de piste progresse. Tire la bobinette et la chevillette cherra, si cet Édouard travaille toujours à la Geneticorp, Santini est à portée d'aveu.

Mais Malone n'est pas d'humeur à se réjouir. Deux femmes hantent son esprit. L'une est entrée par effraction, l'autre en catimini prépare sa sortie. Ces deux-là le savent bien ; sous son cuir de gros dur, c'est bien trop d'émotion pour un cœur d'artichaut.

Ce soir, à calmer la tempête, même l'ivresse est impuissante.

Lundi 25 juin, 10 heures

Le dernier passage de Malone à la Geneticorp a contraint l'Atlas à exécuter une danse du ventre pour expliquer au commissaire Lajaunie que la démarche n'était en rien liée à l'affaire CX, mais à la recherche d'éventuels complices de Ouali. Personne ne sait comment le directeur de la PJ a eu vent de la visite du commandant à l'entreprise. Sans doute le responsable de la sécurité aura-t-il informé sa hiérarchie, et dans les hautes sphères, on se sera plaint. Par effet ricochet, Malone a dû s'expliquer auprès de Grandjean, qui n'a pas plus apprécié le manque de transparence. Pour s'épargner de nouvelles contorsions, l'équipe a mis au point un stratagème afin de rencontrer le prénommé Édouard sans éveiller d'autres soupçons. Malone, connu là-bas comme le loup blanc, ne mettra plus les pieds à la Geneticorp. Anita le remplace en se faisant passer pour un livreur, le casque de Max sous le coude en gage de crédibilité.

— J'ai un pli urgent à remettre en main propre à un certain Édouard… Le nom est effacé, mais j'ai besoin de sa signature en personne.

— Édouard Paulbert, sans doute. Patientez, je vais le prévenir.

— Yesss ! se félicite le lieutenant intérieurement.

Cinq minutes plus tard, un petit homme chauve et discret se présente à l'accueil un peu surpris. Il n'attendait pas de courrier. Anita l'encourage à le suivre à l'écart, en faisant mine de chercher le pli dans sa sacoche. Mais au lieu, c'est le portrait de Santini qu'elle en extrait.

— Qui êtes-vous ? demande Paulbert.

— Police, répond Anita en montrant son badge discrètement. Nous savons que vous connaissez Marco Santini. L'avez-vous rencontré récemment ?

L'homme blêmit, gagné par la panique. Son regard s'évade vers le plafond, comme si son monde était secoué par un tremblement de terre. Son hésitation est une forme d'aveu.

— Si cela ne vous dérange pas, finit-il par dire, on pourrait parler de ça à un autre endroit ?

— En fait, bluffe Anita sans frémir, nous savons que vous l'avez rencontré récemment. Dites-moi juste où il se trouve.

— Je... je suis désolé, bégaye le témoin, je ne peux pas vous aider. Marco est venu me voir la semaine dernière. Vendredi soir. C'est un ancien ami que je n'avais pas revu depuis trois ans. Il était en galère, il avait besoin d'argent. Je lui ai donné ce qu'il voulait, puis il est parti comme il est venu. Je n'ai pas de nouvelles depuis. Je ne sais même pas comment le joindre...

— Bien. Dans ce cas, je ne vais pas vous déranger plus longtemps. Je vous laisse juste ce numéro où me joindre si vous repensez à quelque chose. En échange, inscrivez votre adresse et votre numéro de portable sur ce papier.

— C'est tout ? s'étonne l'employé en écrivant ses coordonnées.

— Oui.

— Vous n'avez pas besoin d'une déposition ?

— Ça ne vaut pas le coup, ironise la jeune femme. Puisque vous n'avez rien à nous dire.

Anita tourne les talons puis s'éloigne, sentant son interlocuteur se liquéfier dans son dos. Édouard Paulbert. Piètre menteur. En temps normal, bien sûr qu'elle aurait pris sa déposition, et bien davantage. Écoutes, perquisition, et peut-être même une mise en examen pour entrave à la justice. L'administration judiciaire ne fait pas de cadeau à ceux qui se mettent en travers de leur chemin. Mais vu les circonstances, il était préférable d'en rester là. Au moins, cet employé-là n'ira pas se vanter d'avoir reçu la visite des flics.

— Alors ? questionne Malone en voyant revenir Anita. Tu as livré ton colis ?

— En main propre, mon cher, et moite aussi. À un certain Édouard Paulbert qui habite 25, rue Blanche, dans le IXe. Un type qui en sait sûrement plus que ce qu'il veut bien nous dire. Il t'appellera peut-être, s'il change d'avis. Je lui ai laissé ton numéro comme tu me l'avais demandé.

Anita lui expose en deux mots la teneur de l'échange et sa décision de laisser croire à l'intéressé que l'enquête ne s'attardera pas sur lui.

— Je n'avais pas le choix, résume Anita. On ne peut pas l'interroger officiellement, ni demander la mise sur écoute, encore moins une perquisition. Bertier nous tomberait dessus aussitôt.

— C'est vrai, mais il nous reste la planque. Il suffit de se relayer entre nous pour surveiller le domicile de Paulbert. Je veux bien prendre le premier tour. J'ai intérêt à foncer avant que Paulbert prévienne Santini si jamais il se cachait là-bas. Je t'emmène avec moi ?

— Laisse tomber, refuse Anita en rendant son casque

à Malone. Si Paulbert a prévenu Santini, c'est déjà trop tard. C'est moi qui vais prendre le premier tour. Je suis venue avec ma voiture. C'est quand même plus confortable pour faire le sous-marin. Va plutôt te montrer un peu à la ruche. Ça rassurera Nounours. Je le trouve tendu depuis que tu es parti. Au passage, t'auras qu'à donner aux jeunes le 06 de Paulbert pour voir ce qu'ils peuvent en tirer.

Malone reste un instant interloqué avant de démarrer la Voxan. Son lieutenant vient de lui donner des ordres et il n'a même pas réagi. Mais il y a pire… Anita vient de refuser un tour en selle sur sa moto.

Lundi 25 juin, 17 h 45

Malone prend le relais de Garcia vers dix-sept heures quarante-cinq, qui a lui-même relayé Anita plus tôt dans l'après-midi. Le capitaine est parti rejoindre sa petite famille avec son vieux break familial tandis que le commandant, adossé à sa Voxan, fait mine de téléphoner en guettant les allées et venues au domicile d'Édouard Paulbert. Pourtant loin d'égaler l'effet réparateur des Tontons flingueurs dont il se prive ce soir, la douceur de l'air après une demi-journée d'enfermement au bureau lui rend appréciable la pollution de Paris. Avant de quitter la ruche, les ripeurs ont tenu à lui montrer leurs découvertes, preuves à l'appui sur leur forêt d'écrans. Ils ont commenté les fadettes, une jungle de numéros de téléphone sans récurrence particulière. Élément notable : Santini a résilié son abonnement le jour même du crash. Fred a passé en revue les comptes bancaires qui ont été vidés la semaine dernière par une série de retraits réguliers depuis plusieurs semaines, signifiant que le suspect avait prémédité sa disparition. Il faudra patienter encore un peu avant que la banque ne fournisse la liste des dépenses. Puis l'Atlas est venu avec le rapport de la perquisition dans l'appartement de Santini. Hélas, aucune révélation. Les inspecteurs confirment que l'occupant avait fait le grand ménage. Ni appareil électronique ni objet personnel, photo ou carnet d'adresses. Non seulement Santini n'avait aucune intention de revenir, mais il a pris soin d'effacer ses traces. Il demeure insaisissable, à l'image de ses empreintes, inconnues du fichier national. Quant au témoin, Édouard Paulbert, il est lisse comme un œuf. Un homme très sage. Pas même un procès-verbal pour mauvais stationnement. Et fait plutôt rare, il ne téléphone jamais. Bref, c'est décevant. Tous les espoirs se concentrent donc au pied de l'immeuble haussmannien sis au 25 rue Blanche.

Du coin de l'œil, Malone aperçoit un homme en costume triste dont les traits coïncident avec le tableau qu'Anita lui a dressé de Paulbert. Visiblement, le petit monsieur rentre de son travail après un crochet par l'épicerie. Il compose son code sur le clavier de la serrure électronique en jetant derrière lui les regards méfiants d'une bête traquée. Malone détourne son visage le temps qu'il disparaisse, puis s'écarte sur le trottoir opposé pour mieux voir la façade. Au troisième étage, une fenêtre s'ouvre. Paulbert inspecte la rue sans remarquer le policier caché sous un porche. Prendrait-il autant de précautions s'il n'avait rien à se reprocher ?

Malone fait le pied de grue. Les heures défilent. Dix-neuf heures, vingt heures. Vers vingt et une heures, n'y tenant plus, le commandant profite qu'un jeune sorte sans bien claquer la porte pour s'introduire dans le hall. Il gravit les marches jusqu'au palier de Paulbert, puis il écoute derrière la porte. Pas un bruit. Derrière les autres portes, des voix, de la musique, une émission de télé, la vie, quoi ! Mais derrière celle-ci, un silence de mort. Malone retrouve l'asphalte vers vingt-deux heures. Son ventre gargouille, sa gorge a soif de quelque chose de fort, et sa vessie revendique la pause syndicale. Il hésite à appeler Anita pour lui demander de prendre la relève plus tôt que prévu.

« On n'y arrivera pas comme ça, se dit-il soudain. Le type se méfie, il se terre. »

Malone appelle Anita pour partager son dépit. Tous deux conviennent de l'inutilité de leur stratégie. Ils abandonnent la surveillance. La nuit portant conseil, ils réfléchiront à une autre tactique.

Sur le point d'enfourcher sa moto, Malone avise un kiosque à journaux et décide d'acheter le journal. Pressé de savoir ce qu'on raconte dans les médias, il bouscule au passage un paumé ébahi par l'opulence du choix pornographique. L'impolitesse ne paye pas ; rien à la une de Libé. Grandjean n'a pas dû beaucoup progresser. Le pauvre, s'il savait.

Sur le périphérique, Malone fonce avec pour seule préoccupation la pizza quatre fromages qui hiberne dans son congélateur. Mais lorsqu'il passe devant un radar, un flash percute son esprit. Le parfum. Tout à l'heure chez le marchand de journaux, un parfum particulier flottait dans l'air. C'était exactement le même que l'odeur dans l'appartement de Santini. La coïncidence est troublante. Malone tente de se souvenir. Il y avait ce type qu'il a bousculé par mégarde. Celui qui matait les couvertures des magazines… Plus Malone y pense, plus il trouve que le personnage sonnait faux. Son intuition se fraye un chemin à coups d'épaule parmi ses neurones affamés jusqu'à débouler dans le huis clos de son esprit cartésien où les considérations d'ordre physiologique ne sont pas admises.

— Et si le type du kiosque était celui qui a fouillé chez Santini ? se demande Malone. Ça signifierait que…

Malone veut s'en donner le cœur net. À la première sortie, il quitte le périphérique, arrête sa moto sur le bas-côté et commence à l'inspecter. Il ne tarde pas à découvrir ce qu'il redoutait. Un microémetteur magnétique est caché sous le garde-boue. On l'a tracké.

— Qu'est-ce que c'est que ce bordel ? Mais quel est l'enfoiré qui…

Le commandant se tait. Il pense connaître la réponse. Il ôte délicatement l'appareil miniature, le place sur une voiture en stationnement, puis redémarre en trombe en chemin inverse. Tout en conduisant, il rappelle Anita.

— Changement de programme, dit-il. Je viens de trouver un mouchard sur la Voxan et je crois qu'un type me suivait chez Paulbert. J'y retourne. Préviens Garcia, rejoignez-moi au plus vite.

— Tu crois que…

— Je ne sais pas. J'ai un mauvais pressentiment. Un mouchard, c'est un joujou d'espion, et un espion, c'est pas tendre.

Lundi 25 juin, 22 h 40

Malone lâche sa Voxan sur le trottoir désert de la rue Blanche et se précipite au pied de l'immeuble de Paulbert. Là, il se heurte au barrage du digicode. Avisant une lumière qui filtre de l'appartement du rez-de-chaussée, il tambourine au volet. Quelqu'un se plaint, le rideau métallique se relève. Malone brandit son badge et demande qu'on ouvre par l'interphone. Un claquement. La clenche se libère. Aussitôt, Malone se rue dans le hall puis gravit les escaliers quatre à quatre jusqu'au troisième étage. Le palier est plongé dans le noir à l'exception d'un triangle de lumière dessiné sur le sol par l'entrebâillement d'une porte. Celle de Paulbert.

— Pas bon, se dit Malone en libérant son fidèle ange gardien de son holster.

Le commandant progresse prudemment en retenant son souffle. Le canon de son vieux Manurhin pointé vers le danger, il écarte la porte avec précaution puis avance un pas dans la pièce. Une odeur crue le saisit à la gorge, une odeur de sang. Le policier contourne le canapé pour découvrir le corps d'Édouard Paulbert, un poignard planté en plein cœur.

— Le sang coule encore, remarque-t-il. C'est tout frais.

Malone renifle. De nouveau ce parfum… Mais il n'a pas le temps de finir son analyse olfactive. Une masse compacte s'abat sur son dos. Un violent coup sur son avant-bras le désarme. Un homme caché derrière la porte s'est jeté sur lui et l'étrangle à l'aide d'une fine corde. Le policier se débat comme un diable, renversant tous les meubles dans la pièce, mais le type est costaud et l'empêche de respirer. La cordelette pénètre dans la peau de Malone, sa tête devient lourde et sa vue commence à faiblir. Il se sent défaillir, tente un ultime Uki-Goshi qui laisse son agresseur de marbre. L'homme le maintient fermement. Malone suffoque. Il se sent partir. La mort siphonne son âme et déjà, ses muscles se relâchent. Un chant de sirène l'attire vers le néant au travers d'un tunnel lumineux au bout duquel le petit Max lui fait signe en riant sur son tracteur à pédales. Au point de rendre son dernier souffle, l'image se brouille et sur l'écran noir, flotte un visage. Anita lui sourit. Cette vision lui procure un regain d'énergie formidable. Pas question de mourir sur un regret. Malone rebrousse chemin, traverse le tunnel dans l'autre sens. Avec un effort suprême, il saisit l'étagère à portée de ses bras et la tire de toutes ses forces. Le meuble craque en s'arrachant au mur puis bascule, déversant une marée de livres sur la tête des combattants avant de les écraser tous deux dans un fracas retentissant. Malone émerge le premier du tas d'ouvrages. Complètement groggy, il cherche son flingue, le repère sous la table du salon et se met à ramper dans sa direction, mais le temps qu'il l'atteigne, l'assaillant s'est relevé à son tour, sonné également. Lorsque l'assassin aperçoit Malone à deux doigts de son arme, il s'enfuit. Le policier se relève, prêt à se lancer à sa poursuite, mais, pris d'un vertige, s'effondre sur les débris de l'étagère.

Malone reste inconscient un bon moment et lorsqu'il pense se réveiller, il se croit mort pour de bon. Le visage d'Anita danse devant ses yeux, plus réel que jamais.

— Max ! Bon sang, mais réveille-toi !

Le commandant se redresse, passe la main autour de sa gorge endolorie, puis observe le désordre autour de lui sans trop savoir où il se trouve. Puis son regard s'arrête sur le cadavre et tout lui revient.

— Un type derrière la porte, dit-il d'une voix éraillée. Avec des yeux de brute. J'ai rien pu faire. Paulbert était déjà mort.

— Putain, Max ! s'écrie Anita au bord des larmes. Tu m'as foutu une de ces trouilles... J'ai vraiment cru que...

— Bah... il s'en est fallu de peu. Je m'en suis sorti grâce au poids de la culture. Tu vois, c'est ça, mon problème avec la littérature.

— Quoi ?

— Les bouquins, ça m'assomme.

— Très drôle, Max. Excuse-moi si je m'esclaffe pas. Je vais prévenir Garcia.

— Pas la peine répond une voix derrière leur dos. Me voilà. Et je ne suis pas seul, les collègues de Paris sont en bas. Ils discutent avec les voisins qui ont donné l'alerte.

— Bon, ne perdons pas de temps, ordonne le commandant en se redressant. Faites le tour de l'appartement, prenez des photos.

Le groupe met de côté ses émotions pour se recentrer sur les considérations professionnelles.

— Dites, vous avez vu l'évier ? demande Anita.

— Deux verres de vin, même pas terminés. Quel gâchis !

— Ça m'étonnerait que Paulbert ait trinqué avec son assassin. J'entends qu'on monte dans l'escalier. Les collègues vont débarquer. Anita, tu as trente secondes pour un petit prélèvement d'ADN discret.

— Tu penses à Santini ? demande le lieutenant en appuyant le bord des verres contre des compresses.

— Oui. Je mettrai ma main au feu qu'il a bu dans ce verre. Et dans ce cas il se sera échappé.

— Je vais jeter un œil aux étages, annonce Garcia. Juste au cas où.

Malone profite d'un instant seul à seul avec Anita pour lui expliquer comment l'intuition lui est venue qu'il allait se passer quelque chose. L'appartement de Santini devait être surveillé. Ceux qui le recherchent auront placé le mouchard sur la moto pendaient que les policiers visitaient les lieux, espérant que Malone les conduirait au suspect. Ce qui s'est produit, finalement. Sans le savoir, Malone les aura menés jusqu'à Paulbert. Ils auront attendu que les policiers relâchent leur surveillance avant d'agir. Ils auront fait parler la victime pour connaître la planque de Santini puis l'auront éliminé. L'assassin de Paulbert, l'agresseur de Malone, l'individu qui a fouillé l'appartement de Santini et l'homme que le commandant a bousculé tout à l'heure au kiosque à journaux ; une seule et même personne, trahie par son parfum.

— Mais il roule pour qui ce type ? s'interroge Anita.

— Je ne sais pas, mais question eau de toilette, il a vraiment des goûts de chiotte.

— C'est sérieux, Max. Il a failli avoir ta peau.

— Lui a failli, moi j'ai réussi ! s'exclame Malone en brandissant un petit sachet qu'il remet à Anita. Quelques bouts de sa peau sous mes ongles. J'ai dû le griffer au cou dans la bagarre. Remets ça à l'Atlas et embrasse-le de ma part. Il comprendra.

Des pas envahissent le palier. Voilà l'escouade. Sans prévenir, les lèvres d'Anita offrent au commandant la douceur d'un baiser furtif.

Malone meurt de nouveau.

Lundi 25 juin, 23 heures

Santini s'affale sur la pelouse du square Louise Michel, au pied de Montmartre. À bout de souffle, le cœur au bord de l'explosion, il tente de retrouver ses esprits dans l'anonymat de la foule touristique après vingt minutes d'une course effrénée. Comment la brute a-t-elle pu retrouver sa trace aussi vite ? Que s'est-il passé rue Blanche ? Santini n'ose pas l'imaginer. Désormais, il n'est plus en sécurité nulle part.

Tout à l'heure, lorsque Édouard est rentré du travail, il a raconté comment les flics l'ont questionné. Il s'était assuré qu'on ne l'avait pas suivi sur le chemin du retour, mais cela n'a pas suffi à rassurer Santini. Les deux amants ont dîné en silence, les yeux rivés sur le visiophone laissé en marche pour surveiller le hall. Vers vingt et une heures, ils ont vu entrer ce type bizarre qu'ils ne connaissaient pas, plutôt beau gosse. L'individu a rôdé un long moment sur le palier. Ils pouvaient voir son ombre sous l'embrasure de la porte. En apnée dans le deux-pièces, les fesses serrées sur leur tabouret, ils ont attendu qu'il s'en aille. Coup d'œil discret par la fenêtre, le type était encore en bas, adossé à une moto. Santini a jugé préférable de regagner sa chambre de bonne. Paulbert ne l'a pas retenu.

Dans sa piaule mansardée, le fugitif a pesé ses options. Il a rassemblé ses effets personnels. Ses vêtements, sa trousse de toilette et son argent liquide tenaient dans un sac-poubelle, baluchon de misère à quoi sa vie se résumait. Demain dès l'aube, il partirait. Mais un cri peu avant vingt-trois heures a précipité ses plans. Pris de panique, il s'est hissé par la lucarne et s'est enfui, sautant de toit en toit comme un fantôme dans la nuit. Redescendu sur la terre ferme par un escalier de service vandalisé, il a cavalé dans les rues Paris, sans autre poursuivant que le souvenir glaçant d'une paire d'yeux cosaques et un cri de terreur.

Sur ce carré d'herbe jaunie jonché de mégots cosmopolites de l'endroit le plus romantique de la capitale, entre un couple japonais s'essayant au *French Kiss* et un vendeur à la sauvette africain étalant sa pacotille de fausses Rolex aux aguets de flâneurs prétendument amoureux, Santini tâte l'amertume de sa vie qui se déglingue morceau après morceau. Il n'a plus ni famille, ni travail, ni ami. Pas même un toit… Rescapée de la débâcle, seule une liasse de billets fondra bientôt comme une peau de chagrin. Santini extrait de sa poche la carte de visite d'un certain Max Malone que Paulbert lui a remise, serre le bristol comme une corde pour se pendre. Après tout, pourquoi pas ?

Mercredi 27 juin, 10 heures

Tout est allé très vite depuis l'instant où les lèvres d'Anita se détachèrent de celles de Malone. D'abord, les enquêteurs du 36 gelèrent la scène du crime. Le procureur se déplaça en personne, fusilla le commandant du regard et demanda qu'on l'emmène en qualité de principal suspect. Délesté de ses effets personnels, Manurhin et téléphone en tête, on le conduisit quai des Orfèvres pour la plus grande humiliation de sa carrière. Le commandant déchu fut accueilli par les regards méprisants des autres policiers. Sa garde à vue débuta dans le four d'un bureau aveugle où des cuissots plus jeunes que lui le cuisinèrent à petit feu des heures durant. Pour gratiner ce plat de résistance sous des néons blafards, vinrent s'entasser l'engueulade pimentée de Nounours, le sermon corrosif de Bertier, puis les remontrances d'un Grandjean furieux qu'un « cousin » piétine ses platebandes et trahisse sa confiance. Car la couverture d'une enquête sur les complices de Ouali ne tint pas longtemps. Les collègues du 36 lui poussèrent la chansonnette et le coincèrent bien vite. Acculé dans l'angle de ses contradictions, Malone dut avouer qu'il poursuivait l'enquête sur la mort du milliardaire malgré le retrait du dossier. Dès lors, il mit le paquet pour endosser toute la responsabilité de cette décision. Malgré la faim, la soif et la fatigue, il s'évertua à protéger son équipe. Croisant les doigts pour que les interrogatoires contradictoires ne remettent pas en cause sa version des faits, il jura ses grands dieux que Garcia et Anita ne firent qu'obéir à ses ordres, et que l'Atlas et les ripeurs n'étaient même pas au courant. Quant au reste, il s'en tint à la réalité. Il raconta l'histoire de la traque de Marco Santini depuis la découverte du corps de Tatiana Romana jusqu'à l'assassin caché derrière la porte de Paulbert, en passant par l'aérodrome du Plessis, l'appartement du XVe, la discothèque de « L'arc-en-ciel » et la Geneticorp. Le cerveau en surchauffe, il réussit à rendre un récit cohérent malgré quelques omissions instinctives, espérant là encore qu'Anita et Garcia seraient bien avisés de ne pas en révéler davantage. Parmi les lacunes volontaires, la découverte d'un mouchard ou cette histoire de parfum. Compliquer inutilement, c'est s'enliser, pensait-il. Il était persuadé en avoir assez dit pour que le scandale de sa désobéissance se tasse de lui-même. Après tout, quel crime avait-il commis ? Un excès de zèle ne mérite pas plus qu'un blâme. Mais tout bascula lorsqu'on lui présenta un cliché de l'arme du crime. Reconnaissait-il le couteau ? Pas spécialement, c'était un couteau de cuisine comme on en trouve partout. Lui-même en possédait un similaire dans son tiroir à couverts.

— Alors comment expliquez-vous qu'on y trouve vos empreintes ?

À la question plus tranchante que la lame en cause, Malone ne sut pas quoi répondre. Après des dizaines d'heures sans véritable sommeil, il ne distinguait plus la réalité du cauchemar. On le sortit du four pour le menotter sur le gril. Et l'enfer se déchaîna. Ils étaient cinq autour à le harceler sur le ring de ce qui ressemblait à un passage à tabac verbal. Alcoolisme, insubordination, violence. Ils ressortirent des archives ce triste passé dont Malone n'est pas fier. Ses erreurs de jeunesse, la succession de ses mises à pied à l'époque du divorce, ses écarts chroniques. Sans aucune pudeur, ils remuèrent les entrailles de son dossier, ravivant toutes ces plaies mal refermées que le commandant désinfectait régulièrement au whisky. Et les faits récents vinrent s'ajouter à la charge. Pas plus tard que la semaine dernière, le commandant avait claqué la porte du commissariat. On l'avait vu sortir d'un bar passablement éméché. Il avait provoqué une bagarre dans une discothèque. Avec la finesse d'un rouleau compresseur, les enquêteurs se relayaient pour assembler les pièces d'un puzzle qui dessinait une autre vérité. Dans la leur, Malone avait tué Paulbert sur un coup de sang.

— Allez, avoue, Malone. Après ça, on te fout la paix.

— Il y a un lit qui t'attend, et un bon repas.

— Qu'est-ce que tu risques, après tout ? Pas grand-chose. Tu plaideras une faiblesse psychologique. Avec un bon avocat, tu t'en sors avec un séjour en asile.

Crochet du droit, direct du gauche, uppercut. Malone est K.-O. depuis longtemps, et ils s'acharnent encore. Il n'a plus la force de trouver les arguments. Même la marque de strangulation sur son cou n'a pas convaincu les enquêteurs. Ils savent le commandant assez futé pour s'offrir l'alibi d'une automutilation. L'administration policière est trop heureuse de régler ses comptes avec ce collègue qui dérange. Enfin, l'insurgé va payer pour l'affront de son insubordination. À coups d'allégations partiales et vindicatives, les représentants de l'ordre hissent le traître sur le pilori de la honte afin de l'exhiber en exemple pour tous. « Voyez où mène une carrière rebelle. » Il n'y a rien à faire, ces furieux ne lâcheront pas Malone tant qu'il n'aura pas signé le procès-verbal d'un aveu dégradant. L'un lui tient la main, l'autre y place un stylo. Tout juste s'ils n'imitent pas sa signature qui scellera son sort.

Soudain, leurs voix se font distantes. Quelqu'un éteint la lumière. Le brouhaha se tait. Malone se retrouve seul dans l'obscurité. Le sommeil lui offre un refuge où rien n'a d'importance. Il dort, le monde peut s'écrouler.

Mercredi 27 juin, 17 heures

Anita a garé sa voiture devant le pavillon de Garcia. Le capitaine lui ouvre la porte sans entrain. Un air d'enterrement assombrit son visage d'habitude si jovial.

— Alors ? demande Anita.

— Pareil que toi. Un blâme et deux semaines de mise à pied. C'est pas la fête. Entre.

À l'intérieur, les volets à demi fermés plongent le salon dans une ambiance carcérale. Garcia est seul. Il erre comme une âme en peine dans la grande maison vide. Sa femme a mal encaissé la nouvelle. Elle est partie se réfugier chez sa mère en Normandie en emmenant les enfants.

— Tu veux boire quelque chose ?

— Juste un café.

Garcia prépare deux cafés avec des gestes aussi lents qu'il le peut. Le temps loin des siens n'a aucune valeur. Alors il le brade. Il ne sait pas dire si la présence d'Anita le réconforte ou bien l'ennuie. Au moins, ça l'occupe. Pas sûr que ça lui évite de broyer du noir.

— Tu leur as dit quoi, aux collègues qui nous ont cuisinés ?

— Pas plus que ce qu'ils devaient savoir. Comme toi, je suppose. Sinon, on s'en serait pas tirés à si bon compte.

— Je ne peux pas croire que Max ait fait un truc pareil.

— Moi non plus. Mais là, ça nous dépasse. Je ne vois pas ce qu'on peut faire.

Anita respire la tasse, sirote une gorgée, cherche dans la caféine un plaisir qui ne vient pas. Elle se demande ce qui l'a poussée à venir jusqu'ici. Que s'était-elle imaginé ? Que le capitaine allait lui proposer le plan miraculeux pour tirer Malone du mauvais pas ?

— J'ai pas d'idée, poursuit Garcia comme s'il lisait à livre ouvert sur les lignes de son front. Max est mon pote. Si j'étais à sa place, il remuerait ciel et terre pour me sortir de là. Mais j'ai pas d'idée.

— Et si on poursuivait l'enquête ?

— Après ce qu'on vient de se prendre ? Tu perds la tête, ma pauvre.

— Tu as vu quelque chose rue Blanche quand tu es monté à l'étage avant que l'escouade ne débarque ?

— Un courant d'air. Une lucarne poussiéreuse, avec des traces de main toutes fraîches. J'ai pas eu le temps d'en voir plus, mais je suis certain que quelqu'un s'est enfui par là. L'agresseur de Max, ou bien Santini. À moins que tous deux ne soient qu'une seule et même personne, je ne sais plus. J'ai pas envie de réfléchir. Je crois que j'ai eu ma dose.

— Partons du principe que Max nous dit la vérité, tu veux bien. Dans ce cas, l'agresseur et Santini sont forcément deux personnes distinctes. C'est la théorie de Max. Quelqu'un d'autre pense comme nous que Santini peut nous mener à la mystérieuse mallette et que la clé de l'affaire se trouve dedans. Et cet autre-là est prêt à tuer pour retrouver Santini.

— Tu me demandes trop, Anita. Je sacrifie déjà tellement à ce boulot. Là, je suis passé à deux doigts du divorce. J'ai pas envie de finir comme Max.

Anita réfléchit un instant. Garcia a raison. Si tous deux s'en sortent avec un blâme, c'est que le commandant les a protégés. Malone ne supporterait pas de créer le trouble dans le couple de son ami. Mais pour elle-même, l'enjeu est différent. Pas de divorce dans la balance, mais la prison pour l'homme qu'elle aime.

— Admettons que tu n'auras jamais entendu ce que je vais te dire. J'ai juste besoin d'un conseil.

Garcia accepte d'un hochement de tête. Aussitôt, Anita lui confesse la révélation de Max concernant le mouchard et les bouts de peau sous les ongles de Malone. La capitaine se lève sans un mot pour préparer deux autres cafés. Même effort de mollesse.

— Pourquoi tu n'as rien dit à l'interrogatoire ? finit-il par demander.

— Parce que je n'étais pas certaine que Max désirait en parler. Manifestement, il a choisi de se taire.

— S'il ne t'a pas menti, pourquoi aurait-il passé sous silence des faits qui l'auraient disculpé ?

— J'en sais rien. Son maudit instinct, sans doute.

— Et tu voudrais que je te dise comment exploiter le prélèvement d'ADN sans éveiller les soupçons ?

La réponse est si évidente qu'Anita ne prend pas la peine de la traduire en parole. Gagnée par l'indolence de son collègue, elle pense à Malone dans sa cellule et une bouffée d'émotion vient embuer son regard. À l'autre bout du canapé, Garcia frissonne.

— Finalement, j'ai peut-être une idée… murmure-t-il.

Mercredi 27 juin, 17 h 30

Un choc métallique éveille Malone en sursaut. Le commandant se redresse sur sa paillasse. Hébété, il regarde trois hommes en costume gris pénétrer tour à tour dans son étroite cellule pour venir l'encadrer. Il passe une main dans ses cheveux hirsutes et une langue pâteuse sur ses dents, incapable d'ancrer cette situation dans la réalité.

— Suivez-nous.

Malone obtempère. Il n'a pas encore restauré les raisons de sa présence en ces lieux. Il ne cherche même pas à savoir où on l'emmène, pas plus qu'il ne proteste lorsqu'on lui passe les menottes. Il se regarde d'en haut, échappé de son corps, pas franchement pressé de découvrir les surprises que lui réserve encore ce mauvais scénario. Car déjà, sa garde à vue ne suit pas le déroulement protocolaire. S'il devait comparaître devant un juge, les types qui l'embarquent ne seraient pas vêtus en civil. Au sous-sol, une fourgonnette les attend. Malone est invité à s'asseoir sur un banc à l'arrière, dans un habitacle sans vitre. Le moteur démarre et le voici bringuebalé au gré des accélérations, freinages et virages d'un itinéraire dont il ignore la destination. Le commandant profite de la demi-heure que dure le trajet pour se remémorer les événements des dernières heures. Il pense aussi à son équipe. Le regret d'avoir exposé ses collègues à pareil déshonneur lui brûle l'estomac. Pourvu qu'on les ait épargnés. Le fourgon stoppe et les portes s'écartent sur un autre parking. Encore du béton. Du béton jusqu'à l'écœurement. L'escorte conduit Malone dans d'interminables couloirs en sous-sol jusqu'à une pièce au mobilier spartiate. La lumière du jour lui manque cruellement. Sans un mot, un type en gris l'invite à prendre place sur un tabouret et referme la porte sur lui. Une autre demi-heure s'écoule. N'ayant rien de mieux à faire, Malone en profite pour s'assoupir jusqu'à ce que d'autres individus fassent irruption dans la pièce. Malone cherche en vain une trace d'humanité sur leurs visages inexpressifs. Il est certain d'avoir affaire à des agents de la DGSE. Le plus jeune lui retire les menottes, un autre apporte un plateau et Malone n'en croit pas ses yeux. Du pain, du fromage et une bouteille de bordeaux. La vie est curieusement faite. Lorsqu'on touche le fond, il suffit d'un petit rien pour vous renvoyer au ciel. Le plus âgé de la bande invite Malone à se servir.

— Nous avons pensé qu'une petite collation vous ferait du bien. Mettez-vous à l'aise.

Le commandant ne se fait pas prier. Pendant que le serpent qui l'a convié au festin s'enroule sur une chaise en face de lui, il se sert un verre et attaque le camembert. Les deux autres reptiles se plaquent contre le mur de part et d'autre. Bien qu'il soit impatient d'entendre l'avis des services secrets sur l'affaire, Malone respecte la priorité de ses besoins physiologiques. Une dernière gorgée de rouge, et l'entretien peut commencer.

— Vous êtes accusé du meurtre d'Édouard Paulbert, entame le *serpent-chef*. Les preuves s'accumulent contre vous. Vous n'aimez pas les gays, vous êtes instable. Sous la pression d'une enquête difficile, vous déraillez et vous commettez un meurtre homophobe.

— Foutaises.

— Des foutaises qui pourraient vous coûter vingt ans de réclusion.

— Et vous me convoquez pour me dire ça ? Bertier aurait aussi bien pu le faire.

— Ici, nous croyons à votre version des faits. Ne vous méprenez pas. Nous sommes de votre côté. Laissez-moi vous raconter une histoire…

Le fonctionnaire aux tempes grisonnantes se lance dans un monologue complaisant. Les services secrets s'intéressent de près aux affaires de la Geneticorp depuis qu'ils ont eu vent que CX menait des tractations de nature à violer le secret de la Défense. La société développe un programme hautement stratégique pour le compte de l'armée dont le contenu est classé top secret. Sur la sellette dans l'entreprise qu'il avait lui-même fondée, le milliardaire semblait préférer saborder le navire plutôt que d'en être débarqué. Il aurait joué un jeu dangereux en faisant monter les enchères entre plusieurs acheteurs potentiels d'une technologie révolutionnaire. L'un de ses contacts est un espion russe que la DGSE avait repéré dans le sillage de l'affaire Skripal en 2018. C'est d'ailleurs en suivant sa trace que le contre-espionnage a découvert les agissements de Charles-Xavier de la Mézenière. Malone le connaît, puisqu'il s'agit de Tatiana Romana alias Samantha Kolmann ou encore Gloria Sborovitch de son vrai nom. La DGSE n'avait pas connaissance d'un agent concurrent. C'est l'affaire même qui l'a révélé, et c'est Malone qui lui a donné un nom : Marco Santini. Les services secrets ignorent encore pour quelle organisation l'homme agit. Ce pourrait être l'Iran ou bien un groupe islamiste. La chaîne de transmission est longue. Ces réseaux pullulent de jeunes recrues difficilement repérables parmi les étudiants internationaux. Des éléments récents, appuyés sur l'enquête de Malone, ont démontré que CX rencontrait Santini de façon occasionnelle dans les parkings de la capitale. Cependant, rien ne laissait présager l'imminence de la transaction. Le crash a surpris tout le monde et c'est finalement l'enquête de Malone qui éclaire le plus sur ce qui s'est réellement passé. Gloria Sborovitch profite d'un coup de sang du milliardaire au sortir d'un conseil d'administration houleux pour le convaincre de passer à l'action. Santini comprend qu'il se fait doubler. Il file au domicile de CX dans l'intention d'intercepter les documents. Il le manque de peu et tombe sur madame de la Mézenière. Témoin trop gênant, il élimine l'épouse en maquillant l'agression en cambriolage puis se lance aux trousses du milliardaire. Il retrouve CX à Chèvreville au moment même où celui-ci décolle à bord de son avion privé. Il abat l'appareil et récupère la mallette dans les décombres. La suite, vous la connaissez. Les services secrets russes vous pistent pour remonter jusqu'à Santini qui se cache encore dans la capitale. Ils vous suivent jusqu'à l'appartement d'Édouard Paulbert, attendent que vous partiez, font parler le complice de Santini puis l'éliminent avec un couteau dérobé chez vous. D'une pierre deux coups. Vous les avez menés jusqu'à Santini, vous ne leur êtes plus utile. Au contraire même. Alors ils vous mettent hors-jeu en vous faisant accuser du meurtre de Paulbert. Mais vous perturbez leur plan en revenant sur place au lieu de rentrer chez vous comme prévu, et vous manquez de vous faire tuer à votre tour.

— Que pensez-vous de mon histoire, monsieur Malone ?

— Si je ne savais pas ce que je sais, je vous dirais que vous regardez trop la télévision. Mais ça se tient.

Malone aurait bien deux ou trois critiques à formuler, mais son instinct à fleur de peau l'incite à ne pas contredire son interlocuteur.

— Et puis… ajoute-t-il. J'aime bien votre histoire parce qu'elle me donne raison sur deux points.

— Lesquels ?

— Un : les deux affaires sont liées, l'agression de Madame, le crash de Monsieur. Deux : le chauffeur est innocent. Mais j'imagine que vous ne m'avez pas fait venir pour me raconter une histoire.

— Il manque une fin à cette histoire. Nous aimerions que vous nous aidiez à l'écrire. Les documents qui ont disparu représentent un risque majeur pour la sécurité nationale. Nous avons besoin de vous, Malone.

— Dois-je vous rappeler les accusations dont je fais l'objet ? répond le commandant avec un coup de menton en direction des menottes posées sur la table. Il faudra plus qu'une belle histoire pour convaincre les juges.

— Les juges, je m'en arrange. Rien ne résiste à la raison d'État. En l'invoquant, on accomplit des miracles. Officiellement, vous êtes démis de vos fonctions à la PJ et placé en liberté conditionnelle. Vous restez à notre disposition à votre domicile sous surveillance renforcée de façon à assurer votre sécurité en qualité de témoin clé. Vous récupérez votre téléphone, mais pas votre arme. Nous vous remettons un ordinateur sécurisé avec lequel nous restons en contact permanent. Nos agents vous contacteront sur ce canal pour vous transmettre les consignes. Ils répondront au nom de Crassus. Quant à vous, votre nom de code est Spartacus. Ça vous va comme un gant.

— Spartacus, rigole Malone, le gladiateur révolté contre la puissance de Rome. C'est de l'humour d'agent secret, je suppose. Et si j'avais juste envie qu'on me foute la paix ? Puisque je suis innocent.

— Eh bien, cette conversation n'aurait jamais eu lieu, et vous auriez tout le calme du monde entre les murs d'une cellule en attendant votre procès.

— En somme, je n'ai pas le choix.

— Ne vous plaignez pas. Rester les bras ballants ne vous ressemble pas. Cependant, je préfère vous avertir : votre remise en liberté n'est pas acquise. À la moindre incartade, je vous livre en pâture aux juges. N'y voyez rien de personnel. C'est pour nous la garantie de votre pleine et entière collaboration. Suis-je clair ?

— On ne peut plus clair, répond Malone en plantant un regard noir dans la pupille de son interlocuteur. Je suis un pion sur votre putain d'échiquier. Vous me dictez mon emploi du temps, vous me rebaptisez, et demain, je porte un tutu. C'est ça, où je plonge pour un meurtre que je n'ai pas commis. N'attendez pas de remerciement.

— Parfait. Puisque nous sommes d'accord, nous allons vous raccompagner chez vous. Mais avant qu'on se quitte, Spartacus, dites-moi. Vous n'auriez pas omis de nous dire quelque chose ? Par exemple, un détail qui expliquerait comment les services secrets russes vous ont suivi jusque chez Paulbert.

Une main appuyée sur sa bouche, Malone fait mine de réfléchir. Certes, il pourrait mentionner le mouchard trouvé sous la moto, ou mieux encore, ces bouts de peau arrachés à son agresseur dans l'appartement de Paulbert. Mais il ne dira rien parce que l'expérience lui a enseigné qu'il faut toujours se méfier des services secrets. Une information est une arme à double tranchant.

Dans la voiture du retour, Malone se renseigne sur le sort réservé à ses collègues. Anita et Garcia s'en tirent avec un blâme et le reste de l'équipe est épargné. Malone savoure le soulagement, soudain sourd aux dernières recommandations de son escorte. Son esprit est ailleurs, il s'est envolé du côté de ses collègues qui ont eu les tripes de le suivre dans un combat insensé. Lorsqu'il sera chez lui, sûr, il trinquera à leur santé.

Mercredi 27 juin, 23 heures

Malone se tient à l'écart des ouvertures conformément aux recommandations de son nouvel employeur. D'après eux, sa carrure de gladiateur offrirait une cible trop évidente pour un tireur d'élite. Et justement, il en est un qui court dans la nature. Malgré la chaleur nocturne, Malone a également fermé l'accès à la terrasse qu'il laisse habituellement ouvert jour et nuit. Grimper jusqu'au balcon n'est pas bien difficile. Le voleur du couteau qui l'accuse a d'ailleurs ouvert la voie. Inutile de tenter le diable une seconde fois. Malone étale sa carcasse sur le canapé. Il cherche en vain la décontraction dans le confort de l'assise. Son esprit s'égare dans le dédale de ses soucis. De temps à autre, il marque une pause pour remercier sa flasque de whisky de lui offrir en liquide un semblant de liberté. Son estomac gargouille sous la torture des effluves de tomates et d'origan qui s'échappent du four où termine de cuire la fameuse pizza quatre fromages objet de ses fantasmes alimentaires depuis maintenant trois jours. Soudain, un cognement sourd fait trembler la terrasse. Malone se jette à terre par réflexe, porte la main à son holster avant de se souvenir que son arme est confisquée. Changement de tactique, le policier rampe jusqu'à la prise électrique et débranche la lampe pour se fondre dans le noir. Puis il se déplace à nouveau de façon à se donner un angle de vue sur le balcon. Du recoin où il s'est replié, il distingue nettement une silhouette accroupie derrière la vitre. Le cœur de Malone bondit dans sa poitrine. Aussitôt, le commandant rebranche la lampe, allume sa chaîne hi-fi pour envoyer le son qui couvrira sa voix puis se glisse jusqu'à la baie vitrée pour l'entrouvrir de quelques centimètres.

— Anita, chuchote-t-il, qu'est-ce que tu fous là ?

— J'ai un truc important à te dire, souffle la jeune femme.

— T'es complètement folle de venir ici. C'est dangereux. Tu pouvais pas m'appeler ?

— Max, tu te doutes bien que t'es sur écoute…

— Ici c'est pas mieux. L'appart est surveillé.

— Je sais. Tu crois que ça m'amuse de jouer les monte-en-l'air ? Ton ange gardien est en train de s'enfiler un Big Mac avec des frites en matant une série sur le parking de derrière. À la vitesse où il mange, on a un peu de temps.

— Qu'est-ce que tu voulais me dire ? C'est à propos de mes petits bouts de peau de l'assassin ?

— Non. Ça, Garcia s'en occupe. Les prélèvements sont partis à Écully, mais c'est pas encore revenu. Je suis venu pour te dire que Santini n'a pas pu descendre le zinc. Il possède un solide alibi pour le soir du crash.

— Vas-y, explique.

— Fred a épluché les comptes de Santini. Il est tombé sur une dépense de location de voiture. En creusant l'affaire, on découvre que Santini a loué une caisse l'après-midi du crash. Il l'a restituée le lendemain matin à neuf heures. D'après l'employé, c'était pas prévu qu'il revienne si vite. Santini a parcouru plus de mille bornes en moins de seize heures. Avec Fred, on s'est dit qu'il devait avoir emprunté les autoroutes. Et bingo ! Fred a réussi à reconstituer le parcours. Santini s'est rendu dans l'est de la France, du côté d'Oyonnax, à la frontière avec la Suisse. Il y est resté quelques heures avant de faire le trajet dans l'autre sens.

— Ça pue l'alibi fabriqué, tu trouves pas ? Comment pouvez-vous être sûrs que c'est bien notre homme qui conduisait ?

— Il s'est arrêté à une station-service le vendredi matin. On a récupéré un joli cliché de lui en train de boire un café. Santini n'a pas pu tuer CX.

— Ou alors il possède un complice qui lui ressemble... ou un frère jumeau.

— Max... qu'est-ce qu'elle te souffle, ta fameuse intuition ?

— Que tu as raison, et que je suis en train de danser avec le diable.

Malone arpente le silence afin de mesurer les conséquences de l'éventualité. Le doute persiste, mais si Santini n'a pas tiré sur l'avion, la petite histoire de Crassus ne tient pas la route. Et l'autre scénario qui se dessine dans l'esprit donne la chair de poule. Malone se souvient des paroles du directeur de la police judiciaire : « On a besoin de vous. L'ordre vient d'en haut. C'est vous et personne d'autre. » Oui, bien sûr. Il leur fallait un bon flic pour retrouver la mallette. Mais il leur fallait aussi un flic facile à mettre hors-jeu. Avec son passé d'alcoolique et son paquet de sanctions, Malone était le candidat idéal. Et le voici pris dans la toile. Anita lit la détresse sur le visage de Malone. Elle approche de lui sa petite mine angoissée, appuie son front contre le sien, respire l'odeur rassurante de son torse.

— J'ai peur, Max.

— Faut pas que tu restes ici, Anita. Je ne sais pas ce que je ferais si…

Malone ne termine pas sa phrase. Anita se tait. Dans la pénombre, son regard pétille comme jamais. Elle non plus ne sait pas ce qu'elle ferait s'il arrivait malheur à cet homme. Contrairement à lui, cette pensée est pleinement assumée. Malone se laisse embrasser de nouveau. Et le baiser traîne en langueur. Un bruit les dérange. Anita arrache ses lèvres à regret, puis son ombre disparaît par-dessus le parapet. Malone se redresse, en proie à une furieuse envie de botter le cul à tous ces empêcheurs de vivre en paix. D'abord dévorer la pizza, puis réunir l'état-major de sa revanche.

Jeudi 28 juin, 9 h 07

Tiré trop tôt d'une nuit d'insomnie, Santini examine la piaule minable où il a échoué. Il dévisage le plafond qui reste sottement muet, avec sa fissure en coin et ses lambeaux de toiles d'araignées, puis entame le tour de la pièce, comme la trotteuse d'une montre géante dont la chambre serait le cadran. L'armoire, en pur style formica des années soixante-dix, le lavabo qui fuit, un ploc toutes les vingt-trois secondes, la glace ébréchée, la chaise avec ses barreaux manquants, tout juste bonne à supporter le poids de son jean. Juste à côté, une fenêtre aux rideaux gris de déprime laisse tomber sa crasse sur une petite table branlante. Voilà l'autre coin, couvert de moisissure, puis la table de nuit, avec le reste de son sandwich d'hier soir épargné par son manque d'appétit. Puis viennent le lit, ses punaises, sa couverture crasseuse et son odeur de tabac froid. Encore un coin, voici la porte dont une fissure laisse filtrer la lumière du couloir, ses va-et-vient incessants, ses portes qui claquent et ses matelas qui grincent. Au-dessus de sa tête, un pauvre crucifix semble s'apitoyer sur son sort. C'est bien le seul à s'émouvoir. Voilà, il a fait le tour, il recommence. L'armoire, en pur style formica des années soixante-dix, le lavabo qui fuit.

Ploc, ploc, ploc, toutes les vingt-trois secondes… Santini n'a rien d'autre à faire qu'écouter sa vie se putréfier, avec pour seule distraction, le concert des râles dans cet hôtel de passe. Et clac, revient la pensée noire. Édouard poignardé par sa faute. Pauvre garçon, il ne méritait pas ça. Impossible à distraire plus de deux tours de chambre consécutifs, sa culpabilité revient torturer ses méninges. Ploc, ploc, ploc…

— Tu dois payer ! lui crie-t-elle. Tu connaîtras la misère et la peur jusqu'à ce que l'assassin te retrouve et transperce ta peau. Voilà ce qui arrive lorsque tu t'assois à la table du diable ; il t'offre le festin, mais il te bouffe au dessert.

— Finalement, se dit Santini, je serais mieux en prison.

La petite phrase flotte un moment dans l'air au milieu de la pièce. Au moins, en détention, il serait pris en charge. Nourriture, santé, logement… et protection. Plus de question à se poser. Il pourrait même reprendre sa plume… Machinalement, il sort la petite carte qu'Édouard lui a remise, avec le numéro d'un policier. Il en caresse les bords, apprivoise l'idée. Après tout, pourquoi pas ? Au fond du trou, nul risque de tomber plus bas.

Santini se lève d'un bond, s'habille en vitesse et descend quatre à quatre retrouver les trottoirs de Pigalle. La première boutique d'électronique de Chine fait l'affaire. Le vendeur lui procure un téléphone basique avec une carte prépayée, oubliant de lui demander son identité contre un plus gros billet. Santini s'offre ensuite un café avec la vue sur Montmartre. Puis la cigarette du condamné qu'il savoure à petites bouffées. Sur le coin du guéridon, il met au point son plan. Vers dix heures, il compose le numéro de Malone.

— Marco Santini, se présente-t-il, j'aimerais vous rencontrer.

— Ah ! s'exclame le commandant en riant. Vous tombez bien. Max Malone. Je vous cherchais.

— Je veux vous parler seul à seul. Pas d'arme, pas de micro. Juste vous et moi.

— Vous vous rendez compte que vous êtes le principal suspect d'un homicide, voire de deux ?

— Je sais. Je suis prêt à me rendre, mais d'abord, je veux vous parler.

— Qu'est-ce qui me dit que je ne risque rien, moi ?

— Je n'ai assassiné personne, monsieur Malone. Et quand bien même, croyez-vous vraiment que j'aurais envie de m'ajouter le meurtre d'un flic au palmarès ?

— Ça me va. Mais je vous préviens, si vous deviez ne pas tenir parole, faites en sorte de ne pas me rater. Parce que je cogne dur, et là, j'ai vraiment les poings qui démangent.

— Onze heures. Devant la fontaine Pigalle. Seul, pas de micro, pas d'arme. Prenez votre téléphone avec vous.

Et Santini raccroche. Une conversation de moins de trente-cinq secondes que les flics n'auront pas le temps de localiser. Professionnel.

Jeudi 28 juin, 9 h 10

Moins de trois minutes après que Malone a raccroché de sa conversation avec Santini, une équipe des services secrets débarque chez lui munie d'une grosse mallette.

— Ôte ton tee-shirt, Spartacus, ordonne un agent, fendant son visage lisse d'un sourire goguenard.

L'air mauvais, Malone fait un pas en avant. Le type recule en protégeant sa tête. Plus vif, le commandant attrape son oreille et la tire jusqu'à sa bouche.

— Santini a dit « pas de micro », murmure-t-il avant de relâcher un lobe rougeoyant.

L'agent se frotte l'oreille sous le regard sidéré d'un autre, tandis que le troisième, une femme, affiche un air amusé.

— Nous allons vous installer du matériel dernier cri, dit-elle. Le fil est invisible à l'œil nu. Déshabillez-vous, je vais vous montrer.

C'est si gentiment demandé que Malone obtempère. Il ne frémit même pas lorsque la professionnelle lui colle une pastille couleur peau au milieu des poils de son torse.

— Avec ça, nous pouvons entendre vos conversations et vous localiser avec une précision de vingt mètres. Voici les clés de votre moto. Vous avez l'autorisation de sortie.

Votre mission est simple : entrer en contact avec le suspect, le faire parler le plus longtemps possible le temps que nous puissions intervenir. Après, vous nous laissez faire. Reçu ?

Malone fait signe que oui. Les retrouvailles avec sa Voxan, le plein air, et enfin de l'action. Voilà une journée qui commence bien !

Jeudi 28 juin, 11 heures

À onze heures pétantes, Malone se plante devant la fontaine de Pigalle dans son rôle de Spartacus, dos tourné au Moulin Rouge dont les néons sont tristement éteints. L'image idiote où c'est lui qui fait la scène vêtu d'un tutu lui traverse furtivement l'esprit. Cette affaire commence sérieusement à lui déglinguer les méninges. Il est temps que ça cesse. Le policier se ressaisit et entreprend de chasser le visage de Santini parmi la faune des passants. Mais le play-boy ne se montre pas. Au bout de cinq minutes, le portable du commandant vibre. Lorsqu'il décroche l'appel, la même voix que le matin l'invite à changer de lieu.

— Voyez l'arrêt à vingt mètres devant vous ? Il y a un bus qui arrive. Montez dedans. Je vous rappellerai pour vous dire où descendre.

« OK, se dit Malone. Un jeu de piste. L'oiseau n'est pas trop *con*. »

Malone grimpe dans l'autobus. En serrant les dents, il arrache son mouchard puis le colle discrètement au caddie d'une vieille dame.

« Bon voyage, monsieur Crassus. »

Après quoi le commandant se fraye un chemin parmi

la marmaille jusqu'à la porte de sortie. Le second appel intervient dix arrêts plus loin.

— Descendez. Vous avez rendez-vous avec une moto-taxi.

« Astucieux… » juge Malone.

Une moto l'attend comme annoncé. Malone monte à l'arrière de l'engin. C'est une première pour lui. Quand le deux-roues s'insère dans la circulation, le policier déteste cette sensation de dépendre d'un autre conducteur. Pour un peu, il aurait mal au cœur. Le chauffeur roule vite. Il grille les feux et prend des risques inconsidérés. Malone se retourne à chaque fois qu'il le peut. Personne ne suit. Son téléphone vibre de nouveau, en appel masqué cette fois. Sans doute Crassus, furieux du pied de nez que Malone vient de lui adresser. À l'heure qu'il est, une brochette de pupitreurs doit analyser en temps réel les caméras de la ville pour retrouver sa trace. La moto s'arrête dans une ruelle au niveau d'un scooter qui lui fait signe de monter à l'arrière. Malone change de selle. Le scooter démarre aussitôt et s'en va se perdre dans les ruelles de la butte Chaumont pour enfin couper son moteur devant un banc ombragé à l'orée d'une placette. Le conducteur ôte son casque et Malone reconnaît Santini.

— Bon, dit-il, ici on devrait être tranquilles.

Les deux hommes se toisent un moment. Malone et sa stature d'ours. Santini, plus félin.

— Pas de micro ?

Malone soulève son tee-shirt et désigne un rond de peau presque à sang au milieu de sa toison.

— Il y en avait un. Je l'ai ôté.

— Je n'aurais rien remarqué. Pourquoi vous avez fait ça ?

— Parce que ma confiance en ceux qui me l'ont collé est assez limitée, et parce que j'ai quelques raisons de penser que vous êtes innocent. À moins que vous me disiez le contraire…

Santini tâte la poche de sa veste de jean, en extrait un paquet et propose une cigarette à Malone, qui trouve que décidément, le gars possède du savoir-vivre. Le trentenaire allume les deux clopes de sa main imberbe et lorsqu'il estime ses poumons suffisamment chargés de nicotine, il soupire un nuage de fumée.

— Voilà comment ça s'est passé, dit-il.

Santini fait remonter l'histoire à son rêve étudiant. À l'époque, il se voyait gonfler le rang glorieux des pionniers du journalisme d'investigation français au même titre qu'un Louis Blériot aux temps avant-coureurs de l'aviation. Un rêve bien vite déçu par ses débuts dans la vie professionnelle. Il fallait bien gagner sa croûte. Ses premières expériences dans le métier se fondirent avec celles d'un autre ordre. Une pige par-ci, une coucherie par-là. C'est la période où le jeune homme découvrit son homosexualité. Quelques années plus tard, Santini devenait l'amant de Marc-Antoine de la Mézenière, qui persuada son père de l'embaucher à la direction de la communication à la Geneticorp. Un soir où les deux amants s'étaient passablement drogués, le fils du milliardaire tint des propos délirants au sujet d'un département secret de l'entreprise où se déroulaient de curieuses expériences sur le clonage humain.

— Je m'en souviens très bien, parce que le pauvre garçon voulait que je me fasse cloner en mille exemplaires pour assouvir ses fantasmes. Selon ses propres termes, c'était son « petit secret de famille ».

— Je vois bien le personnage…

Le lendemain, Marc-Antoine avait tout oublié. Pas Santini, qui avait pris très au sérieux la confidence sur l'oreiller. Moins d'une semaine plus tard, le cadre dirigeant quitta son amant comme un malpropre pour jeter son dévolu sur une autre jeune recrue. La rupture atteignit Santini dans sa chair. Profondément blessé, il voulut se venger, pensant tenir dans les révélations de son ex l'arme de sa revanche. La perspective d'exposer le scandale au grand jour ayant ravivé son rêve de gloire, il se lança tête baissée dans une vaste enquête depuis l'intérieur. Et c'est là que Paulbert entra en scène. Édouard était un jeune chercheur qui travaillait dans un de ces départements secrets. Santini le séduisit pour les besoins de l'enquête, et finalement, leur relation devint plus intime que prévu. Édouard lui révéla tout de ses recherches. Santini fut bientôt incollable sur l'alopécie masculine, mais d'expérience interdite, il ne trouva pas le moindre indice. À force de fouiner à droite à gauche, il commit quelques maladresses, qui lui valurent des avertissements. Il récidiva, on le congédia. Il insista encore, portant sa cause aux prud'hommes pour dénoncer un licenciement abusif.

— Je me suis emporté, se justifia Santini. J'ai proféré des menaces. J'ai dit que CX ne méritait pas de vivre, que je ne raterais pas l'occasion d'éliminer ce nuisible. Je n'aurais pas dû. J'étais énervé, mais c'est ce qu'on a retenu. Viré pour faute grave et menace de mort. Mon avocat n'était pas aussi bien payé que le leur.

Bien sûr, Santini perdit son procès. Et le service de com de la Geneticorp s'appliqua à lui tailler une telle réputation de pestiféré qu'il demeura plusieurs années au chômage. Mais voilà, son humiliation réclamait réparation. Des mois de précarité financière tournèrent sa soif de vengeance en obsession si bien qu'il continuait à graviter autour de l'entreprise pour y trouver la faille. Parmi la masse d'informations qu'il avait subrepticement collectée, il pensait posséder suffisamment de matière douteuse pour entamer une opération de chantage lucrative. Mais sa démarche était finalement plus velléitaire que courageuse. Il repoussait toujours le passage à l'acte jusqu'à cette curieuse rencontre avec Samantha Kolmann, une très belle femme.

— Je sais, je sais, confirme Malone.

À l'entendre, la beauté avait elle aussi toutes les raisons du monde d'en vouloir au milliardaire. Tous deux se sont associés pour organiser l'enlèvement de CX. Le plan était simple. Samantha séduirait le milliardaire. Ses arguments sous la ceinture lui feraient perdre la tête. Elle n'en manquait pas.

— Je sais, je sais, confirme Malone. Vous savez où elle créchait ?

Quelque part dans le XVIIIe. Mais Santini a récemment réalisé qu'il ne savait presque rien d'elle. C'est toujours elle qui décidait du lieu de leur rencontre, et ce n'était jamais à son domicile. Il la voyait régulièrement dans un bar, jamais le même, et communiquait avec elle à l'aide d'un téléphone dédié qu'elle lui avait fourni. Quoi qu'il en soit, CX mordit fermement à l'hameçon. Il n'y avait plus qu'à ferrer la prise. La fille lui mit en tête l'idée de plaquer sa femme et sa société pour la douceur d'un paradis terrestre. C'est-à-dire également fiscal pour un roi de la finance. Sable blanc, eaux turquoise, un corps de sirène, et pas de taxes... Le milliardaire était mûr à point. En prévision de son évasion, il avait placé une somme d'argent colossale en petites coupures dans le coffre de son bureau. Le jour J, Samantha devait l'accompagner pour son dernier voyage d'affaires à bord de son avion privé. CX se passionnait pour l'aviation, il pilotait lui-même. Après le décollage, la complice droguait le milliardaire, prenait les commandes et atterrissait à Oyonnax aux premières lueurs de l'aube. Santini les attendait avec une voiture de location. Ils ligotaient le milliardaire dans les bois, puis passaient la frontière vers la Suisse dans le flot des frontaliers. Ils déposaient l'argent en banque dans deux comptes séparés, chacun le sien, puis munis de faux passeports, s'envolaient pour les Caraïbes le jour même pour y vivre leur vie chacun de leur côté.

— Et pour l'épouse de la Mézenière ? C'était quoi le plan ?

— Le plan ? Mais aucun. L'épouse ne faisait pas partie du plan. J'ai entendu qu'on a arrêté son chauffeur.

Malone accepte la seconde dose de nicotine que Santini lui tend puis écoute la suite du récit, concentré sur l'extrémité incandescente de la cigarette. Le déclenchement de l'opération fut plus soudain que prévu. En milieu d'après-midi, le jour du crash, Santini reçut un SMS de Samantha lui indiquant qu'elle décollerait vers vingt-trois heures et qu'il fallait l'attendre vers une heure trente à Oyonnax. La piste n'étant pas éclairée, il devait se garer à un bout et pointer ses pleins phares vers l'autre lorsqu'il entendrait le moteur à l'approche. Il attendit, mais l'avion n'arriva pas. Alors il rentra à Paris, apprenant en route que l'avion de CX s'était écrasé. À son arrivée dans le XVe, il remarqua que son appartement était surveillé. Il réussit à prendre la fuite, poursuivi par une brute dont les intentions n'étaient clairement pas bienveillantes. Puis il se réfugia chez Paulbert. Quelques jours plus tard, Édouard rentra en racontant que les flics l'avaient questionné. C'est à ce moment qu'ils remarquèrent la surveillance de Malone. Santini se réfugia dans la chambre de bonne qu'Édouard avait mise à sa disposition. Vers vingt-deux heures, il entendit un cri, et s'enfuit par la lucarne. La suite, Malone la connaît.

— Vous m'appelez parce qu'un tueur petit et râblé est lancé à vos trousses et que vous ne savez plus comment vous en défaire.

— Comment savez-vous qu'il est petit et râblé ?

— Parce que j'ai eu l'honneur de le rencontrer, moi aussi, répond Malone en exhibant la marque autour de son cou. Et vous avez une idée de ce que voulait le cosaque ?

— L'argent, je suppose. Samantha a dû parler. Elle fréquentait un drôle de monde. Si seulement j'avais le pognon... Je donnerais n'importe quoi pour sauver ma peau. Mais je n'ai aucune idée de ce qu'il est devenu.

— Il ne vous est jamais venu à l'idée que Samantha recherchait autre chose que de l'argent ?

— Non, quoi d'autre ?

— Des informations issues d'un département secret, par exemple.

Santini reste interdit.

— D'après les services secrets français, le véritable nom de Samantha Kolmann est Gloria Sborovitch, agent secret à la botte des services d'espionnage russes. Vous comprenez mieux comment votre complice a pu monter une opération d'une telle envergure ?

— Si c'était vrai, pourquoi m'aurait-elle associé ? Elle n'avait pas besoin de moi.

— Parce que vous étiez la couverture idéale pour camoufler l'opération d'espionnage derrière un enlèvement crapuleux. Vous êtes la cible idéale ; vous avez un passif avec l'entreprise, vous avez un mobile et vous êtes suffisamment déterminé pour foncer dans le piège.

— Ce seraient donc les Russes qui me courent après ?

— C'est l'avis de nos services secrets. Selon eux, vous possédez les documents qu'ils recherchent. Mais il y a une autre hypothèse… Savez-vous que les enquêteurs me considèrent comme le principal suspect du meurtre de votre ami ?

— Édouard ?

— Le couteau qui l'a tué porte mes empreintes. C'est bien normal, puisque c'est mon couteau de cuisine. Volé à mon domicile. La DGSE pense que les Russes voulaient me faire porter le chapeau pour effacer leurs traces. De vous à moi, c'est un peu gros. Les Russes détestent l'hémoglobine. Ils agissent au poison.

— Attendez, j'ai du mal à vous suivre. Vous insinuez que les espions français auraient tué Édouard ?

— Je n'insinue pas. J'affirme. Gloria Sborovitch devait se douter que l'opération était risquée. Elle avait pris la précaution de s'équiper d'un parachute. Je pense que nos services secrets ont voulu empêcher la fuite de documents qui compromettent la sécurité de la nation. Gloria avait déjà drogué CX. Elle déroulait votre plan jusqu'à ce que l'avion se fasse tirer dessus. Plutôt que laisser CX opérer l'atterrissage d'urgence, elle a préféré l'assommer pour provoquer le crash et se donner une chance de s'échapper avec les documents. Elle a réussi à sauter, mais elle avait reçu un pruneau. Elle est morte juste après avoir touché le sol.

— C'est complètement dingue.

— Et les dommages collatéraux, c'est vous et moi. Parce que nous en savons un peu trop au goût de la DGSE. Nous sommes des témoins gênants. Et nous voici maintenant la cible d'une vaste opération de nettoyage. Crassus contre Spartacus.

— Hein ?

— Non, laissez tomber. C'est des noms de code à la *con*.

— Alors on est foutus, c'est ça ?

— Pas tout à fait. M'est idée que cette fichue mallette court toujours.

— Qu'est-ce qui vous laisse croire ça ?

— Russes ou Français, tous ces espions ne feraient pas tant de manières à nous maintenir en vie si les documents étaient en leur possession. Personne n'avait approché le corps de Gloria avant qu'on ne la retrouve. Par contre, on a retrouvé des traces de pneus identiques près du poste de tir et près de l'épave. Cela signifie que le tireur est venu explorer l'épave. S'il avait retrouvé la mallette, l'histoire se serait arrêtée là. Et les vers nous auraient déjà bouffé la cervelle.

Santini observe Malone du coin de l'œil. Il s'attendait à finir menotté, et voilà que ce flic lui offre un espoir inattendu. Le type lui inspire confiance, sans bien savoir pourquoi. Est-ce ce regard fauve perdu dans la savane, sa crinière rebelle qui danse dans l'air chaud ou ses puissants abdos qui se dessinent sous son tee-shirt ? Santini suivrait cet homme au bout du monde s'il le lui demandait.

Malone ne remarque pas le regard alléché de Santini. Il plane dans le ciel nuageux de ses pensées. Depuis plusieurs jours, le commandant traque un détail dans les méandres de sa mémoire. Un détail qui pourrait bien être la clé de cette énigme… Il a remonté sa piste tel un trappeur, à l'affût de la moindre odeur, empreinte ou touffe de poils accrochée à un taillis. À présent, sa proie est toute proche, il la flaire, il devine son ombre. Soudain Malone bondit et son visage s'éclaire.

— Un petit tour à la campagne, ça vous tente ? propose-t-il.

— La campagne, c'est pas franchement mon truc. Mais c'est toujours mieux que l'enfer. Alors, si vous y tenez…

— Venez. Je pense avoir deviné où se trouve cette fichue mallette.

Jeudi 28 juin, 10 h 30

Le chef du service de réanimation de l'hôpital André Mignot a appelé Lunca ce matin pour lui dire qu'Anne-Charlotte de la Mézenière est enfin sortie du coma et qu'elle a aussitôt demandé à être entendue. Le médecin n'est pas favorable à l'entretien. La quinquagénaire est tant affaiblie qu'il le juge prématuré. Mais il a dû céder devant l'insistance de sa patiente. Il a fait promettre au capitaine qu'il viendrait seul et que l'entrevue ne durerait pas plus de quinze minutes. Lunca a omis de signaler sa mise à pied, trop impatient d'entendre ce que l'épouse est si pressée de révéler aux autorités.

À l'hôpital, on le déguise en meringue avant de le laisser entrer dans la chambre de la victime : gants, masque, blouse, surchaussures et charlotte. Sur l'oreiller, repose une tête enturbannée si grosse comparée au corps malingre allongé sur le lit que le capitaine a l'impression d'aborder un coton-tige.

— Capitaine Garcia Lunca, murmure-t-il. Je suis venu prendre votre déposition concernant votre agression.

— Ah ! s'écrit la femme, si fort que Garcia en fait tomber son stylo. Je suis bien contente de vous voir. Parce que ce *salaud* ne va pas s'en sortir comme ça.

— De qui parlez-vous, madame ?

— Mais de mon mari, quelle question ! C'est lui qui m'a mise dans cet état, figurez-vous ! Cette ordure ! Ah ça oui, j'aurais dû divorcer depuis longtemps ! Parce que je peux vous en raconter des belles sur le personnage ! Un sacré pervers ! Si vous saviez ce qu'il nous a fait subir, à moi et aux enfants ! Mais maintenant, c'est fini ! Je vais tout déballer ! Tant pis pour le qu'en-dira-t-on.

— Si vous voulez bien, madame, commençons par les faits le soir de votre agression. Car monsieur Ouali est actuellement sous les barreaux, accusé de vous avoir frappée.

— C'est stupide ! Jamais Ismaël n'aurait levé la main sur moi. C'est un ami très proche, un confident. C'est l'autre, le monstre. Et il fera moins le malin quand je vous aurai tout raconté.

Garcia parvient tant bien que mal à canaliser le torrent de haine qui s'écoule de cette bouche émaciée. Au terme d'incessants recadrages, il finit par reconstituer le fil des événements le soir du crash. CX est rentré vers dix-neuf heures trente, confirmant les faits déjà établis. Il a congédié son chauffeur, puis il a annoncé à sa femme qu'il allait la quitter. S'en est suivie une violente dispute où l'épouse a menacé de révéler le passé incestueux du mari s'il devait partir. Au moment où elle lui avouait son adultère avec le chauffeur, le milliardaire est entré dans une rage folle. Il lui a arraché son collier, et comme elle se débattait pour conserver sa bague, il lui a fracassé le crâne avec le cendrier. Il aura ensuite jeté les bijoux dans le réservoir de la limousine pour désigner le coupable en la personne de Ouali. Le salaud aura même poussé le cynisme jusqu'à appeler sa femme depuis son bureau pour lui dire qu'il n'avait pas verrouillé l'entrée, sachant que le chauffeur n'a pas la clé et que la pauvre épouse, vidée de son sang, ne pouvait pas répondre. Si madame de la Mézenière n'avait pas survécu, CX aurait commis un crime parfait.

Le quart d'heure autorisé touche à sa fin et Lunca estime qu'il n'est pas de son devoir d'annoncer à l'épouse la mort de son mari. Il repart avec l'information qu'il était venu chercher. Une fois de plus, Malone avait raison. D'une part, le chauffeur est innocent. D'autre part, l'agression de Madame relève bel et bien d'une affaire de couple. Un éclair d'admiration éblouit le capitaine. N'en déplaise à Bertier, Malone, quelle formidable intuition policière !

Jeudi 28 juin, 11 h 06

Malone a gentiment « emprunté » une grosse cylindrée à un motard arrêté à un feu rouge. Bien mieux à sa place au guidon que sur la selle passager, c'est à son tour de slalomer dans les bouchons de la capitale et au tour de Santini de verdir à l'arrière. De peur qu'un virage l'éjecte, le pauvre homme s'accroche à la taille de Malone, qui se passerait bien de ce contact physique malaisant. Le commandant doit pourtant reconnaître qu'il y va fort, et somme toute, mieux vaut subir cet embarras plutôt que perdre son acolyte. Passée la porte Saint-Denis, Malone emprunte l'autoroute en direction du nord. Dans la ligne droite, il pousse la machine au-delà des deux cents kilomètres-heure. À l'arrière, Santini est tendu comme une peau de tam-tam sur laquelle tambourine son cœur terrorisé. L'équipée dépasse les usines Citroën et bifurque pour rejoindre la Francilienne en direction de Villepinte avant de s'engager sur la nationale 2 jusqu'au Plessis-Belleville qu'elle atteint en un temps record. Le calvaire de Santini ne s'arrête pas là, car la moto engage maintenant un slalom sur les routes de campagne, taillant ses virages serrés dans la sinuosité de la chaussée, soignant le planté de bâton à chaque bosse. Entre nids-de-poule, dos d'âne et bouses de vaches, toute une basse-cour s'est liguée pour magnifier la nausée de Santini qui comprend maintenant pourquoi il déteste tant la campagne. Enfin, l'engin ralentit pour une série de ruades le long d'un chemin cabossé, passe à côté de l'épave calcinée d'un avion puis s'immobilise un kilomètre plus loin en bordure d'une étable.

— C'est ici, indique Malone en pointant la bâtisse. J'en suis sûr. Les chiens ont hésité à cet endroit. Sur le coup, on a tous pensé que c'était à cause des vaches, mais non. C'est parce que la piste fait un détour. Les chiens ont suivi la plus récente. Gloria se savait mourante. Elle a dû s'arrêter pour cacher la mallette. Professionnelle jusqu'au bout.

Santini n'a prêté qu'une attention distraite aux propos de Malone. Il termine de se vider, plié en deux au-dessus d'un fourré d'orties. Au-dessus, le ciel s'est encombré de nuages menaçants. Pour la première fois depuis des semaines de canicule, un vent frais soulève la poussière du chemin.

Malone se glisse entre les barbelés puis aide Santini à le suivre. Les deux hommes contournent l'étable jusqu'à l'entrée du bâtiment. Le commandant enfonce son épaule dans la porte qui cède au premier coup de semonce. Les bestiaux sont absents, mais leur odeur est bien là. Santini plonge son nez dans son coude. Parmi les poutres, un couple de pigeons s'offusque de l'intrusion à furieux battements d'ailes. Quelques plumes duveteuses descendent doucement dans l'air poussiéreux comme les premiers flocons de neige. Malone repense immédiatement à la petite plume coincée dans la perruque de Gloria.

— Évidemment, dit-il en tournant son regard vers l'immense charpente aux tuiles édentées. À peine tombée du ciel, Catwoman a voulu y remonter pour chasser les pigeons.

— Que voulez-vous dire ?

— Que c'est là-haut que ça se passe.

— Là-haut ? Les poutres se situent à plus de quatre mètres. Comment voulez-vous qu'on les atteigne ?

— Cherchez, Santini. Mettez-vous à la place de Gloria. Et imaginez.

— Là ! s'écrie le trentenaire. Regardez, une trace brune juste sous la poutre. On dirait du sang.

— Bien vu. Vous êtes plus léger que moi, je vais vous faire la courte échelle et vous grimperez.

Malone hisse le corps souple de Santini jusqu'au-dessus de sa tête d'où celui-ci parvient à s'agripper à une cheville de bois enfoncée dans le mur au-dessus d'un râtelier, puis il se hisse jusqu'à la poutre en utilisant les prises offertes par les espacements entre les vieilles pierres.

— Je la vois ! s'exclame le funambule.

— Dépêchez-vous, presse le commandant. J'entends un bruit de moteur.

Santini atteint la mallette de cuir posée en haut du mur et la jette au commandant avant de redescendre prudemment. Un cadenas à code sécurise le porte-documents. Les deux hommes se regardent. Ils ont cru percevoir le rugissement lointain d'un hélicoptère.

— Voilà le comité d'accueil. Cassons-nous.

Malone enfourche la bécane, Santini saute à l'arrière et le deux-roues s'emballe dans un nuage terreux. Lancées à ses trousses, une dizaine de voitures dévalent le chemin, toutes sirènes hurlantes. Puis un hélicoptère de l'armée surgit derrière la colline. La moto des fuyards longe bientôt une clôture en bord de la piste qui remonte vers l'aérodrome.

— Accrochez-vous ! prévient Malone.

Le conducteur utilise un talus comme tremplin et la moto s'envole par-dessus les barbelés pour atterrir sur l'herbe tondue. À cinq cents mètres droit devant, un biplace à hélices s'engage en bout de piste. Malone appuie sur l'accélérateur. Plus loin en arrière, un 4x4 défonce la clôture et les poursuivants s'engouffrent dans cette brèche.

Le commandant s'arrête au niveau du petit avion de tourisme et avise le pilote.

— Police ! hurle-t-il en s'accrochant à la carlingue. Nous réquisitionnons cet appareil.

Sidéré par la vision des dix voitures qui lacèrent la piste en fondant sur eux comme un aigle sur sa proie, le pilote ne demande pas son reste. Il fait signe à son passager de descendre et s'éloigne au pas de course, laissant tourner les pales. Santini prend place et Malone envoie les gaz. L'avion accélère, piquant droit sur les gyrophares de la patrouille. La collision paraît inévitable. Santini s'est déjà replié en position de sécurité. Au dernier moment, Malone tire le manche à lui et le coucou s'arrache au sol en passant tout juste entre les voitures et l'hélicoptère qui survolait la scène, frôlant la tôle au-dessus comme au-dessous. Au même instant, le ciel se déchire et déverse sur Chèvreville le déluge qu'il retenait depuis un mois. La pluie grise et froide emporte le paysage, piste, voitures et hélicoptère compris. Santini se tourne vers Malone, tout étonné d'être encore en vie.

— Et maintenant, on fait quoi ? crie le passager pour couvrir le bruit du moteur.

— On prie. Parce que je ne sais pas piloter. Encore moins sans visibilité.

— Vous plaisantez ?

— J'en ai l'air ?

— Non, mais… vous paraissez si calme.

— Ça aiderait que je panique ?

Santini se décompose. Un fou, il voyage en compagnie d'un fou. D'abord un fou à moto, et maintenant un fou en avion.

— Ça arrangerait pas mal de monde que cette histoire termine par un second crash, poursuit Malone. Mais je ne trouverais pas ça juste. Alors on va s'en sortir, vous et moi. J'ai un peu menti en disant que je ne sais pas piloter. Seulement, ça fait vingt ans que je n'ai pas touché les commandes d'un appareil. Alors, c'est plus vrai de dire ça que l'inverse.

— Je ne suis pas loin de préférer un crash à ce qui nous attend en bas. Vous avez vu la meute ?

— Arrêtez de dire des sottises. Vous oubliez qu'on a récupéré la mallette. Regardez sous votre siège, il doit y avoir une boîte à outils. C'est généralement là qu'on la range. Trouvez-moi un tournevis et faites sauter ce vilain cadenas. Pendant ce temps-là, je vole en rond.

Santini farfouille sous son siège et finit par en retirer un gros tournevis. Il s'acharne sur la pauvre mallette, massacre le cuir autour du cadenas. Vaincue, la pauvre bête rend l'âme en déversant des liasses de billets de banque. À l'intérieur, le journaliste découvre un épais dossier qu'il se met à feuilleter avec l'œil professionnel du reporteur.

— La vache ! s'écrie-t-il. Vous aviez raison. Il y a là-dedans de quoi révéler un véritable scandale d'État. C'est monstrueux !

— Vous me raconterez plus tard. Empruntez mon téléphone et scannez-moi tout ça. Prenez votre temps. Notre assurance vie ne vaudrait rien si les photos étaient floues.

La VHF se met à grésiller et Malone reconnaît la voix de Crassus.

— Cessez de faire le *con*, Malone. Posez cet appareil immédiatement où nous ouvrons le feu.

Malone chausse les écouteurs pendant que Santini s'applique à numériser le précieux document.

— Vous n'êtes pas en position de me donner des ordres, Crassus. J'ai sur les genoux un certain document dont je tairai le titre, car nous sommes sur les ondes. Si cela vous chante, je peux vous envoyer le scan de l'une des pages. Il y en a 465, vous n'aurez qu'à choisir. Les plus truculentes sont déjà en possession d'un ami de confiance qui a pour consigne de les rendre publiques s'il devait m'arriver quelque chose.

Le commandant profite du silence à l'autre bout des ondes pour demander à Santini d'adresser les documents à l'adresse de messagerie électronique d'Anita, par paquets de dix pages.

— Vous ne répondez pas, Crassus ? nargue Malone.

— Vous voulez quoi, au juste ?

— C'est pas compliqué. J'ai eu le temps d'y réfléchir quand j'étais enfermé. Vous avez de quoi noter ?

— Ne faites pas le malin et donnez vos revendications.

— J'en ai sept, comme les sept péchés capitaux. Un : l'abandon de toutes les poursuites envers moi, mon équipe, et Marco Santini. Blanchiment total. Rien dans les dossiers, rien au casier judiciaire. Deux : ma retraite anticipée à taux plein, dès aujourd'hui. Trois : la mutation de Garcia Lunca sur l'île de la Réunion. Je sais qu'il en rêve avec sa femme. Quatre : le licenciement pour Anita Manaud associé à une prime de départ équivalent à cinq années de salaire. Cinq : Guy Mauriac est nommé membre honoraire du service des archives de la PJ, avec un accès permanent et irrévocable à la bibliothèque. Six : Frédéric Huet et Julien Tardieu montent en grade. Ils deviennent lieutenants. Et sept pour finir : je ne veux pas voir un seul de vos agents à mon arrivée lorsque je poserai le zinc. Suis-je clair, Crassus ?

— Vous n'y pensez pas ! Soyez raisonnable, posez cet appareil.

— Ce n'est pas comme si vous aviez le choix, Crassus. Vous avez trente minutes pour me mettre tout cela par écrit et m'envoyer le document signé de la main du président de la République. Pour chaque minute de retard, je poste une page. Et tant que vous y êtes, dites au Président que je viendrai lui restituer le dossier en main propre à l'Élysée un de ces quatre. Rappelez-lui que si l'une des personnes que je viens de citer venait à disparaître dans des circonstances étranges, la bombe serait lâchée. WikiLeaks clamerait au monde entier que le pays des droits de l'Homme mène des recherches illicites sur « vous savez quoi » dans les labos secrets de « vous savez qui ». Croyez-moi, c'est peu cher payé pour un service rendu à l'État. Qui voudrait d'une tache indélébile sur le drapeau tricolore ?

— Vous êtes complètement malade.

— Qui est le malade dans l'affaire ? Il y a deux semaines, vous abattiez l'avion de CX et il y a deux minutes, vous étiez prêt à me tirer comme un pigeon.

— Et on dit quoi à la presse ? J'ai besoin d'un coupable. Livrez-nous au moins Santini.

— C'est votre problème. Santini est innocent, foutez-lui la paix. Fallait pas me jeter dans l'arène, Crassus. Vous avez perdu, il faut l'accepter. C'est fini, maintenant. Spartacus remporte la bataille, et vive la République ! Il vous reste vingt-neuf minutes.

Malone débranche son casque puis demande à son voisin de lui prêter son téléphone qui n'est pas sur écoute. Il compose le numéro d'Anita.

— Max, mais c'est quoi ce raffut derrière toi ? T'es où ?

— Tu devineras jamais... Je t'expliquerai, mais d'abord écoute-moi bien.

Malone dicte les consignes à Anita. Question de vie ou de mort. Sans attendre, elle quittera son domicile munie de son ordinateur portable et se trouvera une planque où elle téléchargera les documents qui doivent commencer à s'accumuler dans sa boîte électronique. Elle les sauvegardera sur trois clés USB qu'elle cachera en trois lieux sûrs différents, l'une pour elle, la seconde pour Garcia et la troisième pour lui-même. Précaution préalable ; elle éteindra son téléphone. Ensuite, elle effacera les messages, jusqu'à vider la corbeille. Inutile qu'elle prenne connaissance des documents, c'est un nid à *emmerdements*. Sur ces mots, Malone adresse un clin d'œil à Santini, qui acquiesce ardemment.

— Mais t'es où ? insiste Anita. T'as retrouvé la mallette, c'est ça ?

— Si tu veux le savoir, retrouve-moi avec l'équipe chez les Tontons flingueurs à dix-neuf heures. Je vous amène une vieille connaissance. Dis à Mamasim qu'on reste pour dîner, les stores fermés. Juste l'équipe et un invité surprise. On a quelque chose de grand à fêter. Maintenant, il faut vraiment que je te laisse. J'ai un avion à poser.

Malone assène une tape amicale dans le dos de Santini, toujours affairé à prendre les photos.

— Désolé, mon vieux. Votre carrière de Snowden, c'est pas encore pour cette fois. Mais vous n'aurez pas tout perdu. Gardez le fric pour vous. Personne le réclamera.

— C'est pas très moral, ça. Je suis peut-être pas un

tueur, mais j'étais quand même sur le point de commettre un enlèvement.

— Ça restera entre vous et moi. Prenez-le comme un dédommagement pour erreur judiciaire, et promettez-moi d'arrêter les conneries.

Sur ces mots, Malone met le cap vers l'ouest où l'orée des nuages s'ourle d'une lumière angélique. L'accalmie s'étend progressivement, rendant contours et couleurs au patchwork des champs qui s'étendent à perte de vue. Sous les ailes de l'avion, le paysage se délasse dans la fraîcheur retrouvée, ravi du plaisant dénouement.

Épilogue

Ce fameux soir, chez les Tontons flingueurs, les murs tremblèrent comme jamais. On but à la mémoire de Paulbert, on vomit sur celle du milliardaire. La troupe prit Bertier, Lajaunie et Crassus pour les cibles d'un joyeux chamboule-tout. Puis Mamasim sortit son accordéon et on dansa sur les tables sur un air de liesse jusqu'au bout de l'ivresse. La fête battant son plein estampilla les mémoires du sceau sacré de l'amitié. Un baiser qui n'étonna personne marqua le point culminant. Comme si tout le monde l'attendait. Lorsque les lèvres d'Anita se posèrent sur celles de Malone, une clameur tonna. Intrigué par le raffut, le Grand Destin passa une tête dans le bistrot, leva un sourcil amusé, puis souffla sur la mer de l'avenir un doux zéphyr qui changea le cap des petits navires de cette histoire.

Crassus tomba aux oubliettes. La presse annonça que la gendarmerie avait résolu l'enquête sur la mort de CX. Le milliardaire volage s'était fait refroidir par un mari jaloux qui finit de laver l'affront d'un coup de chevrotine dans l'abdomen de sa femme, une certaine Tatiana, avant de retourner l'arme contre lui. Au préalable, le criminel avait fait un crochet par le domicile des de La Mézenière pour s'en prendre à l'épouse. En somme, un banal fait divers, dont les médias fort déçus détournèrent vite leur attention.

Le sergent-chef Grandjean entra au service de la DGSE le jour même où les traits carnassiers de Steeve Stenson remplacèrent le portrait géant de CX dans le hall de la Geneticorp. Dans l'agenda du nouveau PDG, Alexandra Orval vit refleurir de mystérieux rendez-vous avec un certain monsieur M.

Ismaël Ouali fut innocenté. Malone le raccompagna chez lui à sa sortie de prison. L'attention n'était pas si délicate qu'il y paraît ; le commandant désirait seulement éclaircir un détail resté flou. Les deux hommes réglèrent l'affaire autour d'une bière et Malone repartit avec un paquet sous le bras. À présent, ils sont quittes.

Bien qu'Anne-Charlotte de La Mézenière eût récupéré ses bijoux, elle ne voulut plus les porter. L'aristocrate trouvait que son solitaire dégageait une odeur de gasoil. Elle le vendit aux enchères pour acheter une limousine avec le fruit de l'adjudication. Sa nouvelle raison de vivre consiste à dilapider sa fortune en pariant sur les chevaux selon les conseils éclairés de son chauffeur. Vincennes, Deauville ou Longchamp, Ismaël l'accompagne où qu'elle aille. Ensemble, ils prolongent l'exaltation des courses, perdues comme gagnées, derrière les vitres fumées du long véhicule.

Les enfants de la Mézenière regardent impuissants le hasard du jeu siphonner leur héritage. L'ingratitude maternelle offre une nouvelle pente au torrent de leur haine. Il fallait bien que leur fiel se déverse quelque part. Ils regrettent à présent que leur père n'ait pas eu la main plus lourde.

Le parquet s'indigna de l'erreur judiciaire commise à l'encontre de monsieur Ouali. Bertier fut sévèrement rétrogradé. Sa femme doubla le châtiment en le quittant sèchement. Le nouveau pestiféré de la magistrature ne trouva pas grand monde pour le plaindre. Il aura appris à ses dépens que museler son intuition, c'est s'exposer aux crocs-en-jambe des faits en trompe-l'œil.

Garcia et Rosalie Lunca se rabibochèrent. La petite famille réunie coule aujourd'hui des jours heureux face à l'océan Indien. L'huile d'olive comme le beurre ont déserté leur alimentation. L'île de la Réunion les a mis d'accord ; toutes les saisons se cuisinent à l'huile de coco.

Fred et Julien gagnèrent des galons. D'autres jeunes prirent leur place derrière les écrans, car désormais, qui l'eût cru, ils s'éclatent sur le terrain. Nounours s'arrache les cheveux parce qu'ils n'en font qu'à leur tête et dirigent leurs enquêtes à l'intuition. Malone ne voit vraiment pas où est le problème.

Guy Mauriac s'enferma pour rédiger ses mémoires. Quand ce n'est pas chez lui, c'est aux archives de la PJ. À ce jour, le doyen n'a pas refait surface. Relater quarante ans de métier n'est pas une mince affaire. Plus qu'un Atlas, l'épopée réclame une encyclopédie, peut-être même une traduction. Un jour, sa gouaille nous régalera d'anecdotes truculentes sur fond glauque d'interrogatoires à la lampe et d'escarmouches avec la pègre, pour peu qu'on la comprenne encore.

Marco Santini disparut des *danse floor* parisiens sans régler son ardoise à « L'arc-en-ciel ». La dette fut passée en pertes et profits, puis Paris l'oublia. Fidèle à son but initial, que Malone est le seul à connaître, le fêtard utilisa son butin pour ouvrir une boîte de nuit sous des latitudes plus australes. Santini nomma l'établissement le

« Malone club », en honneur à son sauveur. Le commandant l'ignore, et c'est mieux ainsi.

Malone enterra sa mère en plein mois de juillet. Il lui avait tenu la main toute une nuit jusqu'à sentir son faible pouls s'éteindre avant d'apercevoir la dernière fumerolle de vie s'échapper de son corps. La vieille avait atteint l'autre rive au petit matin, profitant du courant apaisé. Malone hérita de son pavillon. Il exécuta sa menace en louant une tronçonneuse pour massacrer les baobabs, puis, encouragé par sa nouvelle compagne, il s'engagea dans la rénovation complète de l'habitat. Il n'aurait jamais achevé le chantier sans l'aide inattendue d'un jeune gaillard qui lui ressemble comme deux gouttes d'eau. Anita avait manigancé la réconciliation entre père et fils, mais le père n'en sut rien.

À la fin des travaux, Malone suspendit au mur du salon l'objet récupéré chez Ouali, un certain cadre dont la véritable propriétaire lui avait fait cadeau en remerciement de ses bons services. À présent, Anita et Malone goûtent un repos bien mérité dans leur nouvelle maison. Van Gogh en personne couve de son regard turquoise le beau couple qu'ils forment. La jeune Anita est aux anges. Elle se surprend parfois à rêver de voir son ventre s'arrondir quand elle se serre contre son homme. Malone est loin de s'en douter. Il se vautre dans le canapé, les doigts de pieds en éventail pour mieux distiller les saveurs d'une vie de famille retrouvée, étonné de ne pas regretter celles du Lagavulin, de l'Auchentoshan Classic ou du Suntory Hibiki. Si le whisky a déserté sa vie, une pointe lancinante le gêne au creux du ventre de temps à autre. Naïvement, il y voit l'expression d'un bonheur trop intense, sans soupçonner le vide qui taraude son âme. En réalité, son métier de flic lui manque cruellement. D'ici quelques mois, il comprendra…

Remerciements

Je remercie les éditions Les Nouveaux Auteurs ainsi que les premiers lecteurs de *L'affaire CX selon Malone* pour la richesse de leurs avis.

Pierre-Olivier Babey

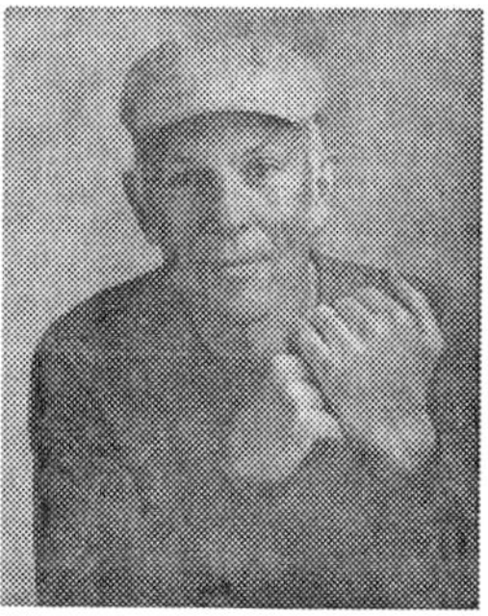
© Pascal Helleu Photographies

Pierre-Olivier Babey vit dans l'Ille-et-Villaine et exerce le métier de formateur, tourné vers l'humain, et celui d'arboriculteur, connecté à la nature. Parallèlement l'auteur a trouvé refuge dans l'écriture avec une nouvelle primée au concours des Arts littéraires 2018-2019 (*Le mur*). *L'affaire CX selon Malone* est son premier roman publié.

Couverture :
© Magdalena Russocka / Trevillion Images

Ligne graphique : Séverine Morizet

Conception graphique de la couverture : IGS-CP à L'Isle-d'Espagnac (16)

Studio Fabrication : Flora Bellanger

Responsable Développement : Vesna Veljkovic

Composition : IGS-CP à L'Isle-d'Espagnac (16)

Impression :

CPI
BRODARD & TAUPIN

pour le compte des Éditions

NOUVEAUX AUTEURS

Dépôt légal : juin 2022 – N° d'impression : 3047197

Depuis 2009, Prisma Media met en place une politique d'achat écoresponsable.
Ainsi, une majorité du papier de nos magazines est certifié (gestion durable des forêts).
La fabrication des livres des Éditions Prisma s'inscrit également dans cette démarche.

Cet ouvrage a été imprimé en France sur un papier composé de fibres naturelles, recyclables, et fabriqué à partir de bois provenant de forêts plantées et cultivées pour la fabrication de pâte à papier.

FSC
www.fsc.org
MIXTE
Papier issu de sources responsables
FSC® C108412